1

> 미시마 요무

illustration
> 타카미네 나다레

나는 성간 국가의
I am the Villainous Load of the Interstellar Nation
악덕 영주!

리암 >
I▮I▮II▮III▮III▮▮▮▮▮▮▮ Liam

"남자가 이상적이라 여기는
부드러움이다."

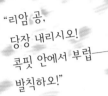

"리암 공,
당장 내리시오!
콕핏 안에서 부럽——
발칙하오!"

"처음인데 이 정도면,
백작님은 센스가 있네요."

크리스티아나
Christiana

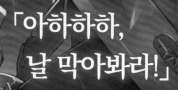

「아하하하,
날 막아봐라!」

리암이 탄 어비드가
해적의 기동기사를 블레이드로 가르고,
바주카로 해적선을 격파했다.

BFC-X001LS
<**어비드**
Avid

CONTENTS

나는 성간 국가의 악덕 영주!

I am the Villainous Lord of the Interstellar Nation

➤ 미시마 요무 ◄

illustration
➤ 타카미네 나다레 ◄

커버 그림, 본문 일러스트 | **타카미네 나다레**

콕핏의 모니터에 우주가 비치고 있었다.

주위에서 빛이 반짝이며 폭발이 일어났다.

우주에서 폭발이 일어나는 일은 판타지 세계에서만 일어나는 현상일 것이다.

멀리서 가느다란 빛의 실이 수없이 나타나고 작은 폭발의 빛이 수없이 반짝였다.

그 하나하나의 빛 속에서 몇백, 몇천의 생명이 사라지고 있다.

우주를 무대로 한 전장은 수많은 인간의 생명을 집어삼켰다.

몇만, 몇십만의 생명이 사라져가는 전장 속에서 나는 소리 높여 웃었다.

"왜 그러냐? 그 정도냐?"

인간형 병기—— 기동기사.

전장이 14m를 넘으며 사람이 탑승하는 병기로, 효율성을 따지면 결함투성이로 보인다.

왜 인간형에 집착하는 건가? 전투기 형태는 안 되는가?

그런 합리주의 따위, 알 게 뭐냐며 팽개친 꼴이지만, 여긴 판타지 세계다.

내가 조종하는 기동기사는 전체적으로 검고 아주 컸다.

다른 기체의 크기는 18m 정도지만 내가 탄 기동기사는 24m에 달하는 대형이다.

그런 커다란 기체가 주위의 작은 기체를 머니퓰레이터로 붙잡았다.

머니퓰레이터는 로봇의 손이다.

인간형 병기의 섬세한 손이 적의 인간형 병기를 잡아 으스러뜨렸다.

안에 타고 있는 파일럿도 통째로.

「사, 살려줘!」

목숨을 구걸하는 적 파일럿을 보고 나는 입꼬리를 비틀어 올리며 차갑게 말했다.

"죽어."

그 말에 상냥함이나 자비 따위는 눈곱만큼도 없다.

살인의 죄악감은 없으며 오로지 흥분만이 있을 뿐이다.

다른 자를 짓밟고 목숨을 빼앗는다.

이건 오로지 강자에게만 허락된 특권이다.

"약해. 너무 약해. 더 강한 놈은 없나!"

웃으면서 기체를 조종하여 다가오는 적을 계속해서 쓰러뜨렸다.

내가 노리는 건 콕핏—— 즉, 파일럿이다.

기동기사가 오른손에 쥔 칼을 콕핏에 무자비하게 찔러 넣고, 그 뒤에는 걷어차서 난폭하게 뽑았다.

"약자는 나에게 사냥감일 뿐이다. 열심히 날 즐겁게 해라!"

사람을 사람이라 생각하지 않는 소행이었다.

그런 짓을 10대 초반으로 보이는 아이가 벌이고 있다.

전생의 자신이라면 분명 지금의 행동을 부정했겠지만—— 난 깨달았다.

세상은 악한 자가 더 강하다는 것을.

그래서 난 다음 인생에서 악당을 목표로 하기로 정했다.

아니, 초(超)악당이다.

나를 표현하는 가장 적합한 말은 분명 '악덕 영주'일 것이다.

이 이상한 판타지 세계에는 인간이 우주에 진출했는데도 귀족제라는 케케묵은 지배체제가 존재했다.

그런 세상에서 나의 신분은 백작이었다.

악당인 내가 별 하나를 지배하며 백성들을 괴롭히고 있다.

만약 이게 어딘가의 소설 이야기라면, 난 퇴치당하는 악의 존재일 것이다.

하지만 현실은 어떤가?

"왜 그러냐! 더 덤벼라! 더 와라. 더!"

내가 탄 기체로부터 도망치는 적을 쫓아 무자비하게 목숨을 빼앗았다. 도망 다니는 적을 가차 없이 쓰러뜨리는 모습은 그야말로 악당 그 자체였다.

정의의 사도 따위는 이 세상에 존재하지 않는다.

내가 약자를 등쳐먹어도 정의의 사도는 달려오지 않는다.

세상에서 정말로 강한 자는 악당이다.

그것이 답이다.

나는 전생에서 죽기 직전에 그 진리에 다다랐다.

"아아, 즐겁구나. 약한 자를 간단히 해치우는 순간은 그야말로 최고야. 내가 강자라는 것을 느끼게 해준다고!"

거대한 인간형 병기와 우주 전함이 싸우는 세상.

그런 세상에 전생한 나는── 주어진 힘으로 온갖 포악한 짓을 다 했다.

모든 것은 그날로부터 시작되었다.

내가 속아서 실의 속에서 죽어간 전생 최후의 날로부터.

지긋지긋한 기억이 떠올랐다.

아무것도 모르고 속고 있다는 사실조차 알아차리지 못했던, 어리석은 인생을 산 남자의 기억이다.

그 어리석은 자가 바로 전생의 나다.

왜 나만 이렇게 불합리한 꼴을 당하는가?

낡고 어둡고 좁은 공동주택의 단칸방에서 나는 가슴을 움켜쥐고 있었다.

얼마 전부터 가슴이 답답했는데 요즘엔 더 심해졌다.

병원에 가고 싶지만, 그럴 돈이 없었다.

가슴팍을 부여잡은 손에 힘이 들어가지 않았다.

꾀죄죄하고 구깃구깃한 티셔츠를 쥔 손은 이전보다 야위어, 상처와 물집이 생겨 거칠어져 있었다.

기침에 피가 섞여 나와서 누워있는 더럽고 얇은 이불을 더럽혔다.

"왜…… 내가…… 이런 꼴을."

육체적으로도 고통스러웠지만, 정신적으로도 분함과 한심함 때문에 괴로웠다.

주마등 같은 것이 보였다.

난 빈말로도 훌륭한 인간이었다고는 할 수 없었다.

하지만 그래도 성실하게 살아왔다.

범죄에 손을 댄 적도 없거니와 세간에서 선량하다고 할 수 있을 만큼은 성실하게 살아왔다.

평범하게 취직하고, 평범하게 결혼하고—— 아이가 태어나고, 집을 사고.

그런데 지금은 빚을 지고 두 가지 이상의 아르바이트를 하는 나날을 보내고 있다.

양육비도 매달 내지만, 이혼 후에는 아이와 한 번도 만나지 못했다.

아이가 겨우 재혼 상대와 친해지고 있다는 이유로 전처가 면회를 계속해서 거절한 탓이다.

적은 봉급으로 양육비를 계속 내고 있는데도 아이와 만나지도 못한다.

전에 근무하고 있던 회사는 기억에도 없는 불륜과 횡령 때문에 잘렸다. 나는 돈을 벌기 위해 두 개 이상의 아르바이트를 하며 생활을 이어왔다.

난 바람을 피우지 않았다.

횡령도 하지 않았다.

그런데 내가 아무리 부정해도 주위는 날 범인 취급했다.

주위 사람들은 어떤 말도 믿지 않았다.

그때의 절망감은 지금도 잊을 수 없다.

주위의 비난을 너무 많이 받아서 지금은 정말로 내가 잘못한 게 아니었을까 하는 생각이 들었을 정도다.

──그리고 지금은 밑바닥 생활을 하고 있다.

도저히 갚을 수 없는 빚을 안고 좁고 낡은 공동주택에서 가난한 생활을 하고 있다.

매일같이 빚을 갚으라며 행실이 나쁜 놈들이 독촉하러 온다.

애초에 나는 빚을 진 기억조차 없는데.

하지만 내가 빚을 진 것으로 되어 있어, 내게는 변제 의무만이 남아있다.

나중에 이르러서야 전처가 수상하다는 걸 깨달았지만, 이제는 변호사와 상담할만한 체력도 돈도 없다.

정신을 차리고 보니 요 몇 년 사이에 몸이 수척해져 있었다.

원래 나이에 비해 심하게 늙어 보였다.

거울을 볼 때마다 나는 죽을 것 같은 얼굴을 하고 있었다.

"대체 뭘 잘못한 거지. 난…… 난 어디서 틀린 거지?"

기침할 때마다 입에서 나오는 피의 양이 늘었다.

이제 여기서 끝이 날 모양이다.

분노가 차올랐지만, 동시에 이제 고통에서 해방된다는 생각에 묘한 안도감이 차올랐다.

그때였다.

머리맡에 줄무늬 연미복을 입은 남자가 나타났다.

더러운 다다미 위에 신발을 신은 채로 여행 가방을 왼손에 들고 서 있었다.

"안녕하세요. 실로 좋은 밤이로군요."

눈만 움직여 상대를 바라보니 어렴풋하게 실크해트를 한 손에 들고 인사하는 키 큰 남자의 실루엣이 눈에 들어왔다. 얼굴도 입가만 보일 뿐, 눈가는 그늘져서 잘 안 보였다.

그 남자는 존재부터 어딘가 현실감이 없었다.

모자챙 끝부분과 연미복의 허리춤 부분이 저 혼자서 흔들흔들 움직였다.

어딘가 불타고 있는 것도 아닌데 검은 연기가 흘러나오고 있었다.

마치 이 세상의 존재가 아닌 것 같았다.

"……뭐야, 저승에서 마중이라도 나온 건가?"

쉬고 힘없는 목소리를 내니 가슴이 굉장히 괴로웠다.

두려워하며 도망갈 여유도 없거니와 애초부터 도망칠 생각도 없었다.

오히려 될 대로 되라는 자포자기한 마음과── 이제 고통에서 해방되는 건가 하고 어렴풋한 기대감을 느끼고 있었다.

그리고 한 가지를 떠올렸다.

옛날에 들은 이야기인데, 죽을 때가 되면 소중히 기르던 애완동물이 마중을 나온다고 한다.

나도 오래전에 개를 한 마리 키웠는데, 아무래도 마중은 나오지 않은 듯하다.

아무래도 지어낸 이야기인 것 같다.

아니면 내가 좋은 주인이 아니었거나.

그저 마중을 나온다면 그 녀석이 왔으면 좋겠다고 생각했다.

그런 나에게 남자는 몸을 웅크려 얼굴을 가까이 댔다.

역시 얼굴은 입가밖에 보이지 않았다.

입꼬리를 올리고 초승달 모양으로 만들어 웃고 있었다. 마치 나를 보고 웃는 듯했다.

"마중을 나온 건 맞습니다만, 당신이 바라는 마중이 아닙니다. 정확하게 말하자면 지금부터 당신을 다른 세계로 데려다주는 존재입니다. ──'안내인'이라고 불러주십시오."

"아닌…… 콜록── 콜록!"

내가 기침하니 안내인이라 이름을 댄 남자가 손가락을 튕겼다.

난 눈앞의 풍경을 보고 눈을 약간 크게 떴다.

거기에는 비싸 보이는 정장을 입은 남자와 고급스러운 레스토랑에서 식사 중인 전처의 모습이 비치고 있었다.

정말 맛있어 보이는 식사와 술.

난 이런 식사를 몇 년이나 하지 못했다.

하지만 문제는 그게 아니다.

왜 이런 풍경이 공중에 보이는 거지?

꿈을 꾸는 게 아닌지 의심했지만, 가슴에 느껴지는 통증은 진짜였다.

가슴이 답답하다. 단순히 아프기만 한 게 아니라 마음까지 옥죄였다.

두 사람의 즐거운 듯한 대화가 들려왔다.

「너 참 나쁜 여자네. 전 남편한테 빚을 떠맡긴데다가 양육비까지 받다니. 애초에 그 남자의 애도 아닌데.」

나에 대해 즐겁게 이야기하고 있었는데, 대화 내용이 도무지 믿기지 않았다.

아니, 믿고 싶지 않았다.

「괜찮아. 법적으로는 그 녀석의 아이고 양육비 지급은 부모의 의무인걸.」

대화 내용이 머리에 들어오지 않았다.

저게 대체 무슨 말이지?

전에는 상냥하고 소박했던 전처가, 마치 다른 사람인 것처럼 사람을 속이고 기뻐하는 상스러운 웃음을 보이고 있었다.

하지만 저 여자는 틀림없이 나의 전처다.

「여자는 본능적으로 우수한 유전자를 남기고 싶어 해. 그런 남자의 아이는 필요 없어. 돈만 벌어주면 돼. 오히려 나랑 결혼했으

19

니까 그 정도는 해야지. 그 정도 가치밖에 없는 남자니까.」

마주 보고 있는 남자는 전처의 말에 기막혀하면서도 어딘지 즐거운 듯한 표정을 지었다.

「무서운 여자군.」

「그런 여자로 만든 건 당신이잖아.」

두 사람의 모습을 보고 있으니 가슴이 답답하고 뱃속에서 증오가 끓어올랐다.

이런 광경을 보여주는 안내인에게 화가 났다.

"어이쿠, 화내지 마십시오. 전 그저 당신에게 진실을 알려주기 위해 이 광경을 보여준 겁니다. 혹 짚이는 곳은 없나요? 이건 환상이 아닙니다. 현재 일어나고 있는 일입니다."

생각해보면 확실히 짚이는 곳이 있었다.

하지만 모르는 척했다.

억측이라고 생각했다.

"당신은 선량합니다. 이런 괴로운 생활을 견디고 그녀의 빚을 갚으면서 아이를 위해 양육비까지 계속 내고 있죠. 그런데 모든 것은 저 녀석들의 거짓말! 이런 무도한 짓이 용서받아도 될까요? 그런 당신에게 제가 당신에게 줄 선물을 준비했습니다."

남자는 희희낙락하며 가죽제 여행 가방에서 팸플릿을 꺼냈다.

마치 관광여행 팸플릿 같은 생김새였다.

"지금까지 불행한 인생을 보낸 당신에게 다음 인생에서 행복해질 기회를 선물하지요. 어떻습니까? 이세계에 전생해보지 않겠습니까?"

이세계?

——하지만 나는 전처가 밉고 원통해서 미칠 것만 같았다.

다시 가슴이 답답해지고 피를 토했다.

퍼뜩 나는 다른 진실 또한 깨달았다.

"호, 혹시, 횡령 건도……."

안내인은 고개를 끄덕였다.

"네, 그렇습니다. 당신의 전 상사가 자기 죄를 당신에게 뒤집어 씌웠습니다. ——당신은 아무 잘못이 없었죠."

아아, 그런가—— 나는 한없이 어리석었다.

속았다.

그게 전부다.

"무리하게 계속 일해서 건강을 해친 당신은 지금이라도 죽을 것 같은데, 저들은 우아하게 식사를 즐기고 있죠. 용서할 수 없죠?"

나는 왼손으로 이불을 움켜쥐었다.

내 인생은 무엇이었나? 왜 이런 끝을 맞이하는 건가?

"복수하게 해줘. 절대로—— 용서 못 해! 모두에게 복수하겠어!"

분해서 눈물이 멈추지 않았다.

눈물에도 피가 섞여 있었다.

왜 내가 이런 최후를 맞이하는가?

내가 그렇게 잘못했나?

몸이 만족스럽게 움직이지 않는 게 원통했다.

이런 꼴이어서는 복수도 할 수 없다.

안내인은 입을 더 크게 벌리고 웃더니 금방 진지한 표정을 지었다.

아무래도 내 소원은 들어줄 수 없는 모양이다.

"안타깝지만 당신의 생명은 끝을 맞이하고 있습니다. 제가 할 수 있는 일은 당신에게 행복한 내세를 선물하는 것 정도죠. 행복한 제2의 인생이 지금까지 불행했던 당신을 기다리고 있습니다. 복수는 포기하시죠."

"시―― 다. 싫다!"

쉰 목소리로 강하게 부정했다.

내가 아무리 불행해진다고 해도―― 그 녀석을 불행하게 하고 싶다.

그걸 위해서라면 뭐든지 할 것이다.

뭐든지!

하지만 안내인은 무자비하게도 고개를 저었다.

"당신이 할 수 있는 것은 다음에 어떤 이세계로 갈 것인지 선택하는 것뿐. 적어도 자신이 원하는 세상으로 전생하시죠. 자, 다음에야말로 당신에게 행복한 인생이 기다리고 있습니다."

분해서 오열했다.

안내인이 건넨 팸플릿이 마치 마술사가 마음에 드는 카드를 고르라며 건넨 카드처럼 보였다.

검과 마법이 있는 판타지 세계, 지구와 아주 비슷하지만 이능력이 있는 세계, 대지가 하늘을 나는 세계 등 여러 가지가 있었다.

어느 것도 관심이 없었지만, 딱 하나 신경 쓰이는 표지가 있었다.

그 표지에는 로봇과 전함이 게재되어 있었다.

점차 의식이 몽롱해지는 가운데, 피 묻은 손가락이 손이 팸플릿에 닿았다.

이를 본 안내인이 설명을 시작했다.

"호오, 이 이세계에 흥미가 있나요? 이건 추천하는 이세계입니다. 과학과 마법이 동시에 발달한 판타지 세계거든요. 성간 국가가 존재하는, 정말 즐거운 세계입니다. 사람의 수명도 몇 배로 늘어나 있으니, 여기보다 인생을 몇 배나 더 즐길 수 있죠."

아니다. 무심코 손이 나갔을 뿐이다.

내게 다음 이세계는 어떻든 알 바가 아니다.

나는 이때── 모든 것이 바보 같다고만 생각했다.

무엇을 위해 성실하게 살아왔지?

그 결과가 이건가?

속고, 비웃음당하고── 복수조차 불가능하다.

──웃기지 마라!

선량하게 살아서 이 모양이면, 좀 더 인생을 즐길 걸 그랬다.

다른 사람 같은 건 신경 쓰지 말고 나는 내 행복만을 추구할 걸 그랬다.

──착한 사람이 보답받는다는 건 허울만 좋은 말이다.

그건 거짓말이다.

그렇다면 나는, 적어도 멋대로 살고 싶다.

——멋대로 살고 다른 사람을 짓밟는 악이 되고 싶다.

"흠, 이 세계의 권력자는…… 귀족이군요. 문명이 발달했는데 봉건제도가 부활했어요. 실로 흥미롭군요."

안내인은 괴로워하는 나를 보면서 설명을 계속했다.

"당신을 권력자의 집에서 태어나도록 해두죠. 당신의 다음 인생은 귀족으로서 모든 것을 가지고 태어날 겁니다. 태어날 때부터 승리자군요."

그걸 듣고 웃음을 짓고 싶어졌지만, 나에겐 그런 여유도 없는 듯했다.

괴로워져서 제대로 된 대답도 할 수 없었다.

하지만 마음만은 죽지 않는다.

나는 오늘이라는 날을 절대로 잊지 않을 것이다.

성실하게 사는 건 어리석은 짓이다.

귀족으로 다시 태어난다면 얼마든지 멋대로 할 수 있을 것이다.

다른 자를 짓밟고 온갖 악행을 저지르겠다.

안내인이 날 위해 이래저래 생각해주고 있었다.

"백작가가 좋겠군요. 행성 하나를 지배하는 영주인 것 같네요."

그건 좋다.

꽤나 잘나 보이는 지위가 아닌가.

탐관오리—— 아니, 영주니까 악덕 영주인가?

열심히 즐겨보도록 하자.

"각오는 됐습니까? 그럼 다음에야말로 좋은 인생을――."

그래, 그렇게 하자.

다음 인생은 즐길 거야.

――악덕 영주로서 말이야.

그때 내 의식은 어딘가 어두운 곳으로 빨려 들어갔다.

안내인은 숨이 끊어진 남자를 내려다보더니 유쾌하다는 듯이 몸을 비틀며 미친 듯이 웃었다.

"불행한 인생? 진짜 바보로군! 이 정도 불행은 지천으로 깔려 있는데, 마치 자기만 불행한 줄 알고는! 모자란 놈이야."

웃고 있는 안내인은 손가락을 튕겨 전처와 남자의 영상을 공중에 투영했다.

입꼬리를 올리고 껄껄 웃으며 두 사람의 모습을 봤다.

"당신들 두 사람은 상당히 도움이 됐어요. 그럼, 이미 즐겼으니 슬슬 괜찮겠죠."

이 안내인이라 이름을 댄 남자는 애초부터 다른 사람의 행복을 바라는 존재가 아니었다.

오히려 반대였다.

그는 숨이 끊어진 남자를 손가락질하면서 웃었다.

"애초에 널 불행하게 만든 게 나란 말이다! 행복해 보이는 선량한 인간이 어디까지 굴러떨어지는지 좀 보고 싶었을 뿐이라고!
의외로 재밌었으니까 다음을 준비해줬을 뿐이지."

안내인은 악의의 덩어리라 불러도 좋은 존재였다.

사람의 불행을 정말 좋아하며 그것을 양식으로 삼아 살아간다.

특히 자신과 관련된, 자신이 불행하게 만든 인간에게서 나오는
부정적인 감정은 그에게 있어서 최고의 식사였다.

식사를 즐기듯이 다른 사람을 불행하게 만들어 왔다.

방금 숨이 끊어진 남자도 마찬가지다.

"그럼, 메인 전에 빨리 애피타이저를 정리합시다."

손을 뻗어 영상을 만지니 안내인에게서 검은 연기가 발생했다.

영상 속의 두 사람을 감쌌지만 두 사람은 그것을 알아차리지 못
했다.

죽은 남자를 화제로 삼으면서 즐거운 듯이 대화하고 있는 두 사
람에게 이변이 일어났다.

웃고 있던 남자가 진지한 표정을 짓더니, 전처에게 이별을 선
언했다.

「자, 충분히 즐겼지? 서로 여기서 끝을 내자.」

「……어?」

안내인은 큭큭거리며 웃고 그 뒤의 전개를 즐겼다.

"자, 다음은 네가 어디까지 떨어지는지 보여달라고."

여자가 아연실색하면서 들고 있던 나이프를 떨어뜨렸다.

「무, 무슨 소릴 하는 거야?」

「너와의 부부 놀이는 이제 끝이야. 너도 충분히 즐겼지?」

여자는 무슨 말을 하는 건지 모르겠다는 표정을 짓고 있었다.

「지금 장난해? 너도 깨끗하진 않잖아. 네가 무슨 짓을 해왔는지 내가 모를 줄 알아?」

여자가 협박하자 남자도 차가운 태도로 대응했다.

「저항할 거면 얼마든지 해. 하지만 네 이혼을 도운 변호사가 내지인이라는 걸 잊지 말라고. 소란 피우면 불리해지는 건 너야. 전남편을 속인 것도, 전 상사의 횡령을 도운 것도 세상에 밝혀지겠지.」

「네, 네 아이는 어떡할 거야! 아이를 버린다는 거야?!」

「법적으로는 전남편의 아이잖아? 양육비도 받고 있고. 잘 키울 수 있겠지.」

남자가 진심으로 말하고 있다는 걸 알고 전처는 몸을 떨었다.

그래도 고개를 숙이면서 목소리를 짜냈다.

「사랑한다고 했잖아!」

「그래, 사랑했어. 하지만 이제 관심이 없어졌어. 그뿐이잖나. 서로 즐겼으니까 그걸로 된 거 아닌가. 다음 사랑을 찾으면 되는 거야.」

「기다려! 다음 같은 건 무리야!」

남자는 매달리는 전처를 떼어내고 레스토랑에서 나갔다.

「만지지 마. 이제 너한테는 관심 없어.」

「잠깐만. 부탁이니까 얘기를 들어줘! 당신을 위해서라면 뭐든지 할게. 그러니까, 부탁이니까 버리지 마!」

필사적으로 애원하는 전처를 보는 남자의 눈은 굉장히 싸늘했다.

방금까지 즐겁게 이야기하던 사람들처럼 보이지 않았다.

「멍청하긴. 내가 바람을 피우는 여자랑 진심으로 결혼할 리가 없잖아. 생각이 이렇게 없어서야. 이런 여자를 사랑한 전남편은 사람을 보는 눈이 없어.」

그 말은 곧 남자는 처음부터 전처를 사랑하지 않았다는 의미였다.

사랑한다는 말은 거짓말이었다.

그걸 안 전처는 목소리도 나오지 않는 듯했다.

안내인은 즐겁다는 듯이 손뼉을 쳤다.

"좋네요~. 여기서부터 어떤 반응을 할까~?"

전처의 절망감이 안내인에게 흘러들어왔다.

증오, 슬픔── 부정적인 감정을 맛있게 먹는다.

타인의 불행이 안내인의 마음을 채웠다.

전처가 고개를 숙이고 손을 꽉 쥐었다.

「난 당신을 위해 남편을 버렸어.」

「전남편, 이잖아? 버린 것도 너고, 궁지에 몰아넣고 즐긴 것도 너잖아. 피해자인 척하지 마. 넌 가해자야.」

안내인은 그 말에 "지당한 말이네요!"라고 동의하며 웃었다.

그리고 전처의 생각을 읽었다.

"어이구, 대단하네요~. 머릿속으로는 이미 죽어버린 그에 대해 생각하고 있어. 여자들은 참 씩씩해! 하지만 안타깝네요! 당신을 사랑했던 남자는 이미 복수를 울부짖으며 죽었는데!"

껄껄 웃은 안내인은 이후의 경과를 즐기기로 하고 이세계로 가는 문을 열었다.

"전남편을 찾느냐, 새 남자를 찾느냐, 정말 기대되네요. ──물론 당신에게 행복한 인생은 찾아오지 않겠지만요."

어떤 결과를 맞이하든 간에 불행해지는 것이 정해져 있었다.

왜냐하면 안내인과 엮여버렸으니까.

"자 그럼, 난 그의 영혼을 이끌어야 하는데── 사람의 목숨이 쉽게 소비되는 「내가 행복한」 세상으로 말이야!"

앞으로 그가 갈 세상을 생각하니 안내인은 웃음이 멈추지 않았다.

"당신이 깨달았을 때는 이미 늦었겠지. 즐거워야 한다고, 이럴리가 없다고 지껄이며 후회하고 분개하고 슬퍼하고── 마지막에는 분명 날 원망하겠지! 그게 내 양식이 되도록!"

인간의 부정적인 감정을 아주 좋아하는 안내인은 양팔을 벌려 기쁨을 표현했다.

벌써 기대감으로 즐거워 견딜 수가 없었다.

"악당이 되어 이세계에 불행을 흩뿌려도 좋고! 불행해져 날 증오해도 좋고! 지금부터가 즐거운 시간입니다!"

일이 어느 쪽으로 굴러가도 자신에게 좋은 전개가 기다리고 있다.

안내인은 기뻐서 어쩔 줄 몰랐다.

"어이쿠, 슬슬 가야겠군. 이쪽에는 그의 영혼을 인도한 뒤에 오도록 하죠. 그건 그렇고, 전생이라는 말만 들으면 다들 어리석어서는 기뻐한단 말이지. 세상이 좋아졌네요. 좀 달콤한 말을 하면 다들 간단히 속아요."

신나서 들썩이며 가방을 들었다.

그리고 손가락을 튕기자 공동주택의 한 방에 어울리지 않는 호화로운 목제 문이 나타났다.

세계를 돌아다니기 위한 이동 수단이다.

안내인이 즐거운 듯이 문손잡이를 잡고 여니, 검은색과 보라색이 소용돌이치는 공간이 보였다.

문 앞에 선 안내인은 턱에 손을 대고 생각했다.

그런 안내인을 방구석에서 살펴보고 있는 작은 빛 하나가 있었다.

아련한 빛은 숨어서 상황을 살펴보는 도중에도 차차 커져서 형태를 갖추었다. 다소 불명확한 형태였지만, 마치 개를 닮아있었다.

개는 숨이 끊어진 남자를 슬픈 듯이 본 뒤에 날카로운 시선으로 안내인을 봤다.

하지만 안내인은 이 이변을 알아차리지 못했다.

"이걸 어떻게 즐길지 벌써 고민되네요. 우선 그를 어디로 전생시킬지 정해야겠죠. 행복한 가정에 던져 넣고 불행하게 만드는 것도 좋지만, 그건 이번에 즐겼으니—— 다음은 절정에 달했을 때 밑바닥에 떨어뜨려 볼까요? 아, 하지만 그때까지 멋대로 착각해서 감사해대면 기분이 나쁜데——."

안내인이 손을 딱 쳤다.

"뭐, 좋습니다. 상황을 보면서 임기응변으로 대응하죠. 마지막은 공개처형이나 고문이 좋겠군요. 날 원망하고 절망하면서 죽어가는 그를 즐기고 싶어요. 아~ 너무 기대되네요."

안내인은 자신을 안고 몸을 비틀어대며 미친 듯이 기뻐했다.

"다음 인생은 이 세상보다 깁니다. 분명 더 길고 괴로운 인생이 겠죠! 제 행복을 위해 열심히 고통에 몸부림치세요!"

안내인이 도취하여 산뜻한 기분으로 문을 넘는 순간, 작은 빛이 된 개가 몰래 함께 뛰어들었다.

이윽고 이세계로 이어지는 문이 닫히며 공간에서 사라졌다.

방에 남은 것은 숨이 끊어진 한 남자의 시체뿐이었다.

안내인이 말한 전생은 사실이었다.

다시 눈을 떴을 때, 난 두 번째 인생을 살고 있었다.

새로운 이름은【리암 세라 번필드】── 거울을 보니 검은 머리카락에 보라색 눈동자를 지닌 어린아이의 모습이 있었다.

손을 흔드니 거울이 비친 나도 손을 흔들었다. 나의 모습이 틀림없었다.

나이는 올해로 다섯 살. 어린이 방에서 놀던 중 갑자기 전세의 기억이 떠올랐다.

주변을 둘러보니 주위에 수많은 장난감이 어질러져 있었고, 그보다 멀리 널찍한 방의 모습이 눈에 들어왔다.

"──꽤 넓은 방이네."

몸이 작아진 탓에 더 넓게 보이는 것도 있겠지만, 그래도 너무 넓었다.

장난감만 놓인 어린이의 방인데도, 단독주택 하나가 들어갈 만큼 넓었다.

아무래도 전생한 집안이 상당한 부자인 모양이었다.

안내인이 권력자, 귀족의 집에 태어나게 해주겠다고 말했는데, 약속을 지킨 모양이었다.

내 안에 있는 5살의 어렴풋한 기억은 자신이 귀족의 집에 태어났음을 말하고 있었다.

번필드 백작가.

성간 국가 알그란드 제국—— 알바레이트 왕조.

나는 그런 제국에서 행성 하나를 지배하는 백작가의 후계자로 태어났다.

이른바 장래의 영주님이었다.

아니, 이건 관점을 바꾸면 행성 하나를 지배하는 왕이라고 할 수 있다.

제국 전체를 보면 귀족 중 한 명일 뿐이지만, 영내에서는 거역하는 자 따위는 없는 절대군주의 후계자인 거다.

"약속대로네."

입가에 웃음이 떠올랐다.

무슨 생각으로 날 전생시킨 건지는 모르겠지만, 나를 고른 것은 실수다.

내가 착한 사람이길 기대했다면 이 계획은 어긋났다.

난 전생에서 배웠다.

착한 사람은 아무런 가치도 없다는 것을.

장래는 훌륭한 악덕 영주가 되어주마.

하지만 이 목표는 사소한 문제가 있었다.

"어떻게 해야 악덕 영주나 나쁜 귀족이 되는 거지?"

사극에서 백성을 괴롭히는 장면을 봤던 거 같은데, 나도 그렇게 하면 되는 걸까?

그 외에 악의 이미지—— 술, 여자, 도박인가?

곰곰이 생각했지만, 그건 뭔가 내가 바라는 그림과 다른 느낌이 들었다.

"일단 주지육림을 목표로 해볼까?"

애초에 내가 품은 '악덕 영주'의 이미지가 상당히 애매했다.

기껏 생각해서 떠오르는 게 나쁜 정치가를 흉내 내서 쓸데없이 세금을 낭비하거나 뇌물을 받는 정도였다.

──뭐, 멋대로 살면 문제없겠지.

"재밌어지기 시작했잖아. ⋯⋯응?"

그때, 머리 위로 뭔가 하늘하늘한 것이 떨어졌다.

손으로 집어보니 편지였다.

정성스러운 봉인을 뜯어서 내용을 보니 안내인이 보낸 메시지였다.

"왜 일부러 편지를? 직접 나타나면 되는 거 아닌가?"

편지에는 내 의문에 대한 답이 적혀있었다.

시작 문구는 내가 무사히 전생한 것에 대한 축하의 말이었다.

그 뒤로는 조금 바빠서 내 모습을 지켜볼 수 없지만 내가 곤란하지 않도록 서포트 해주겠다는 말이 적혀있었다.

아무래도 안내인 대신 나를 도와주는 존재가 있는 듯했다.

"근데 대체 어떤 식으로? 애초에 어디에 있지?"

방에는 나 혼자였고 가까이에는 아무도 없었다.

고개를 갸웃거리고 있으니 방에 있는 커다란 문이 열리고 거기에서 남자와 여자가 들어왔다.

그 뒤에는 많은 사람을 거느리고 있었다.

머릿속의 기억은 이 두 사람이 사람들이 현세의 내 부모님이라고 말했다.

아버지의 이름은 클리프 세라 번필드.

어머니의 이름은 달시 세라 번필드.

두 사람은 웃는 얼굴로 내 앞에 오더니 웬 유리판 같은 물건을 내밀었다.

연녹색 유리판에 떠오른 것은 어떤 서류였다. 무언가의 계약서처럼 보였다.

내게는 낯선 문자였지만 5살의 기억은 이를 조금은 읽을 수 있는 듯했다.

작위와 영지, 그 외의 권리를 나에게 양도한다는 내용이었다.

——고작 5살짜리 애한테 모든 것을 양도한다고?

나는 갑작스러운 전개에 몹시 당황했다.

"아버님, 이건?"

어떻게 대응하면 좋을지 모르겠다. 애초에 지금의 내게 새로운 부모님은 상대하기 성가신 존재일 뿐이었다.

5살의 애매한 기억 속에도 부모님은 별로 등장하지 않았다.

대체 이게 무슨 상황이지?

어색함을 느끼며 아버님이라 부르고 상대의 안색을 살피니 친절하게 설명해줬다.

하지만 그 내용은 실로 뜻밖이었다.

"리암, 다섯 살 생일을 축하한다. 내 선물은 번필드가의 모든 것이다."

생일 선물이 번필드가의 모든 것?

작위도 영지도, 그 외의 권리도 5살 아이에게 넘긴다는 말인가?

이 녀석, 제정신인가?

문득 아까 받은 편지가 떠올랐다.

어느샌가 손에서 사라지고 없었지만, 안내인의 서포트라는 건 이런 뜻이었나 보다.

그 초현실적인 존재라면 이런 엉뚱한 전개도 있을 수 있는 건가?

어머니인 달시는 기뻐하며 나에게 카탈로그를 보여줬다.

"내 선물은 이거야. 널 돌봐줄 메이드 로봇을 사줄게. 자, 마음대로 골라도 좋아."

달시가 보여준 것은 사람과 비슷하게 만들어진 로봇이었다.

인간과 똑같이 생긴 로봇. 이런 걸 안드로이드라고 부르던가?

그 카탈로그를 받아서 여니 주위에 영상이 나타났다.

공중에 나타난 이미지와 동영상, 입체영상 등이 미래적으로 느껴졌다.

미래적인 기술에 조금 흥분됐지만, 이 뒤에 무엇을 하면 좋을지 몰라 난처했다.

"이, 이건 어떻게 하면 되는 거야?"

달시가 당황한 나를 보고 웃으면서 사용법을 상냥하게 가르쳐 줬다.

"자기 마음대로 메이드를 만들 수 있어. 이렇게 부품을 골라 나가면 되니까 간단하지? 자, 예쁘게 완성해보렴."

게임 캐릭터를 만드는 느낌으로 로봇 제작을 의뢰하는 것 같다.

외모뿐만 아니라 성능을 좌우하는 내부 파츠나 재질까지 고를 수 있는 모양이다.

정말 재밌다.

나는 가능한 고성능 파츠를 골라 나갔다.

파츠를 고를 때마다 아래에 표시된 숫자가 자꾸 올라갔다. 아무래도 이 숫자가 금액을 나타내는 모양이다.

무언가를 고를 때마다 자릿수가 두세 개씩 올라갔지만, 돈을 내는 건 내가 아니니 난 계속해서 쓸데없이 하이스펙을 추구했다.

얼굴은—— 일본풍 미인이 좋다.

검고 긴 머리를 포니테일로 묶고 앞머리는, 앞머리는 오른쪽이 길고 왼쪽은 뒤로 넘기고—— 스타일은 글래머러스한 거유를 골랐다.

그런 식으로 여러 항목을 정해가다가 한 가지 항목에서 내 작은 손이 멈췄다.

나는 눈을 의심하며 항목을 바라보았다.

내가 갑자기 손을 멈추자 두 사람이 완성 예상도를 보며 말했다.

"내 아이답군. 좋은 취향을 갖고 있잖나."

"아이는 가슴을 좋아하지."

클리프가 당황한 나를 보고 놀리는 게 괘씸하지만, 내가 손을 멈춘 건 그런 이유가 아니었다.

나는 둘의 대화를 무시하고 천천히 그 항목을 선택해 기능을 달았다.

어른의 기능—— 이른바 성욕 처리 기능이다.

아이가 이런 기능을 달고 있는데, 부모는 아무 일 아니라는 듯 나란히 미소 짓고 있었다.

몹시 이상한 광경이었다.

그저 부모 뒤에서 대기 중인 노집사【브라이언 보몬트】만이 복잡한 표정을 짓고 있을 뿐이었다. 그는 약간 당황한 눈치였다.

역시 내 부모가 이상하게 보이는 건가?

문득 안내인이 말한 대리인이라는 게 내가 주문 중인 메이드 로봇을 말하는 게 아닐까 하는 생각이 들었다.

첫 도움으로 방해되는 부모를 배제하고 자신의 대역으로 내가 이상으로 여기는 여성을 곁에 두는 거다.

안내인의 배려에 감동할 것만 같다.

전생한 내게 부모는 성가실 뿐이니 빨리 길을 비켜주는 편이 편해서 좋다.

그리고—— 살아있는 여자는 믿을 수 없다.

그런 전세를 겪은 내게 메이드 로봇은 정말 센스 있는 선물이었다. 날 배신할 염려가 없으니까.

카탈로그에도 '당신만의 메이드'라는 표어와 함께 '메이드 로봇은 주인을 배신하지 않습니다'라고 적혀있다.

충실하고 배신할 걱정이 없는 유능한 심복이 있으면 나도 안심할 수 있다.

여기까지 생각이 미치자 나는 금액을 완전히 무시하고 옵션을 대량으로 세팅했다.

최종 확인을 하자 메이드복을 선택하는 화면이 나왔다.

나는 고전적인 메이드복을 선택했다. 미니스커트는 과하다. 치마 길이를 무릎 위로 설정할지 아래로 할지 잠깐 고민했지만, 최종적으로는 복사뼈가 보이는 정도로 했다.

"어머나, 귀엽구나."

완성 예상도를 보고 달시가 기뻐하는 게 정말이지 미묘했다.

네 아들이 성욕 처리 기능이 달리고 취향을 전부 반영한 메이드를 사는 상황이라고?

어떻게 기뻐할 수 있는 거지?

"리암을 보살피는 일은 이 로봇에게 맡기면 안심이야."

나를 메이드 로봇에게 맡긴다고 말하자 클리프도 고개를 끄덕였다.

"그래, 이러면 마음에 걸리는 건 없겠지."

부모의 태도와 언동에 위화감이 느껴졌다.

나는 둘을 올려다보며 물었다.

"어딘가에 외출하시나요?"

클리프가 턱을 약간 들고 당당하게 가슴을 펴면서 대답했다.

"제국 본성—— 수도성에 저택을 샀단다. 우리는 거기로 이주할 거야. 넌 영주로서 영지를 잘 지키거라. 그러기 위해서는 이 서류에 사인할 필요가 있다."

"사인이요?"

지위나 영지 등을 내가 물려받는다는 전자서류.

주위 사용인들의 눈에는 당황한 기색이 역력했다. 역시 부모의 판단이 상식에 반하는 편인 거다.

——그렇겠지. 스스로 모든 재산을 다섯 살 아이에게 넘기는 게 정상일 리가 없다.

이상하다는 말 외에는 표현할 방법이 없다.

내가 사인하자 달시가 또 하나의 전자서류를 보여줬다.

"자, 리암. 여기에도 사인을 해."

그것은 수도성에서 생활하는 부모에게 매년 생활비를 보낸다는 서류였다.

나에게 전부 넘기고 도시 생활이라.

——정말 불쌍한 부모다.

너희의 귀여운 아이인 나는 전생자다.

게다가 속에 든 것은 아저씨다.

아무것도 모르는 이 녀석들이 너무 우습다.

생판 남이나 마찬가지인 나에게 지위와 재산을 빼앗기는 남녀.

이걸 불쌍하다고 표현하지 않으면 뭐라고 표현할까?

내가 이들을 부모로 받아들이는 건 불가능하지만, 이 불쌍한 두 사람에게는 생활비 정도는 보내줘도 괜찮겠다는 생각이 들었다.

"네!"

웃기 싫어도 웃음이 나왔다.

이 아무것도 모르는 부모에게서 모든 것을 빼앗았다.

난 사인을 끝낸 전자서류를 보면서 앞으로의 인생을 기대했다.

며칠 후.

리암의 부모는 호위의 보호를 받으면서 영지의 우주항에 와있
었다.

특별히 준비된 셔틀에 탔는데 두 사람은 떨어져서 앉았다.

내장이 호화로운 셔틀로 우주까지 가면, 거기서부터는 우주선
으로 제국의 수도성을 향해 간다.

수도성은 제국의 중추다.

제국이 다스리는 영지는 광대하고 지배하는 행성의 수도 상당
히 많다.

그리고 그중에서 중심이 되는 행성이 바로 수도성이다.

수도성은 변경의 백작가와 비교하는 것도 부끄러울 정도의 발
전을 이룩했다.

클리프가 전자신문을 읽으면서 달시에게 화가 치민다는 듯이
이야기했다.

서로 눈을 맞추지 않는 게 사이가 좋아 보이진 않았다.

"애한테 그런 인형을 선물하다니, 어머니로서 자각도 없나?"

그에 비해 달시는 관심도 없다는 듯이 홍차를 마시고 있었다.

둘의 관계에 사랑 따위는 없었다. 귀족으로서 정략결혼을 했을 뿐이었다.

"내 유전자를 물려받기만 한 아이야. 배 아파가며 낳았으면 몰라도 저런 용모로는 애착도 안 생겨."

리암은 둘의 유전자에 의해 태어났다. 하지만 달시가 출산한 것은 아니다. 두 사람의 유전자로 만들어진 아이였다.

두 사람에게 리암은 대를 잇기만 할 뿐인 존재다.

이번에는 달시가 클리프에게 물었다.

"그보다, 정말 다섯 살짜리 애한테 전부 떠넘겨도 문제없어?"

"그럼 넌 남을 거냐?"

"웃기지 마."

"장래에 자유로워질 수 있다는 걸 몰랐다면 이런 시골에 시집 안 왔을 거야. 시골이라 가난하고 문제밖에 없잖아. 하지만 아무 것도 모르는 아이를 속이는 건 마음이 무거우니까, 곁에 인형이라도 두는 자비라도 베풀어야 하지 않겠어?"

그러자 클리프가 어이없다는 듯이 웃었다.

"인형을 곁에 두는 귀족은 그냥 웃음거리이잖아. 그 아이는 평생 그 일로 험담을 들을 거라고."

"딱히 상관없어. 나하고는 상관없는 일이야. 리암이 당주가 되면 그뿐인걸."

메이드 로봇──인형이라 불리는 안드로이드를 곁에 두는 건 귀족 사회에서 문제가 된다.

귀족이 곁에 인형을 두다니, 라며 업신여기는 풍조가 있기 때문이다.

"하지만 어설픈 고용인보다는 믿을 수 있지. 우리에겐 제대로 된 기사도 가신도 없어. 그리고 그 애한테 무슨 일이 생기면 우리는 꼼짝없이 여기로 돌아와야 하잖아. 그건 싫어."

"확실히 그건 좀 봐줬으면 하는군."

달시는 리암이 아니라 앞으로의 일을 걱정하고 있었다.

"정말로 다섯 살짜리 애한테 작위를 떠넘겨도 문제없을까? 나중에 불평을 듣진 않겠지?"

자신의 아이인 리암의 걱정은 전혀 하지 않았다.

클리프는 승무원에게 술을 가져오게 하더니 단번에 들이켰다.

그는 모든 것으로부터 해방되어 상당히 기분이 좋았는지 목의 힘을 풀고 있었다.

"걱정하지 마. 전례가 있으니까. 게다가 궁정의 허가도 받았어. 똑같은 짓을 하는 놈들도 많으니까 문제없어. 요즘 시대에는 누가 영주를 해도 똑같아. 그런 변경의 영지는 아무도 탐내지 않으니까 불만도 안 나올 거야."

다섯 살 아이에게 지위도 재산도 떠넘기는 걸 제국이 인정하고 있다.

이상한 일이지만, 여기에는 이유가 있다.

"제국도 변경과는 별로 엮이고 싶지 않은 거야. 관리자가 있고 의무만 다하면 문제가 없다고 보는 거지."

성간 국가는 규모가 너무 커 통치가 상당히 어렵다.

게다가 제국은 이룩 과정 때문에 통치에 인공지능의 활용이 최소한으로 제한되어 있었다.

제국이 인공지능에 부정적인 건 이 세계의 인류가 스스로 만들어낸 인공지능에 의해 멸망할 뻔했기 때문이다. 인류는 한 번 인공지능에 지배를 당했고, 이에 반발해 일어선 사람들이 제국을 세웠다.

이 때문에 제국 귀족은 인공지능을 탑재한 인형—— 메이드 로봇 같은 존재를 탐탁지 않게 여겼다. 필요할 때 이용하더라도, 최소한으로 이용하는 게 바람직하다고 여기는 게 제국 귀족사회의 풍조였다.

셔틀이 출발하자 달시가 창문으로 지상을 내려다봤다.

번필드가가 소유한 행성.

활기도 없고 사람이 우주에 진출한 시대라고 보기도 어려운 경치가 펼쳐져 있었다.

일부러 문명 레벨을 억제당한 행성이다.

게다가 막대한 빚까지 안고 있다.

"언젠가 영지에 대해 알면 리암은 화내겠지."

클리프는 센 술을 마셔 얼굴이 약간 빨개져 있었다.

"뭐, 그때는 나처럼 자기 아이에게 영지를 떠넘기고 수도성으로 도망치면 될 뿐이야."

손에 넣어도 기쁘지 않은 영지.

그것이 번필드 백작가의 영지였다.

◇ ◆ ◇ ◆ ◇

부모가 나가고 잠깐의 시간이 지난 번필드가의 저택.

난 다섯 살에 백작, 그리고 행성 하나를 지배하는 남자가 되어 버렸다.

"그야말로 권력자네. 아니, 왕인가?"

제국에는 번필드가와 같은 백작가가 수없이 존재한다.

그야말로 수없이. 너무 많을 정도다.

즉 나는 제국의 많고 많은 귀족 중 한 명에 불과하다.

하지만 영지 안에 있을 때는 내가 왕이다.

절대적인 권력자다.

아이에게는 너무 큰 집무실의 의자에 앉은 나에게 집사인 브라이언이 보고했다.

"리암 님, 메이드 로봇이 도착했습니다."

브라이언은 번필드가를 오랫동안 보필한 집사로, 이 저택을 책임지고 관리한다.

약간 날씬한 초로의 남자이며 귀족의 저택에 근무하고 있는 만큼 용모는 단정했다.

전생이었다면 주눅 들었을 외모였지만, 지금의 나는 브라이언보다 지위가 높았다.

나는 아직 어린애지만 불손한 태도로 대하기로 했다.

"그런가. 데려와라."

"네. ──들어와라."

집무실의 문이 열리고 거기로 입체영상에서 본 메이드 로봇이 들어왔다.

집무실로 들어오는 모습을 보니 등이 곧게 뻗어있었고 걸음걸이가 예뻤다.

영상과 똑같은 로봇이 올 줄 알았는데 실물은 내 예상을 뛰어넘어 아름다웠다.

움직임에 어색함이 없었다.

어디에도 로봇이라는 걸 알 만한 부분이 없었다.

있다고 하더라도 메이드 로봇이라는 걸 한눈에 알 수 있도록 어깨 부분에 태그가 찍혀있다는 점뿐이었다. 그 부분을 가리지 않도록 메이드복은 전부 어깨를 드러낸 디자인이 채용된다.

겉모습이 인간과 거의 똑같기에 착각을 방지하려는 조치일 것이다.

그 이외에는 구별할 수 없을 정도의 완성도였다.

메이드는 내 눈앞까지 오더니 커트시*와 비슷한 인사를 하며

─────

*서양 여성의 인사법. 한쪽 다리를 대각선 안쪽으로 빼고 다른 한쪽 무릎을 가볍게 굽혀서 한다. 양손으로 치맛자락을 가볍게 들어 올리는 경우도 있지만, 하지 않는 경우도 있다.

예쁜 목소리로 자기소개를 시작했다.

"처음 뵙겠습니다. 주인님의 아마기입니다."

기계 같은 전자음이나 어딘가 딱딱할 것을 예상했는데, 목소리 역시 사람과 다를 게 없었다.

난 내 메이드 로봇에게 '아마기'라고 이름 붙였다.

검은 머리카락에 일본풍 느낌도 넣었기에 정말 잘 어울리는 이름이라고 생각했다.

브라이언의 반응을 빠르게 살폈으나, 반응이 무덤덤하니 이름에 위화감은 없는 모양이었다.

일본식 이름도 그다지 부자연스럽지는 않은 듯했다.

브라이언이 자세한 설명을 했다.

"오늘부터 주인님의 시중을 들게 하고자 합니다. 단, 일주일에 한 번은 점검을 받을 필요가 있다고 합니다."

"점검?"

내가 아마기를 보니, 인사가 끝나 허리를 곧게 펴고 서 있었다.

"정기점검입니다. 2시간 정도로 종료됩니다."

"의외네. 더 움직일 줄 알았는데."

내가 불만스럽게 생각한다고 느꼈는지 브라이언이 황급히 점검의 중요성을 설명했다.

"점검이라고 해도 보디 체크입니다. 세척 등도 이때 실행합니다. 본격적으로 고장 나면 제조사의 수리가 필요하니까요. 그래서 정기적인 체크를 시행하는 겁니다."

아, 그런가. 일주일에 겨우 두 시간 쉬면 문제없이 움직인다고 생각하니 반대로 대단하게 느껴졌다.

그건 그렇다 치고, 난 아마기를 향해 양손을 뻗었다.

의도를 헤아린 아마기가 걸어와 내 작은 몸을 부드럽게 안아 올렸다.

날 들어 안은 팔의 감촉은 사람의 피부와 다를 게 없었다.

가슴을 만져보니 작은 손으로는 다 쥘 수 없을 정도로 컸다.

"남자가 이상적이라 여기는 부드러움이군."

너무 부드럽지 않고 탄력도 있어서 정말 훌륭한 가슴을 가지고 있었다.

그러자 이를 본 브라이언이 당황하여 주의했다.

"리암 님! 그런 짓을 다른 사람 앞에서 해서는 안 됩니다!"

오랫동안 번필드가를 섬기고 있는 브라이언은 내 증조부 대부터 저택을 관리하고 있다고 들었다.

그리고 집사가 없으면 저택 유지가 불가능해진다고 하니 간단히 자를 수 없는 인재다.

하지만 주인은 나다.

외모야 아이지만, 이런 상황까지 와서 겉으로만 아이인 척하는 것도 바보 같으니, 난 처음부터 아이다운 면을 버리기로 했다.

"뭘 하든 내 마음이다. 그보다 영내의 상황을 보고해라."

브라이언이 낙담한 모습을 보이면서 자신의 팔찌를 만지니 주위에 영상이 떠올랐다.

그 영상들은 영지의 상황을 수치와 그래프로 나타내고 있었다.

지도 같은 것도 표시되어 있지만—— 그것들이 무엇을 의미하는지 이해할 수 없었다.

"——이렇게 봐서는 모르겠는데."

브라이언도 "그렇겠죠"라고 말하며 약간 유감스러워했다.

애초에 알 수 있을 리가 없었다. 전생의 난 평범한 샐러리맨이었으니까.

영지 통치에 관한 지식은 조금도 없었다.

게다가 이곳은 전세보다 발전한, 성간 국가의 세계다.

아무것도 모르는 사람의 어설픈 생각 따위는 도움도 안 된다.

전세의 직장 후배이자 자타공인 오타쿠였던 닛타가 이세계 전생물을 좋아했었는데, 그가 동경하는 '현대지식으로 내정 치트'는 어림도 없을 듯했다.

그에게 이것저것 많이 배웠는데, 지금도 잘 지내고 있을까?

내가 회사를 그만두기 전에 퇴사했으니, 날 멸시한 인간이 아닌 게 작은 위안이다.

걔랑 좀 더 얘기해둘 걸 그랬어.

그나저나, 곤란하군.

뭘 하면 좋을지 전혀 모르겠다.

그 말은 곧 아무것도 못 한다는 것과 마찬가지.

좋은 일은 물론, 나쁜 일도 불가능하다.

악덕 영주로서 행동할 수도 없다.

내가 곤란해하자 날 안고 가슴을 주물리고 있는 아마기가 입을 열었다.

"주인님, 제게는 통치를 보좌하는 기능이 있습니다. 괜찮으시다면 주인님의 보좌를 수행하겠습니다."

"정말이냐? 하지만 난 아무것도 모르는데. 그런 상태에도 보좌할 수 있나?"

아무것도 못 하는 날 보좌해서 어떻게든 될까?

그렇게 물어보니 아마기는 문제없다고 대답했다.

"주인님께서는 교육 캡슐에 들어가는 것을 추천합니다. 그동안 제가 영내 관리를 대행하겠습니다. 긴급조치라 생각하셔도 무방합니다."

그 말을 듣고 브라이언이 표정을 바꾸었다. 브라이언 입장에서는 허용할 수 없는 모양이다.

"안 됩니다! 제국에서는 인공지능에 관리를 맡기는 걸 부정한 일로 여기고 있습니다. 허용되는 것은 보좌까지입니다!"

아마기는 그런 브라이언의 의견에 논리정연하게 반박했다.

"제국에 그러한 규정은 없습니다. 어디까지나 인공지능 사용은 최소한으로 하는 게 바람직하다고 여기고 있을 뿐입니다. 주인님에게 통치에 필요한 지식도 없는 현 상황에는 제 제안이 최선입니다. 하지만 지금은 주인님의 지시에 따르죠."

아마기와 브라이언이 나를 봤다.

아마기가 영주 대행을 수행하고 그동안 나는 교육 캡슐에서 공부인가.

──교육 캡슐은 정말 편리한 장치다.

액체가 든 캡슐에 들어가면 뇌에 지식을 인스톨해준다.

게다가 육체 강화도 해준다.

의무교육 수준의 지식은 캡슐에 반년 들어가 있으면 충분하다. 9년 동안 배울 것을 반년까지 시간을 단축해주는 꿈같은 장치인 거다.

문제가 있다면 지식을 주입하고 육체를 강화해도, 밖에 나와 실제로 공부나 운동을 하지 않으면 완전히 익혀지지 않는 점이려나?

교육 캡슐을 사용해도 지식을 인스톨했을 뿐이고, 그것을 활용하는 것은 본인이다.

사전을 가지고 있어도 사용하지 않으면 의미가 없는 것과 같다.

캡슐에서 나오면 재활도 필요하다.

움직이지 않고 지식이 인스톨 되고 이전보다 강해진 육체를 어떻게 다루는지 익히지 않으면 일상생활을 하는 것도 위태롭다고 한다.

그리고 캡슐에 들어가 있는 동안은 잠든 상태다.

다른 일은 아무것도 못 한다.

그래도 평범하게 공부하는 것보다 몇십 배나 효율이 높다고 들었다.

공중에 표시된 숫자나 그래프를 봐도 이게 대체 무엇을 나타내고 있는지 모르는 지금의 나는 아무것도 할 수 없다.

——그렇다면 어느 쪽을 고를지는 명백하다.

"브라이언, 캡슐을 준비해라. 아마기, 내가 캡슐에 들어가 있는 동안에는 영지를 맡기겠다."

"리암 님! 그래서는 안 됩니다!"

브라이언은 고함을 쳤지만, 아마기는 "맡겨주십시오"라며 대답했다.

아무래도 아마기는 내 명령 이외에는 따르지 않는 듯하다.

훌륭하다.

살아있는 여자와는 확연히 다르다.

이제 내 의지대로 움직이면 될 뿐이지만—— 나는 귀찮아도 브라이언을 설득했다.

"브라이언, 잘 들어. 아무것도 모르는 내가 영내의 일에 대해 의견을 내는 게 더 무섭잖아? 이건 필요한 일이다."

"그, 그건 그렇지만, 추문이라는 게 있습니다."

"그런 건 잠깐뿐이다. 알았으면 준비해."

애초에 맡길 수 있다면 맡기면 된다.

인공지능이니까 안 된다고 하지만 나하고는 상관없지.

그건 그렇고 곤란하네.

백성들을 착취하려고 해도 공부를 할 필요가 있을 줄은 몰랐다.

그냥 잠깐은 얌전히 지내자.

내 몸은 아직 어린이의 몸이다.

언젠가 백성을 괴롭혀 세금을 짜낸다고 해도 어린이의 몸으로는 별 감흥이 없을 것이다.

나는 아마기의 가슴을 주무르면서 그런 생각을 했다.

◇ ◆ ◇ ◆ ◇

번필드가의 영지는 이전 세계와 비교해도 문명 레벨이 상당히 낮았다.

이유는 영주가 백성이 쾌적한 생활을 보장할 필요가 없기 때문이다.

설령 인재가 필요해도 누군가를 발탁하여 교육 캡슐로 키우기만 하면 된다. 결국 영주들은 적절한 인구가 불만 없이 일하고 세금을 잘 내면 그걸로 만족인 것이다.

상황이 이렇다 보니 제국에는 번필드가 외에도 중세 수준의 생활을 보내는 영지가 많았다.

백성들에게 있어서 귀족들은 절대적인 존재다.

그리고 오랫동안── 번필드가의 지배를 받아온 백성들은 영주가 대물림을 받아 바뀌었다는 소식을 듣고 불안해했다.

마을의 분위기는 어둡고 침체되어 있었다.

쇠퇴한 술집에서는 피곤한 얼굴의 마스터가 일을 마치고 돌아가는 손님과 이야기를 하고 있었다.

이야기 주제는 당연히 리암이었다.

"들었나? 이번 영주님은 약관 5세라고 하더군. 젊어도 정도가 있지."

마스터가 닦은 유리잔을 확인하면서 손님에게 대답했다.

"——또 대가 바뀌었다는 걸 이유로 삼아 임시 징세를 시행할지도 모르겠군."

백성들은 선대인 클리프 때 지독하게 당한 기억이 아직도 남아있었다.

이미—— '몇백 년'도 전의 일이지만 마스터는 지금도 당시를 기억하는 것이다.

사람이 오래 사는 세상에서는 몇백 년 정도의 단위는 드물지도 않았다.

"내가 젊었을 때도 대가 바뀌었다는 걸 구실로 삼아 지독하게 털어갔었지."

번필드가는 이미 2대에 걸쳐 영주들이 가혹한 통치를 펼쳐온 상태였다.

리암의 증조부가 지배하던 시절에는 지금과는 달리, 번필드가는 번영을 누리고 있었다.

실제로 당시의 영주는 명군이란 소리를 들었다.

하지만 지금은 그 시절의 모습을 어디에서도 찾을 수가 없다.

그의 뒤를 이은 영주들이 번필드 가의 재산을 모조리 탕진해버린 것이다.

이제는 옛날에 더 행복한 생활을 했다는 게 노인들의 입버릇이었다.

젊은 세대는 괴로운 시대밖에 몰랐다.

손님은 싸고 금방 취할 수 있는 술을 한 번에 털어 넣고 불만을
토로했다.

"우린 그 귀족 놈들의 가축이냐고!"

"너무 큰 소리로 말하지 마. 뭐, 다음 영주님에게 기대해보자고."

"기대할 수 있나?"

"가능성은 제로가 아냐. 한없이 제로에 가깝겠지만."

"가망이 없잖아."

손님은 기운 없이 중얼거리고는 카운터에 푹 엎드렸다.

백성 중 그 누구도 리암에게 기대하지 않았다.

리암이 영지를 물려받아 2년이 지났다.

번필드가의 집사인 브라이언은 오늘도 저택을 보고 마음속으로 탄식했다.

전전대의 번필드 백작—— 리암의 할아버지가 다시 지은 저택은 조심스럽게 말하면 독창적, 나쁘게 말하면 저속했다.

손님이 오면 얼굴을 찌푸리거나 저택 이야기를 피하려고 할 정도였다. 쓴웃음을 짓는 손님이 정말 많았다.

복도도 구불구불 굽이져서 미로처럼 되어 있어서 신입 고용인이 길을 잃는 일도 드물지 않았다.

브라이언이 복도를 걷고 있으니, 젊은 남자 정원사가 일을 기계에 맡겨두고 그늘에 숨어 미니스커트 메이드와 수다를 떠는 모습이 눈에 들어왔다.

정원사는 제복이 미니스커트인 메이드를 꼬시고 있었다.

"괜찮잖아?"

"들키면 혼날 거야."

"괜찮다니깐. 안 쓰는 객실이 있잖아?"

"있지만……. 알겠어, 이거 비밀이야."

남자가 메이드의 어깨를 끌어안더니, 그대로 일을 내팽개치고 떠나갔다.

집사인 브라이언이 와도 부끄러워하지도 않았으며 인사조차 하지 않았다.

선대 영주인 클리프가 고용인을 뽑을 때 오로지 용모만 보고, 능력이나 인간성은 따지지 않았기에 이런 직업의식이 낮은 자가 많이 모이고 말았다.

브라이언은 그 점을 답답하게 여겼다.

"이 무슨 일인가. 이래서는 알리스타 님을 뵐 면목이 없다."

옛날에는 달랐다.

그야말로 브라이언이 번필드가를 모시기 시작한 시절에는 저 택이 더 견실했고 고용인들도 성실했다.

리암의 증조부인 '알리스타 세라 번필드'는 명군이라 불린 남 자다.

그런 주인을 섬길 수 있어서 당시의 브라이언은 자랑스러웠다.

하지만 리암의 할아버지가 후대를 이으며 영지 경영은 빠르게 기울기 시작했다.

영지의 몰락은 순식간이었다. 빚은 불어나고 번필드가의 명성 은 땅에 떨어졌다.

그때부터 번필드가의 암흑시대가 시작됐다.

사치의 극을 달려 백작가의 재산을 순식간에 탕진한 그들은 백 성들에게 세금이란 명목으로 돈을 갈취한 것도 모자라 빚을 내가 며 사치를 부렸다.

빚이 천정부지로 불어나자 그는 클리프에게 모든 것을 떠맡기 고는 수도성으로 도망쳤다.

――어리석었다.

그런 아버지를 보고 자란 클리프도 똑같았다.

브라이언은 예전의 영광을 잃은 백작가의 모습이 슬펐다.

브라이언은 집무실 앞에 도착하자 복장을 가다듬고 허리를 꼿꼿이 폈다.

문 옆의 전자기기를 통해 방 안에 목소리를 전했다.

"리암 님, 브라이언입니다."

그러자 전자기기에서 리암의 목소리가 들렸다.

「――들어와라.」

어린아이에게 어울리지 않는 침착한 목소리에 브라이언은 조금 동요했다.

문이 열리고 브라이언이 방에 들어가니, 옆에 아마기를 세워둔 리암이 집무실에서 영내의 상황을 확인하고 있었다.

아마기는 마치 비서처럼 리암을 보조하고 있었다.

리암은 어린아이답지 않은 표정으로 불만을 숨기려 하지도 않고 짜증을 냈다.

"리암 님, 무슨 일인지요?"

집무실의 책상은 성인 체격에 맞춰져 있기에 리암을 위해 어린이용 의자가 필요했는데, 리암은 그 의자에서 내려오더니 뒷짐을 지고 집무실을 걷기 시작했다. 어린이가 꽤나 거드름 피우는 것처럼 보였다.

하지만 리암은 실제로 신분이 높다. 아이지만 영주에 백작이다.

이 행성에서는 누구도 거역할 수 없는 존재였다.

"——브라이언, 난 지금까지 저택에서 나간 적이 없었다."

"예. 며칠 전까지 재활과 교육을 받고 있었으니까요. 운동도 저택 안에서 해결할 수 있지요."

얼마 전까지 리암은 교육 캡슐에서 잠들어 있었다.

보통 반년이 걸리는 과정이지만, 굳이 1년을 들여 주의 깊게 공부하고 육체를 강화했다.

그리고 그 뒤에는 밖으로 나와 재활로 인스톨한 지식 확인과 강화된 육체 체크를 시행했다.

이건 밖에 나가지 않아도 안뜰에서 해결할 수 있었다.

그리고 지금도 리암에겐 밖에 나갈 용건이 없었다.

그래서 리암은 알아차리지 못했다.

——자신이 사는 저택이 얼마나 저급한지를.

"궁금해서 저택 밖에 나가봤는데, 저택 구조에 문제가 있다고 생각하지 않나?"

브라이언은 리암과 같은 의견이었지만, 집사로서 전전대의 취미를 깎아내릴 수는 없기에 돌려서 대답했다.

"굉장히 독창적이라고 생각합니다."

"그런 빈말은 필요 없어!"

리암이 격노하여 작은 몸으로 발을 동동 굴렀다.

그리고 리암이 아마기에게 시선을 보내자 브라이언 주위에 전전대와 전대 클리프가 세운 저택이 투영되었다.

저택, 별장, 수많은 건물이 브라이언 주위에 투영되었다.

전부 끔찍한 형태였다.

센스라고는 눈곱만큼도 없는, 악의마저 느껴지는 저택뿐이었다.

"바보냐? 바보 맞지?! 왜 기발한 형태에 집착하는 거야! 생활하기 불편하다고! 그리고 수치스럽지 않냐! 난 수치스럽다고!"

(리암 님의 센스가 평범해서 이 브라이언은 안심했습니다.)

브라이언은 리암의 감성이 평범해서 조금 기뻤다.

하지만 끔찍한 저택이 수없이 존재한다는 사실은 변함이 없다.

그중에는 번필드가의 친족에게 주어진 저택도 있지만, 재정 상황을 알고 있는 친족들은 이미 수도성으로 도망쳤기 때문에 영지 안에는 아무도 남아있지 않았다.

리암이 5살이란 나이에 문제없이 지위와 영지를 물려받을 수 있었던 이유는 친족이 반대하지 않았던 것도 크다.

애초부터 누구도 이런 영지는 원하지 않는다.

게다가 가문을 섬기는 가신── 기사도 없다.

기사는 평범한 병사들과 달리 인간을 뛰어넘는 실력을 얻은 자들이다.

제국에서는 그런 자들 대부분이 나라나 영주를 섬기고 있다.

그들은 우수한 전사인 동시에 지휘관이며, 무엇이든 할 수 있는 유능한 존재인데── 번필드가에는 그 기사가 단 한 명도 없었다.

번필드가가 악화일로(惡化一路)를 걷자 대대로 섬겨오던 가신들

이 다른 가문으로 떠나거나 전전대 영주를 따라 수도성으로 옮겨
갔기 때문이다.

덕분에 리암에게는 가신이라 부를만한 기사가 없었다.

관리나 군인, 고용인 등은 어느 정도 영내에서 해결할 수 있다.

하지만 기사만큼은 손 쓸 방도가 없다.

현재 영내에는 유능한 가신이 한 명도 존재하지 않는 상황이
었다.

(딱하기도 하지. 영주가 어린아이에게 모든 것을 떠넘기고 수
도로 도망치는 꼴이라니. 알리스타 님 시대에는 생각도 할 수 없
었던 일이거늘.)

브라이언을 앞에 두고 리암이 선언했다.

"저택들을 전부 철거해. 이 저택도 필요 없어. 나에게 어울리는
저택을 마련하겠다."

그 말을 들은 브라이언이 당황했다.

"그, 그럼 다른 저택이나 별장을 관리하는 사람들은 어떻게 하
시는 겁니까?"

리암은 화가 치민다는 듯이 행동하고 있었다.

"관심 없어. 잘라."

갑작스럽게 해고하면 곤란하다고 생각하고 있으니 아마기가
조언했다.

"주인님, 그들에게 재취업할 곳을 준비하시는 걸 권장합니다.
그리고 저택을 새로 세우는 작업도 조금 기다리시는 게 좋을 것

같습니다.”

“왜지?”

“불필요한 저택들을 철거하여 유지비를 감축하는 방안은 찬성하나, 주인님께 어울리는 저택을 준비하는 작업은 시간이 필요합니다. 그러니 본격적인 저택을 준비하기 전에 임시거처를 마련하시는 게 어떻겠습니까?”

훌륭한 저택을 짓기 전에 임시거처를 마련한다.

그 말을 듣고 브라이언은 안도했다.

(새로 빚을 지는 것보다는 나은가. 아니, 해체 비용으로 다시 빚을 지게 될까? 하지만 쓸데없이 넓고 기발한 것보다는 낫지.)

리암은 잠시 생각하고는 고개를 끄덕여 아마기의 제안을 채용했다.

“그렇군. 내 저택은 시간을 들여서 정성껏 만들어야지. 그런데 비용을 준비할 수 있나?”

아마기는 바로 이후의 예정에 관해 이야기했다.

“돈을 준비하려면 백작가의 군대를 재편해야 하지 않을까요.”

“군대를 재편한다고?”

영주 귀족은 군대를 가질 수 있다.

자신의 영지를 지키기 위해 제국으로부터 부여받은 권리다.

리암은 영내의 상황을 막 확인하기 시작한 참이라 아직 자세히 모르는 모양이었다.

아마기가 데이터를 보여주니 리암이 그 데이터에 감탄했다.

"우주 전함이 3만 척이나 있어? 굉장한 숫자네."

아마기는 고개를 끄덕이면서도 실정을 전했다.

"네. 하지만 가동률은 2할 이하입니다."

3만 척이나 있지만 움직이는 건 6천 척도 안 됐다.

게다가 상당히 오래된 구식이라 대부분 깡통이나 마찬가지였다.

"현 상황에는 불필요한 숫자입니다. 꼭 필요한 3천 척만 남기고 군을 축소하면 유지비가 차원이 다르게 저렴해질 겁니다."

아마기의 계획을 들은 브라이언은 놀라고 말았다.

"겨, 겨우 3천 척이라고?!"

리암은 그 숫자가 별로 실감이 안 났다.

"그건 많은 건가, 적은 건가? 판단하기 어렵네."

브라이언은 이대로 아마기의 계획이 채용되면 큰일이라고 생각해 리암에게 진언했다.

"기다려 주십시오! 제국의 백작가는 전함 1만 척을 보유하는 게 관례입니다. 그런데 갑자기 10분의 1로 군축을 하다니요! 반대합니다!"

리암이 고개를 갸웃했다.

"그래? 하지만 가동률이 2할이라잖아?"

그러나 갑자기 군축하는 것도 문제가 없지는 않다.

"가동률만의 문제가 아닙니다. 군의 수를 너무 줄이면 다른 귀족은 물론, 해적들까지 저희를 깔보게 될 겁니다!"

전력을 10분의 1까지 줄여버리면, 저 가문은 돈도 없냐고 귀족들이 깔본다.

때로는 같은 제국의 귀족끼리도 전쟁하는 세상에서 경시당하는 건 큰 디메리트다.

적은 그들뿐만이 아니다. 이 세계에는 성가신 놈들이 있다. 바로 해적── 이 세계에는 우주 해적들이 존재한다.

영주들도 대규모 해적단은 당해내지 못하는 경우가 있을 정도다.

그렇기에 군비는 액수 자체도 중요한 의미가 있다. 설령 실속이 없더라도 3만 척이나 있으면 해적들도 무리해서 쳐들어오지 않기 때문이다.

하지만 아마기는 그런 브라이언의 의견에 반론했다.

"현재 번필드령은 해적 100척을 상대할 때 전함 1,000척이 필요할 만큼 장비 노후화가 심각하고 병사의 단련이 부족합니다. 유명무실한 숫자를 갖추기보다 규모를 축소하더라도 실속있는 군대를 갖추어야 합니다."

리암의 결단은 빨랐다.

"그럼 그렇게 하지."

브라이언의 의견과 정면으로 대립했는데 리암은 바로 아마기의 제안을 받아들이고 말았다.

"리암 니이이임!"

브라이언이 울상을 지었지만, 리암은 듣지 않았다.

"무능한 부하는 필요 없어."

아마기는 담담하게 군축계획을 짰다.

"그럼 바로 재편에 착수합니다. 이걸로 저택 건축 예산을 확보하겠습니다."

"참 나, 쓸데없는 허세를 부리기는. 움직이지도 않는 걸 2만 4천 척이나 갖고서 뭘 하겠다고. 그냥 방해될 뿐이잖아."

그 말을 들은 브라이언은 불안하게 여겼다.

리암이 안이하게 인공지능의 의견을 받아들이는 게 문제였다.

"리암 님, 인공지능에 너무 의지하고 있습니다! 리암 님은 기계를 이용하는 측이지, 이용당해서는 안 됩니다! 그리고 다른 가문이 번필드가의 가세가 기울었다고 단정하고 깔볼 겁니다."

리암이 코웃음 쳤다.

"사실이잖아? 아니면 번필드가가 아직도 번듯하다는 건가? 달리 대안이 없으면 입 다물고 있어."

브라이언이 어깨를 축 늘어뜨렸다.

대안이 있을 리가 없다.

애초에 브라이언의 직업은 집사다. 내정이나 군사에 참견 따위는 할 수 없다.

리암은 아마기를 바라보며 이후의 일을 어찌할지 의논했다.

"하지만 군의 수가 너무 적으면 언젠가 분명 문제가 생길 거야. 군비는 결코 경시할 수 없어. 가까운 시일 내에 원래 숫자로 되돌릴 수 있나?"

리암의 의견을 듣고 브라이언은 아주 약간 다시 봤다.

(이럴 수가. 착실하게 생각하고 계셨군요.)

아마기는 리암의 생각에 동의했다.

군대를 줄이기만 해서는 끝나지 않는 모양이다.

"후일에 백작가에 걸맞은 군대를 재편성해야 합니다. 재교육, 재훈련으로 정예로 만든 뒤에는 영지의 재정 상황에 맞춰 규모를 확대하고자 합니다."

아마기는 놀고 있는 인원을 민간으로 돌려보내 영지를 활성화하고 싶은 듯했다.

리암도 그 말을 듣고 납득했다.

"종이호랑이 따위는 필요 없어. 내게 필요한 건 싸울 수 있는 군대다. 아마기, 재편을 진행해라. 때가 되면 백작가에 어울리는 ──아니, 나에게 어울리는 함대를 손에 넣을 것이다."

리암이 브라이언을 봤다.

"브라이언, 불만이 있나? 언젠가 3만 척이든 그 이상이든 갖춰 주지. 지금은 3천 척으로 참아라."

브라이언은 식은땀을 손수건으로 닦으면서 대답했다.

"어, 없습니다."

리암은 브라이언의 대답에 만족한 뒤에 아마기를 봤다.

"아마기, 당장 실행해라."

"네, 주인님."

──브라이언은 생각했다.

(아이인데도 이 결단력── 꼭 알리스타 님이 떠오르는군.)

브라이언은 우수했던 알리스타와 리암을 겹쳐 보았다.

다만——.

"좋아, 문제 하나는 해결했군. 아마기, 안아라."

"네, 주인님."

——아쉬운 점이라면 다른 사람 앞에서 당당하게 인형인 아마기에게 안겨 어리광을 부린다는 점일 것이다.

(리암 님, 이 브라이언 앞에서 당당하게 아마기에게 안기면서 가슴을 주무르지 말아 주십시오. 저는 어떤 표정을 지어야 할지 모르겠습니다!)

브라이언은 마음속으로 울었다.

——상상 이상으로 심각했다.

교육 캡슐에서 나와 재활을 마친 나는 영지의 상황에 아연실색했다.

캡슐로 인스톨한 지식 덕분에 여러 데이터가 무엇을 나타내는지 금방 알 수 있었다.

보면 볼수록 영지의 상황은 심각했다.

"이래서는 아무리 쥐어짠들 찌꺼기도 안 나오잖아!"

내가 전생한 곳은 내가 살던 세상보다 과학이 발전하고 마법조차 있다. 하지만 이곳 백성들의 생활은 내가 아는 일본보다 많이 뒤처져있었다.

아니, 이미 근대 수준이라고 보아도 될 지경이었다.

성간 국가 세계가 아니었나?

우주 전함이 서로 빔을 쏘며 전쟁하는 세상인데, 내 영지는 시대에 완전히 뒤처졌다.

영민들은 활기가 없었고, 세금은 이미 한계까지 쥐어짜고 있었다.

이미 악정이 극에 달해 백성을 더 괴롭힐 여지가 없었다.

마치 내가 뭔가를 할 필요도 없이 악덕 영주가 할 수 있는 일을 모조리 마친 모습이었다.

"왜 다들 영지를 저 꼴이 되도록 방치한 거야?!"

내 불만에 아마기가 담담히 설명했다.

"가만히 있어도 발전하기 때문입니다. 굳이 영주가 발전을 주도하며 수고할 필요성을 느끼지 못한 것이죠. 또한 발전을 이룰수록 영주가 영지를 관리하는 수고가 늘어납니다."

고작 그게 이유인가?!

"인공지능을 쓰면 해결될 일이잖아!"

"다른 영주들도 인공지능을 사용하고 있습니다만, 인공지능 사용의 최소화 규칙을 벗어나지 못하고 있습니다."

이전 영주들의 방식은 무척이나 단순했다. 영민에게 발전할 여지를 남기고 아슬한 수준까지 세금을 착취하는 거다. 시간이 흐를수록 인구는 늘어날 테니까.

지식인이나 수하가 필요한 경우에는 캡슐에 집어넣어 교육하면 된다고 생각했으며, 그 이외의 백성에게 지식은 필요 없다는 듯이 굴었다.

　──이미 내가 손을 댈 여지가 없다.

　악덕 영주의 길이 시작하자마자 막혀버렸다!

　"난 뭣도 모르고 부모에게서 지독한 영지를 떠맡은 꼴이잖아, 이거?"

　그 안내인, 날 속인 건가?

　그런 생각이 머리를 스쳤지만, 아마기가 나를 타일렀다.

　"주인님, 확실히 번필드가의 영지의 상황은 심각합니다. 하지만 이제부터는 올라가는 일만 남았다고 생각할 수도 있습니다. 올바르게 세금을 운용하면 10년 후, 20년 후에는 걸맞은 성과를 얻을 수 있습니다."

　이 세계 인간의 수명은 아주 길다. 무려 성인의 기점이 50세일 정도다. 이 세계는 50세에 달해도, 13세 전후의 외모밖에 되지 않는다. 전쟁이 빈번한 탓에 통계 신뢰도가 좀 떨어지지만, 인간의 평균수명은 3, 400세에 달한다. 600년을 산 사람도 있다고 하니, 20년 정도는 짧은 시간일지도 몰랐다.

　"20년인가……."

　"네. 20년 안에 영지를 발전시킬 수 있습니다."

　아마기가 말한다면 틀림없겠지.

　일단은 20년── 상황을 보자.

이런 상황에서 백성들을 쥐어짠들 조금도 재미있지 않다.

게다가 내 몸도 아직 어리고.

시간은 잔뜩 있으니 나는 한동안 영지에 투자하기로 했다.

나중에 투자한 만큼 회수하면 아무런 문제도 없다.

"꼭 필요한 예산 외에는 전부 영지 정비로 돌려라. 나중에 확실하게 회수할 수 있을 만큼 키워주지. 그리고 아마기―― 난 힘을 원해."

한가한 틈에 이것저것 손에 넣어야 할 것이 있다.

"전력을 말씀하시는 건가요? 군비는――."

"아니야. 내 힘을 말하는 거다. 내 몸 말이다."

"신체를 단련하고 싶으신 건가요?"

"그래. 무예든 뭐든 좋으니까 강해지고 싶어."

전생에 난 폭력 앞에 떨었다.

빚을 징수하러 오는 우락부락한 남자들이 무서웠다.

폭력 따위는 무의미하다고 생각했지만, 지금은 힘이 필요하다고 생각을 고쳤다.

다른 자를 짓밟기 위해―― 난 힘을 원했다.

다른 자를 두려워하지 않을 만한 힘을 원한다.

다른 자를 짓밟는 폭력을 원하는 것이다.

그러기 위해 강해지고 싶었다.

"주인님에게는 필요 없다고 생각합니다. 최소한의 단련만으로 충분하지 않을까 합니다."

"안 돼. 일류 지도자를 준비해라. 거기에 들어가는 예산을 아끼지 마라. 이건 필요한 지출이다."

모든 것은 빼앗기지 않기 위해서다.

내가 빼앗는 쪽이 되기 위해── 힘이 필요하다.

◇ ◆ ◇ ◆ ◇

그곳은 세상의 틈새라 할 만한 곳이었다.

주위는 까맣고 아무것도 보이지 않았다.

안내인은 이곳에서 히죽거리고 있었다.

그는 마치 땅에라도 놓은 듯이 여행 가방에 걸터앉아 즐거운 듯이 영상을 보고 있었다.

영상에는 몇 년 만에 여위어버린 리암의 전처── 전생의 전처의 모습이 나오고 있었다.

그녀는 완전히 지친 얼굴로 길을 걷고 있었다.

"상당히 여위었네요. 머리카락도 푸석푸석하고 옷도 싸구려에 구깃구깃하지 않습니까."

저금을 조금씩 깨면서 딸과 둘이서 어떻게든 살고 있었다.

안내인은 그런 전처의 완전히 변한 모습을 보고 만족스러워했다.

안내인 주위에는 그녀와 똑같이 불행해진 사람들의 영상이 여럿 투영되어 있었다.

몸소 손을 대서 불행하게 만든 인간들이다.

그런 그들의 부정적인 감정이 안내인을 만족시켜줬다.

——힘이 솟아난다.

"어이쿠, 덤 수준이라 즐길 수도 없네요. 리암 씨의 상황도 확인해야 해요. 아~, 바빠라."

바쁘다고 하면서 진심으로 즐거워했다.

손을 뻗자 거기에 다른 영상이 떠올랐다.

——리암은 7살이 되어 있었고 인형과 이야기하고 있었다.

안내인이 큭큭 하고 웃었다.

"살아있는 여자를 믿지 못하고 정교하게 만들어진 인형을 곁에 두다니 웃기는군요. 게다가 그게 귀족의 사회적인 지위를 위태롭게 만든다는 걸 깨닫지 못했어. 이 얼마나 즐거운 상황인가요."

불우한 환경에 있는데도 아직 알아차리지 못한 점도 마음에 들었다.

"지금부터 서서히 농락하는 것도—— 어라?"

영상 속에서 리암은 힘을 원한다고 말하고 있었다.

전생에 폭력을 두려워한 인간이 내생에 힘을 바란다—— 안내인은 좋아서 참을 수가 없었다.

"빼앗기지 않기 위해 힘이 필요하다는 건가요. 정말이지 평범한 인간이네요. 하지만 그 점이 좋아요!"

안내인이 손으로 영상을 만졌다.

몸에서 검은 연기가 흘러나와 영상에 스며들었다.

"훌륭한 인재를 준비해드리죠. 애프터서비스도 확실히 하는 게 제 방침이니까요."

리암의 스승이 될 남자를 찾아 억지로 인연을 이었다.

이렇게 하면 이제 무슨 짓을 해도 그 남자가 리암의 무예 스승이 된다.

원래라면 우수한 스승이 와도 이상할 게 없지만, 안내인이 준비한 검술 스승은 우수하다고 할 만한 남자가 아니었다.

"즐겨주세요, 리암 씨. 언젠가 파멸하는 그때에는 반드시 마중을 나가지요."

입가밖에 보이지 않는 안내인은 입을 초승달 모양으로 만들고 리암을 봤다.

번필드가의 우주항.

거기에 한 남자가 도착했다.

기모노 차림이고 하의는 보라색, 머리카락은 부스스하고 수염을 아무렇게 기른 낭인 같은 풍모를 지니고 있었다.

허리에는 칼을 차고 있었다.

"――상당히 외진 시골이군."

남자의 이름은 【야스시】.

부스스하게 긴 머리카락과 수염.

모습은 깔끔하지 못하지만 리암에게 무예를 가르쳐주기 위해 온 남자다.

원래라면 야스시가 아니라 진짜 달인이 올 예정이었다.

하지만 그 남자는 '우연히'도 번필드가의 악행 등을 알아서 의뢰를 거절하고 싶었다.

애초에 번필드가는 보수를 지급하는지도 의심스러운 가문이다.

그래서 달인은 야스시를 번필드가에 소개했다.

"젠장, 그놈한테 빚만 없었으면."

어깨를 늘어뜨리며 낙담하는 야스시의 모습은 정말 한심해서 도무지 무예를 닦은 남자로는 보이지 않았다.

야스시는 빚 탕감을 조건으로 이 일을 받아들인 것이다.

하지만 쇠퇴하고 활기가 없는 우주항을 보고 벌써 후회가 밀려오기 시작했다.

"본업을 하러 온다고 해도 이런 영지에는 오고 싶지 않구만."

──이 남자는 분명히 말해 전혀 강하지 않았다.

여러 무예를 배웠지만 전부 꾸준히 하지 못해 어중간한 상태로 포기하고 어슬렁거리고 있었다.

무예의 극에 달했다고 허풍을 떨며 마술 같은 기술을 보이며 하루 벌어 하루 먹고 사는 남자였다.

"의뢰주는 꼬맹이라고 하니 속이는 건 어렵지 않을 테지. 그나저나 나한테 무예를 배우다니, 그 꼬맹이가 불쌍하군."

일단 그도 기초는 배웠으니 가르치는 것 정도는 가능했다.

하지만 그건 기초뿐이다.

기술이나 오의 같은 건 불가능했다. 애초에 야스시에게 그런 기술은 없었다.

그나마 배운 기초마저 정확한지 의심스러운 수준이다.

그래도 이 의뢰를 받은 건 단순히 돈이 없었기 때문이었다.

"뭐, 어떻게든 되겠지."

제멋대로인 꼬마라면 금방 질릴 테니 적당히 칭찬해서 기분 좋게 지도해주면 만족하리라고 쉽게 생각했다.

"굳이 칼을 배우고 싶다는 것도 그래. 일단 차림은 그럴듯하게 하고 왔는데—— 특이하네."

이 세계에도 칼, 그러니까 지구로 치면 동양검이 존재했지만 그다지 유명하지는 않았다. 검을 쓰는 이들은 대부분 서양검을 선택했다.

야스시도 칼을 차는 건 오랜만이었다.

"그럼, 잘 속여서 돈을 우려내줄까."

이 남자의 본업은 축젯날 장사꾼이다.

재주를 부리고 돈을 버는 남자가 안내인의 악의에 의해 리암의 스승으로 선택된 것이다.

어째 분위기가 있는 아저씨가 왔다.

기상천외한 저택의 앞마당에서 아저씨—— 야스시 스승님은 내 앞에 무릎을 꿇고 앉아있었다.

잔디 위에서 무릎 꿇고 앉아있는 모습은 늠름했다.

수염을 아무렇게 기르고 구깃구깃한 기모노를 입은 모습은 꼭 낭인 같았지만 뭔가 분위기가 달랐다.

이게 진짜 무예를 익힌 남자일 것이다.

"——리암 공."

천천히, 그리고 조용히 스승님이 내 이름을 불렀다.

"아, 네!"

위축되어 있으니 스승님은 나에게 웃음을 지었다.

"긴장할 필요 없습니다. 우선 소생의 유파에 대해 설명해두고자 합니다."

스승님은 칼을 보여줬다.

굳이 칼을 고른 이유는 이 세상에도 칼이 존재하기에 이왕 배운다면 이걸 배우고 싶었을 뿐이다.

깊은 사유도 없이 골랐는데 결과적으로는 정답일 것이다.

이런 사람에게 배울 수 있다면, 칼을 선택한 건 틀린 게 아니었어.

"리암 공, 저희 유파의 오의는 필살의 비기. 함부로 보여줘서는 안 됩니다. 하지만 소생의 실력을 보고 싶겠지요. 그러니 특별히 딱 한 번만 오의를 보여드리겠습니다. 단! 관계자 외에는 보지 말았으면 합니다. 리암 공 혼자서 보십시오."

갑자기 오의를 가르쳐줄 줄은 몰랐다.

좀 더 보여주기 꺼릴 줄 알았는데 부드러워 보이는 분위기와 검을 가르치는 것에 대한 진지함── 스승님은 분명 인간적으로도 상당히 괜찮은 사람일 것이다.

내 뒤에 있는 아마기가 스승님에게 의심스럽다는 시선을 보내고 있었다.

"안전상의 문제로 그것은 허용할 수 없습니다."

"아마기, 실례야."

주의했지만 아마기는 물러서지 않았다.

"아뇨, 주인님의 안전은 최우선 사항입니다."

스승님은 표정을 바꾸지 않았고 화난 기색도 없었다.

하지만── 조용하고 확실하게 단언했다.

"그럼 이 의뢰를 받아들일 수 없습니다."

권력자가 앞에 있는데 이 여유! 이 사람은 진짜다.

분명 자신의 힘에 자신이 있을 것이다.

나는── 이 사람에게 배우고 싶다!

"아마기, 내가 허가한다!"

아마기는 나의 강한 희망에 반대하지 못하고 마지못해 납득한 듯했다.

"——무슨 일이 있으면 바로 도움을 요청하십시오. 그리고 이걸."

"뭐지?"

받은 것은 단말기였다.

"사기꾼 같은 검술가도 많다고 하니 이걸 써서 조사해주십시오."

"조사하라고?"

"네. 사기에 사용되는 도구를 감지합니다. ——괜찮습니까?"

아마기의 시선이 스승님에게 향했지만, 스승님은 웃는 얼굴로 앉아있었다.

"상관없습니다."

"그럼 이 자리를 뜨겠습니다. 주인님, 부디 조심해 주십시오."

그렇게 말하고 자리를 떠나는 아마기를 배웅하고 나는 스승님과 단둘이 되었다.

스승님은 일어서서 준비한 통나무를 집어서 나에게 건넸다.

"이걸 자르는 건가요?"

평범한 통나무다. 사기를 간파하는 단말기도 반응을 보이지 않았다.

"네, 그렇습니다. 그럼 소생 주위에—— 칼이 닿지 않는 위치에 배치합니다. 리암 공이 아무 곳을 지정해 주십시오."

그 말을 듣고 통나무를 어디에 둘지 지정하니 스승님이 통나무를 땅에 박아 나갔다.

스승님을 중심으로 뿔뿔이 흩어져 배치된 통나무.

칼을 뽑아도 닿지 않는 곳에만 배치되었고, 그중에는 5m 이상이나 떨어진 통나무도 있었다.

스승님은 칼을 칼집에 넣은 채로 오의에 대해 해설했다.

"리암 공, 저희 일섬류의 오의는 무의 극치와 마법이 융합된 복합기입니다. 기술 따위는 이것 하나로 충분. 그 외에는 기초에만 힘을 쏟고 있습니다."

나는 스승님의 분위기에 숨을 죽였다.

이 세계의 검술은 판타지 검술이다.

참격이 날아다니고 물리법칙을 무시하는 기술이 난무하는 세상에 이름이 붙은 기술 따위는 하나만 있으면 충분하다고 하니, 정말 극단적인 유파였다.

일섬류—— 분명 굉장한 유파일 것이다.

"오의는 함부로 보여주거나 해서는 안 됩니다. 하지만 극에 달하면 본다고 해도 아무런 의미 없죠. 이것이 극의—— 오의 일섬입니다."

스승님은 그렇게 말하고 딱 한 번 왼손 엄지로 칼의 코등이를 밀고, 그리고 되돌려서 팅 하고 맑은 소리를 냈다.

자연스럽게 선 자세로 그 움직임만을 보인 것만으로도——.

"스승님, 왜 그러시죠?"

입을 다무는 스승님을 이상하게 생각하여 말을 걸자, 떨어져 있는 통나무가 땅에 떨어지는 소리가 들려 뒤돌아봤다.

"——말도 안 돼."

——통나무가 전부 베여서 땅에 떨어져 있었다.

절단면도 깔끔했고 통나무마다 전부 다른 궤적으로 잘려있었다.

칼이 닿는 거리가 아닌데, 거합 같은 기술일까?

애초에—— 언제 칼을 뽑았지? 안 보였는데.

그걸 몰라 당황하고 있으니 스승님은 심호흡했다.

"이것이 일섬류의 오의입니다."

놀라서 단말기를 봤지만, 전혀 반응하지 않았다.

"언제 벤 건가요?"

스승님이 놀라는 나에게 한 번 더 검으로 챙 하고 쇳소리를 냈다.

다시 통나무가 베였는데, 그 통나무는 스승님 바로 뒤에 있는 것이었다.

사기행위가 없었는지 단말기도 아무런 반응이 없었다.

나는 아연실색했다.

"그건 일섬류를 배우는 과정 중에 알게 되겠죠. 스스로 답을 찾는 것도 하나의 수행입니다. 자, 그럼 묻겠습니다. 일섬류를 배우고 싶습니까?"

대답은 뻔하다.

난 크게 고개를 끄덕였다.

"네!"

대단하다, 판타지 세계! 이렇게 대단한 기술이 있을 줄은 생각지도 못했다!

이걸 터득하면 난 강해질 수 있다!

◇ ◆ ◇ ◆ ◇

눈을 반짝이는 리암을 본 야스시는 생각했다.

(잘들 속는구나.)

어린아이를 속이는 게 약간 찔리지만 살아가기 위해서는 돈을 벌어야 한다.

(나는 기껏해야 문외한보다 조금 나은 수준인데, 안쓰럽군.)

야스시는 일부러 리암 앞에서는 자신을 '소생'이라 불러 정말 강할 것 같은 분위기를 냈다.

하지만 실상은 검의 달인이 아니다.

분위기밖에 없는 남자—— 그것이 야스시다.

(어차피 귀족은 이놈이고 저놈이고 나쁜 놈들뿐이다. 열심히 돈을 벌어볼까.)

그의 시선이 힐끔 통나무로 향했다.

이 기술은 속임수다. 자신을 겉꾸리기 위한 수작일 뿐이다.

통나무는 처음부터 잘려있었고, 리암이 확인한 통나무만 멀쩡한 녀석이었다.

즉 도중에 바꾼 것이다.

(나쁘게 생각 마라. 이런 단순한 속임수를 간파하지 못한 녀석이 나쁜 거다.)

야스시는 리암이 가진 단말기를 보고 마음속으로 가슴을 쓸어

내렸다.

(후~, 하지만 조금 조마조마했군. 이 정도는 오히려 기계에 걸리지 않는 건가. 뭐, 걸려도 마법을 사용했기 때문에 반응한 것 같다고 잡아떼면 그만이지만. 고장이라도 난 건가? 뭐, 어찌 됐든 상관없지.)

사기를 감시하는 도구는 한 가지 결점이 있었다.

고도의 사기에는 반응을 보이지만 원시적인 속임수는 반응하지 않는 것이다.

즉, 야스시의 속임수가 너무 어설픈 탓에 반응하지 않았다.

야스시는 리암에게 말을 걸었다.

"그럼 바로 기초부터 배웁시다."

"네, 스승님!"

자신을 믿어 의심치 않는 리암을 보고 야스시는 마음속으로 미소 지었다.

야스시가 리암에게 검을 가르치기 시작한 지 3년이 지났을 무렵이다.

리암은 매일같이 야스시가 가르쳐준 기초를 반복했다.

야스시는 그 모습을 멀리서 보고 있었다.

"역시 아이는 배우는 게 빠르군. 그럼 다음은 뭘 가르쳐야 할까?"

야스시는 칼뿐만 아니라 창, 맨손, 소도 등 여러 무기의 기초를 가르쳤다.

다른 무기의 특징을 알기 위해서는 그 무기도 다룰 줄 알아야 한다는 변명으로 시간을 끈 것이다. 딱히 무술적 의도는 없었다.

애초에 야스시는 가르칠만한 기술이 거의 없었다.

리암을 가르치면서 무료 동영상 등으로 조사한 무예의 기초를 그럴듯하게 가르쳐주는 것이 대부분이었다.

수행 중에 위인의 명언 등을 곁들이면 리암이 멋대로 납득했기에 그다지 어렵지도 않았다.

나무 그늘에서 쉬던 야스시는 새 저택으로 시선을 옮겼다.

이전의 기상천외한 저택이 해체되었고, 새로운 저택이 생겼는데, 전에 비하면 규모가 상당히 검소했다.

백작가의 저택답지 않게 매우 조촐했다.

"번필드가의 나쁜 소문을 많이 들었는데, 생각보다 검소한 생활을 한단 말이지……."

하지만 야스시의 대우는 나쁘지 않았다.

오히려 상당히 귀한 대접을 받고 있어서 야스시 입장에서는 맥이 빠질 정도였다.

"귀족은 좀 더 나태하고 난폭한 게 보통이건만, 저 꼬맹이는 왜 저리 착실하지?"

리암은 야스시가 알고 있는 귀족과는 뭔가 달랐다.

오늘도 필사적으로 기초를 반복하고 있었다.

"귀족이 직접 강해져서 무슨 의미가 있다고. 어차피 부하가 지켜줄 텐데."

야스시는 그런 소리를 하며 태평하게 하품했지만, 사실 그리 태평한 상황은 아니었다.

겨우 3년 만에 야스시가 리암에게 가르쳐줄 것이 전부 없어진 것이다.

리암은 기초도 착실하게 반복하고 배우기도 잘 배운다.

오히려 지금은 야스시보다도 더 강할 거다.

섣불리 참견하면 그동안의 거짓말이 들통날 수도 있어서 최근에는 그저 지켜보기만 하고 있었다.

"지켜보기만 하면 오히려 편하겠지만, 그 인형이 자꾸 감시하니 원. 귀족이 대체 왜 저런 인형을 곁에 두는 거지?"

귀족은 보통 인형을 곁에 두지 않는다.

가지고 있다고 하더라도 보통 몰래 소장한다.

그렇기에 야스시의 눈에는 리암이 괴짜로 보였다.

하지만 한편으로는 저러는 이유도 어쩐지 짐작이 됐다.

"──아무것도 모르는 아이에게 모조리 떠넘기다니, 이래서 귀족 놈들은."

리암은 귀족으로서 특수한 환경에서 자랐고, 그 때문에 세상 물정을 모르는 것이라고, 야스시는 멋대로 납득했다.

"선대 영주가 도망쳐서 발전하는 영지라니, 참 얄궂은 일이야."

활기라곤 조금도 없던 영지는 요 몇 년 사이에 기운을 점차 되찾고 있었다.

병사와 백성들이 인프라를 정비하는 등, 정체되어 있던 영내 개발이 활발해지면서 이에 투자했던 자금보다 더욱 큰 효과를 불러오고 있었다.

다만 선대들이 남겨둔 막대한 빚은 여전했기에 가난하다는 것에는 변함이 없었다.

"보고 있으면 참 불쌍해. 아무것도 모르고 열심히 하는 꼴이라니. 내가 다 눈물이 나는군."

야스시는 리암을 약간 동정했지만, 그뿐이었다.

속이고 있다는 걸 가르쳐줄 생각도 없고, 이대로 단물을 빨 생각이었다.

다만, 야스시는 한 가지 신경 쓰이는 점이 있었다.

"근데 저 꼬맹이…… 비리, 부정을 매우 싫어할 것 같은데, 들키면 나도 제거당하는 거 아니야?"

리암은 귀족치고는 착실한 편이다.

그런 사람에게 부정을 들키면 어떻게 되겠는가?

야스시는 약간 불안을 느꼈다.

무예를 배우기 시작하고 어느 정도 지난 때였다.

새로운 저택이 완성되었다.

단조로운 집을 상상했는데, 내가 보기에는 본격적이고 훌륭한 저택으로 보였다.

"이걸로 충분하지 않을까?"

새로운 저택을 짓는 동안 머물 간이 저택이었는데, 나는 이것만으로도 만족해버렸다.

애초에 간이 저택도 제법 넓었다.

천장도 높고 외관도 평범하니 훌륭했다.

기발하지도, 독창적이지도 않고 무난했다. 생활에 불편함도 없다.

집무실에서 서류에 사인하고 있으니, 아마기가 나에게 앞으로의 예정을 물었다.

"주인님, 다음 캡슐에 들어갈 시기는 언제로 할까요?"

"벌써 그런 시기인가?"

교육 캡슐에 들어가는 것도 시기가 있다.

시기라기보다는 몇십 년이나 들어가 한 번에 교육을 끝내는 것이 불가능하다.

그래서 성인이 되기 전까지 몇 번인가 나누어 사용할 필요가 있었다.

"언제가 좋지?"

"언제라도 문제없습니다. 이번에는 반년을 예정하고 있습니다."

"그럼 조만간 들어가지. 그동안 통치는 너에게 맡기겠다."

담담히 일을 정리해나가는데 아마기가 한 서류를 보고 손을 멈쳤다.

공중에 떠오른 전자서류를 보고 차례차례 다른 데이터와 서류 내용을 체크하기 시작했다.

"왜 그래?"

"이 서류를 봐주십시오."

교묘하게 숨겼지만, 관리가 여러 가지 잔꾀를 부린 흔적이 남아 있었다.

──횡령이었다.

"──이 서류를 낸 놈을 당장 불러."

평소보다 낮은 목소리가 나와버렸다.

아마기는 나에게 가볍게 인사했다.

"알겠습니다."

아마기가 연락하자 몇 시간 후에 관리 중에서도 높은 자리에 있는 남자가 저택에 왔다.

배가 많이 나온 남자는 비싸 보이는 정장을 입고 있었다.

양손의 모든 손가락에 보석이 달린 반지가 그의 부를 증명하고 있었지만, 아이러니하게도 그런 모습이 도리어 품위가 없어 보였다.

아무리 나라도 이 녀석 같은 꼴을 하는 건 불가능하다.

그 관리는 나를 앞에 두고도 겁도 없이 히죽히죽 웃어대며 이야기를 늘어놓았다.

"영주님, 이해 못 하시겠지만 이건 일을 진행하려면 필요한 경비입니다. 어떤 일이든 서류상의 숫자만으로는 잘 풀리지 않는 법입니다."

서류 조작에 대해 변명을 해보라고 시켰는데, 그때 나온 대답이 이거였다.

물론 완전히 틀린 말은 아니었기에 나는 아마기에게 의견을 구했다.

이럴 때 인공지능은 의지가 된다. 쓸데없이 감정이 들어가지 않고 효율을 우선한다.

"이미 자금 횡령을 비롯하여 여러 범죄 행위를 확인하였습니다. 또한 자금 횡령은 영내 정비에 기여가 없기에 방해가 될 뿐입니다. 그 이외에 영내 정비에 불필요한 지출도 과다합니다."

아마기가 준비한 전자서류를 받아 확인했다.

눈앞에 있는 관리에 대한 사항이 상당히 다양하게 적혀있었다.

이만큼 일을 저질러놓고 잘도 내 앞에서 웃고 있군.

횡령부터 인사권 참견과 뇌물 수수—— 부패관리의 귀감이었다.

관리의 외모는 제쳐두더라도 이 일솜씨는 나도 배우고 싶을 정도였다.

하지만 그중 하나에 눈이 갔다.

이 관리가 자기 부하 한 명을 제거했다는 정보였다.

횡령 증거를 조작해 무고한 자에게 죄를 뒤집어씌우고 가족을 모두 처형했다.

이걸 본 순간 이 관리를 어찌할지 내 안에서 즉각 결정이 나왔다.

관리가 내 앞에서 얼굴을 붉히며 설교하는 모습이 우스꽝스러웠다.

"영주님, 인형의 말 따위를 믿어서는 안 됩니다. 저 녀석들은 인류의 멸망시킨 장본인이자 인류의 적입니다. 영주님은 속고 있는 겁니다. 확실히 제게 사소한 죄가 있을지도 모릅니다. 하지만 이 정도는 누구나 저지르는 일이 아닙니까. 이 또한 업무에 필요한 윤활유인 겁니다. 인형은 그걸 모릅니다!"

난 관리의 아무래도 좋은 설교를 무시했다.

이놈은 속이 뒤틀리는 기억을 되살려버렸다.

그것만으로도 이 녀석이 괘씸해서 견딜 수가 없었다.

"이봐── 너, 부하를 죽이고 즐거웠나? 횡령죄를 뒤집어씌우고 어떻게 생각했지?"

"어, 네?"

"부하에게 죄를 뒤집어씌우고 자기는 살아남아서 즐겁냐고 묻고 있는데?"

"무, 무슨 말이신지……."

식은땀을 흘리고 있는 관리를 보고 있으니 전생의 직장 상사가 떠올랐다.

횡령죄를 나에게 뒤집어씌웠던 놈과 눈앞의 관리가 똑같아 보이기 시작했다.

속에서 분노가 치밀었다.

내가 가만히 째려보니 관리의 시선이 이리저리 돌아갔다.

"뭐, 뭐, 그런 일도 있었을지도."

난 평소 가지고 다니는 칼을 잡았다.

그걸 보고 아마기가 즉각 날 말렸다.

"주인님, 안 됩니다!"

내가 칼을 뽑으니 관리는 체면을 차릴 여유조차 없어졌는지 내 앞에서 본심을 털었다.

"애, 애송이! 대체 누구 덕분에 살아있는 줄 아냐! 네가 이렇게 살 수 있는 건 우리가 떠받치고 있는 덕분——."

관리가 뭐라고 소리쳤지만 나는 무시하고 칼로 관리를 내리쳐 세로로 양단했다.

모든 게 한순간에 일어난 일이었다.

베인 관리는 무슨 일이 일어났는지 이해하지 못한 표정을 지은 그대로였다.

어린 몸이지만 육체 강화를 진행하고 3년이나 단련해왔다.

사람 한 명을 베는 건 어려운 일도 아니었다.

지금까지 배워온 일섬류의 성과가 여기서 나타났다.

반으로 갈린 관리에게서 피가 뿜어져 나왔다. 나는 더러운 피로 응접실이 피로 더럽혀지는 것이 짜증 났다. 차라리 저택에 부르지 않는 게 나았다.

"——그 더러운 입을 닫아라."

아마기가 나에게 다가와 세척 스프레이를 뿌려 거품투성이로 만들었다.

거품은 금방 사라지는데 그와 동시에 옷과 몸에 묻은 피 얼룩도 지워졌다.

"주인님, 이미 죽었습니다."

아마기의 냉정한 지적을 듣고 아주 약간 침착함을 되찾았다.

상당히 흥분했던 모양이다.

시체가 된 관리를 내려다보니 화가 나기 시작했다.

이놈의 죄는 내가 전생의 상사를 떠올리게 만든 것—— 불쾌해서 베었다.

"내 권력을 써도 되는 건 나뿐이다. 너 같은 쓰레기는 필요 없단 말이다! 아, 짜증 나. 아마기, 철저히 조사해라. 부패관리는 전부 처형해라!"

나는 나를 따르는 부하를 소중히 대하지만, 나를 꼭두각시로 만들려는 부하는 필요 없다.

내 백성을 괴롭혀도 되는 건 나뿐이다.

"주인님, 칼에서 손을 떼어주십시오."

아마기가 칼을 쥔 내 손을 양손으로 부드럽게 감싸듯이 쥐고 있었다.

나는 칼을 손에서 놓으려고 했지만 무슨 일인지 손가락이 움직이지 않았다.

"어, 어라?"

"도와드리겠습니다."

안 움직이게 된 내 손가락을 하나하나 정성스레 칼자루에서 떼어내 갔다.

칼을 놓고 보니 나는 땀을 상당히 흘리고 있었다.

——처음 사람을 죽인 것에 대한 죄악감을 느끼고 있는 건가?

악덕 영주가 되려고 하는데 한심한 일이다.

아마기가 내 칼을 받아 피 얼룩을 닦고 칼집에 넣었다.

"방금 내리신 지시는 보류하시는 게 좋을 것 같습니다. 부정 관리를 모두 처분하면 업무 진행에 막대한 차질이 발생합니다."

"부패관리가 그렇게 많아?"

"네. 상당히 이미 오래전부터 비리가 횡행하고 있었습니다. 제가 업무 대부분을 대행하더라도 어디선가 분명 차질이 발생할 것이라 예상됩니다."

아마기에게 그걸 다 떠넘기는 것도 내키지 않는데, 차질을 피할 수도 없다니.

"해결책은?"

"제 성능에 준하는 인형을 여럿 준비하거나 관리 전용 인공지능을 준비하시면 대응할 수 있을 겁니다."

아마기의 의견에 나는 시체가 된 관리를 내려다보며 생각했다.

이 녀석들보다 인공지능이 더 도움이 되는 건 확실하다.

문제는 귀족의 체면인데, 언젠가 브라이언의 말대로, 귀족이 인공지능을 대대적으로 쓰는 것은 제국이 영 달갑게 생각하지 않는 모양이었다.

하지만 그건 나와 상관없는 일이다. 내 알 바냐.

왜냐하면 나는—— 악덕 영주를 목표로 하는 남자니까.

체면 따위는 그리 중요하지 않다. 그럴듯하게 꾸미는 정도면 그걸로 충분하다.

이번에도 아마 인공지능과 인간을 모두 쓰면 어떻게든 될 거다.

"몇 명 필요하지?"

아마기는 바로 답했다.

"저택 관리를 맡길 것을 고려하여 양산기 30체와 영지 통치에 특화된 인공지능, 그리고 부속기가 있으면 문제없습니다."

이 세계에는 인공지능이 배신하니까 신용할 수 없다는 녀석들이 많다.

하지만 그게 어쨌다는 거냐? 인간도 배신한다. 아니, 난 오히려 인간을 더 신용할 수 없다.

어설픈 믿음을 품을 바에는 차라리 아마기의 의견을 채용하는 편이 좋다.

"그대로 진행해."

"괜찮습니까? 주인님의 평판에 영향을 끼칩니다만?"

"상관없어. 난 이 녀석들보다 널 신용하고 있어."

말 없는 관리를 내려다보며 이 녀석의 추함을 떠올렸다.

"——바로 준비하겠습니다."

내 목에서 나도 놀랄 만큼 낮은 목소리가 흘러나왔다.

"나에게 거역하는 놈은 필요 없어."

번필드가의 영지.

술집에서는 부패관리들이 차례차례 숙청당했다는 소식으로 난리가 났다.

단물을 빨던 관리들이 모조리 그간의 악행을 심판을 받았다.

"이봐, 들었나? 영주님이 부패관리 한 명을 베어버렸다더군."

"그런 뜬소문을 믿나? 영주님은 아직 10살 전후라고."

"진짜라니까! 정청(政廳)에서 일하는 사람한테 직접 들은 거야!"

"너, 공무원 지인이 있었냐?"

"정청의 청소 담당이지만."

리암이 통치하기 시작하면서 영내 정비에 세금이 들어가기 시작했다.

군도 군축이 진행되어 잉여 병사들이 직업훈련을 받고 영내 정비에 투입되기 시작했다.

얼마나 대대적인 군축이었는지 3만 척의 우주함대는 10분의 1로 축소되었다는 소문마저 도는 형국이었다.

술집의 마스터는 확실히 최근에 손님이 조금 늘었다고 생각하면서 카운터에서 신문을 읽고 있는 단골을 바라보았다.

"저기, 마스터. 이거 읽었나? 의무교육이 3년에서 6년으로 변경된다는군."

마스터는 단골에게 술을 내주면서 대답했다.

"그래, 읽었지. 급하게 학교를 준비하고 있다고 들었어. 덕분에 건축업계가 기쁜 비명을 지르고 있다더군."

"신나는 이야기구만. 나한테도 은혜를 베풀어주면 좋겠어."

단골은 평소보다 센 술을 마시고 있었다.

그는 리암의 기사가 실려 있는 전자신문을 읽었다.

"새로운 영주님이 여러모로 호쾌하네. 아직 10살이라고 하지 않았나?"

마스터는 허리에 손을 얹었다.

"나도 믿기질 않네. 5년 전에는 이렇게 될 줄 누가 알았겠나."

손님이 술을 들이켜고 빈 유리잔을 바라봤다.

"이대로 아무 일 없이 신나는 일만 이어졌으면 좋겠어."

마스터도 끄덕였다.

"그러게나 말이야."

브라이언은 새 저택에서 새로 채용한 고용인들을 앞에 두고 교육하고 있었다.

이전 고용인들과는 달리 용모는 물론, 재능과 실력도 고려하여 엄선한 인재들이었다.

기존 고용인 중 외모만 좋았던 자들은 리암의 손에 모조리 해고되었다.

브라이언은 성실하고 우수한 젊은이들을 앞에 두고 마음속으로 감동했다.

(드디어 제대로 일할 고용인들이 모였군요.)

하지만 감격 중인 브라이언과 달리 이 자리에 모인 젊은이들은 표정이 밝지 않았다.

리암이 부패한 관리들을 일제히 적발해서 대거 숙청한 지 얼마 지나지 않은 참이라 영주에 대해 살벌한 소문을 들은 탓이었다.

리암이 금방 화내고 쉽게 고용인들을 베어 죽인다는 소문도 그중 하나였다.

리암에게 겁먹은 신입들을 앞에 두고 브라이언은 주의 깊게 오해를 풀었다.

"다들 불안한 모양이지만, 오해입니다. 리암 님은 착실하게 일하는 자에게는 관대합니다. 과하게 겁먹을 필요는 없습니다."

한 메이드가 불안한 듯이 작게 손을 들었다.

"뭔가요?"

"저, 저기, 그…… 리암 님에게 밤 시중 명령을 받았을 때는……."

저택의 주인이 고용인에게 손을 대는 건 이 세상에서 몹시 흔한 일이었다. 이런 일을 기회로 삼아서 영주의 신임을 얻는 여자도 있지만, 리암의 소문이 아무래도 불안했는지, 여성들은 하나같이 겁먹고 있었다.

잘 보이고 싶지만 뭔가 하나라도 실수하면 죽을지도 모른다는 불안감이 팽배한 듯했다.

"리암 님은 아직 어리시니 밤 시중을 걱정할 필요는 없습니다. 애초에 리암 님의 시중은 대부분 아마기가 도맡아 하고 있으니 직접 마주치는 일은 그리 많지 않을 겁니다."

브라이언의 이야기를 듣고 누군가가 말했다.

"인형을 곁에 두다니——."

그 말을 듣고 브라이언의 눈빛이 날카로워졌다.

"지금 한 말은 못 들은 걸로 하겠지만, 두 번은 없습니다."

브라이언에게도 리암이 아마기를 가까이하는 건 골치 아픈 문제였다.

인형을 곁에 두는 것만으로도 리암의 평판을 깎기 때문이다. 아무리 인형이 유능해도 귀족사회에서는 문제일 뿐이었다.

하지만 브라이언도 그들과 몇 년을 지내는 사이에 리암의 태도에서 무언가를 깨달았다.

리암은 아마기를 신뢰하고 있다.

브라이언은 그것이 마치 어린아이가 부모에게 어리광을 부리는 것처럼 보였다. 아무리 리암이 가혹하고 냉정한 판단력을 갖고 있다고 해도 역시 어머니의 빈자리를 느끼는 게 아닐까 싶어 마음이 아팠다.

(리암 님은 영리한 분이다. 부모에게 버림받았다는 것도 이미 아실 것이다. 클리프 님, 그리고 달시 님, 왜 이리도 쉽게 포기하신 겁니까.)

브라이언은 리암의 문제행동을 비난할 수 없었다.

어린 리암은 영주로서 책무를 다하려 하고 있다.

브라이언은 그런 리암에게서 어리광을 부릴 수 있는 얼마 안 되는 존재인 아마기를 떼어놓는 짓은 할 수 없었다.

"아마기는 리암 님에게 있어서 특별한 존재입니다. 결코 아마기를 깔보는 태도를 보이지 마십시오. 만에 하나라도 리암 님의 귀에 들어가면, 전 감싸줄 수 없습니다."

(영지는 확실히 좋아지고 있다. 리암 님이 있으면 번필드가는 예전의 영광을 되찾을 수 있다.)

리암은 영지 내에서 두려움을 사고 있지만 동시에 부패관리를 일제히 숙청해서 백성들에게 인기도 있었다.

무섭지만 의지 되는 영주—— 그것이 리암의 영지 내에서의 평가다.

아직 어려서 앞으로 어떻게 될지 불안을 안고 있는 백성도 많지만, 리암은 조금씩 주위의 인정을 받고 있었다.

브라이언은 리암을 믿고 마음속으로 다시 충성을 맹세했다.

지구에서 30세는 중년이다.

하지만 이 세계에서는 30세라 해봐야 초등학생 정도의 외모이고, 아이 취급을 받는다.

하지만 내 문제는 그런 게 아니었다.

"——안 되나."

칼을 칼집에 넣은 상태로 왼손에 든 나는 주위의 통나무를 봤다.

세 개의 통나무 중에 두 개까지는 어떻게든 자를 수 있었다.

하지만 둘 다 절단면이 거칠었다.

스승님이 보여준 오의에는 한참 못 미쳤다.

자른 통나무의 수도 한참 부족하고 통나무와의 거리도 스승님보다 가깝다.

20년이 넘는 시간을 들여서 고작 이 정도밖에 재현하지 못했다.

——역시 재능이 없는 걸까?

팔짱을 낀 스승님이 나를 보고 묘한 표정을 짓고 있었다.

나의 형편없는 재능에 질린 걸까?

불안해진 나는 머리 숙여 사죄했다.

"죄송합니다, 스승님. 아직 스승님의 검에는 한참 못 미칩니다."

상냥한 스승님은 천천히 고개를 저었다.

"검의 길은 길고 험합니다. 이 길에 끝은 존재하지 않습니다. 오히려 20년 만에 용케도 이 정도 수준까지 도달했군요."

20년 동안 어떻게 하면 스승님과 똑같이 할 수 있는지 계속 생각해왔다.

기초를 반복해도 할 수 있을 거란 생각이 들지 않아 스승님의 말을 떠올렸다.

그것은 마법이다.

"네! 마법을 썼습니다. 칼날에 얇게 두르고 베듯이 휘두르면 거리가 늘어나더군요. 이게 정답인가요?"

나는 시행착오를 반복해 어떻게든 칼날이 닿지 않는 곳에서 통나무를 자를 수 있게 되었다.

몸만 단련해서는 재현할 수 없었고, 기술을 아무리 갈고 닦아도 어쩔 도리가 없었다.

결국 이 세계의 마법을 사용하는 수밖에 없었다.

나는 이 답에 도달했을 때, 이것이 정답이라고 생각했는데, 막상 보니 스승님의 오의와 결과가 너무 달라서 불안했다.

이것도 정답이 아닌가 하는 생각을 하고 있으니 스승님이 박수를 쳤다.

"거기까지 알아차렸다면 정답에 상당히 가깝습니다. 다만 한쪽으로 치우쳤어요."

"한쪽으로 치우쳤다고요?"

"네, 그렇습니다. 마법을 쓴다면 마법도 배워야만 합니다."

"배우고 있는데요?"

나는 귀족 중에서도 백작 출신이므로 마법 또한 배우고 있다.

다만 이 세계—— 아니, 지금 시대에는 개인의 마법 실력은 그다지 중요하지 않다.

우주 전함의 주포 앞에서 마법은 그다지 의미가 없으니까.

사실 무예도 같은 시선으로 보면 배우는 의미가 없지만, 귀족의 소양으로 배우고 있다.

극단적으로 말하자면, 무예도 마법도 귀족에게는 필요 없다.

공격 마법을 배워 손에서 불을 내뿜을 바에야 권총을 드는 편이 더 낫다.

다만 모든 마법이 쓸데없는 건 아니다.

회복마법이나 보조계열은 유용할 때가 있고, 인간형 병기를 조종할 때도 마법이 상당히 중요하다.

마법으로 병기에 접촉하여 컨트롤—— 조종하기 때문에 필수나 마찬가지였다.

"그, 그건 마법을 배우기만 했을 뿐입니다. 그것만으로는 부족합니다."

"부족한가요?!"

그런가, 마법 컨트롤 기술만으로는 부족한가!

곧장 마법을 본격적으로 배워야겠다.

"바로 마법 수업을 늘려보겠습니다."

스승님이 몇 번이나 고개를 끄덕였다. 왠지 초조해하는 것처럼 보이는 건 내 기분 탓일 것이다.

"그게 좋을 겁니다. 그리고 당분간 오의는 봉인합니다. 마법을 배우고——— 그렇네요, 10년만 있으면 되겠죠. 그때까지 기초연습 외에는 금지합니다."

모처럼 여기까지 도달했는데! 그렇게 생각했지만, 아무리 나라도 스승님은 거스를 수 없었다.

이 사람과 싸우면 나 따위는 순식간에 잘게 토막이 날 거다.

승리하는 이미지가 떠오르지 않았다.

나와 스승님 사이에는 그만한 역량 차이가 있는 것이다.

"아, 알겠습니다."

"좋습니다. 그건 그렇고 영지 안의 상태는 괜찮습니까? 무예에만 매달려 있으면 영주 실격입니다."

영지까지 걱정해주다니, 이 얼마나 다정한 스승님인가.

"괜찮습니다. 영지 개혁을 진행하고 있고, 점차 결과가 나오기 시작했으니까요."

군 재편도, 통치기구의 개혁도 순조롭다.

영지 개발 방침을 정했고 새로운 개발 계획도 시작되었다.

이 세계는 우주 진출을 달성한 만큼 개발 능력이 무섭도록 높았다.

고층 빌딩 정도는 며칠 안에 지을 수 있다.

인간이 탑승한 작업 기계와 인간형 로봇들이 무서운 속도로 개발해나가는 것이다.

커다란 3D프린터로 빌딩을 건조하는 모습을 봤는데, 놀라서 말도 안 나왔다.

갑자기 하늘에 원반이 나타나 'UFO인가?!' 하고 생각했더니, 거기서 빛이 나와 빌딩을 건조하기 시작했다.

사람과 기계는 그 보조로 들어가 세세한 곳을 확인했다.

그대로 배속의 영상을 보여주는 것처럼 빌딩 하나가 완성된 것을 보고 충격을 받았다.

이것만으로 영지가 몰라보게 발전하는데, 이 쉬운 걸 부모와 조부모가 왜 이렇게 안 했는지 도무지 알 수가 없었다. 세수를 이리 쉽게 올릴 수 있는데 말이다. 다들 바보다.

"그거 잘 됐군요. 그럼 오늘도 기초를 확인하도록 합시다."

"네!"

"하지만 그냥 해도 의미가 없죠. 앞으로는 눈가리개를 하고 무게 추를 달고 해볼까요."

"눈을 가리는 겁니까?"

스승님이 끄덕이며 말했다.

"예. 무거운 칼이 나뭇가지를 휘두르는 듯한 느낌이 들 때까지 휘두르십시오. 눈가리개는, 시각에만 기대서는 안 된다는 가르침입니다."

"알겠습니다!"

마치 만화에나 나올법한 수행 방법이지만 스승님의 말에 잘못된 점은 없었다.

어렸을 때 읽고 가슴이 두근거렸는데—— 내 영지는 만화 등의 오락이 한참 부족했다.

아직 생활에 여유가 없는 건지 오락 관련 발전이 매우 더뎠다.

아마기한테 오락 관련 부문에 투자하자고 해야 하나?

◇ ◆ ◇ ◆ ◇

야스시는 눈가리개를 하고 무게 추를 단 칼을 휘두르는 리암을 보면서 몸을 떨었다.

리암이 눈을 가린 걸 보고 안심하자마자 바로 표정이 흐트러졌다.

(이 녀석은 뭐냐! 뭐냐고, 이 녀석은!)

리암이 보여준 일섬에 식은땀이 멈추지 않았다.

야스시도 설마 자신이 보여준 재주를 진짜 검술로 재현할 줄은 생각지도 못했다.

'처음보다 숙달됐구나~' 하고 안이하게 생각하고 있었다.

기초만 가르쳐왔는데 리암은 자력으로 강해지고 있었다.

야스시는 그런 리암이 무서워서 어쩔 수가 없었다.

무엇보다 리암이 부정을 저지른 관리들을 숙청하는 모습이 무서웠다.

어찌나 철저한지, 도저히 아이의 소행이 아니었다.

이대로 리암의 검술이 계속 성장하면—— 상당히 좋지 않다.

(거짓말을 했다는 게 들키면 난 순식간에 잘게 베일 거야!)

야스시는 매번 그럴듯한 분위기로 그럴듯한 말만 했다.

이미 리암의 기량은 야스시보다 몇 단계 위에 있으며, 싸워서 이길 가망은 없었다.

(아, 아무튼 질질 끌어서 돈을 모아야 한다. 더는 여기에 있을 수 없다.)

빈둥거리기만 해도 여유로운 생활이 가능하다 보니 보수를 받을 때마다 다 써버렸다.

수행하고 오겠다고 거짓말을 하며 도시로 나가서 호화롭게 놀기를 반복했다.

목돈이 수중에 없어 당장 도망칠 수가 없었다.

(이, 이제부터는 돈을 모아서 도망칠 준비를 하자. 그래. 그렇게 하자!)

눈가리개를 해서 생각하는 대로 움직이지 못하는 리암을 보면서 야스시는 식은땀을 닦았다.

(그건 그렇고 기초밖에 안 가르쳐줬는데 이렇게까지 할 수 있다니── 이 녀석, 혹시 천재인가?)

야스시는 지도자가 아니며 검술 실력도 삼류다.

리암에게 재능이 있는지 어떤지도 파악할 수 없었다.

(모, 모르겠어. 아무튼 지금은 시간을 끌어야 한다. 또 동영상 같은 걸 봐서 그럴듯한 수행 방법을 찾아둘까. ──들키면 죽는다!)

도주를 위한 자금과 생활비를 벌기 위해 야스시는 당분간 버티기로 했다.

어떻게든 리암이 자신의 거짓말을 눈치채지 못하도록 필사적으로 계책을 짰다.

◇ ◆ ◇ ◆ ◇

눈가리개 같은 게 의미가 있는가?

처음엔 그런 생각을 했다.

하지만 어떤가. 어느 정도의 시간이 지나자 그 진의를 깨달았다.

"스승님이 말하고자 하는 바를 이해했습니다. 시각 이외의 감각을 쓰는 방법을 알았습니다. 눈에만 의지하지 않는다는 게 이런 것이었군요!"

눈가리개를 한 상태로 스승님 쪽을 봤다.

스승님이 걸어서 내 시야에서 도망치려는 걸 따라 얼굴을 돌리자 약간 놀란 기척이 돌아왔다.

"으, 음, 이 짧은 시간에 잘 습득했군요. 아니, 정말로. 어떻게 이리 빨리 터득하는 거지?"

내 성장이 예상 밖이었는지, 스승님이 고개를 갸웃거리는 게 느껴졌다.

나는 무게 추가 늘어난 칼을 손끝으로 가지고 놀 듯이 휘둘렀다.

"이것 보세요. 지금은 이렇게 쉽게 휘두를 수 있어요."

"그, 그런가── 아니, 자만해서는 안 됩니다!"

"예?"

스승님은 여유를 보이는 내가 정신을 차리도록 엄한 말을 했다.

"리암 공은 다른 감각을 쓰는 법을 익혔지만, 아직 그뿐입니다. 마법적, 초현실적인 감각을 얻지는 못했습니다."

마법적, 초현실적이라는 말을 듣고 아직 그 너머가 있다는 사실에 놀라고 말았다.

"시각에 의존하지 않는 방법이 아직 더 있었군요!"

"다, 당연! 그리고 이제 그 칼은 너무 가볍겠죠. 특별한 칼을 준비하겠습니다."

특별한 칼이라는 말을 듣고 나는 기뻐졌다.

"기대돼요!"

"그, 그거 다행입니다."

어라? 아무래도 스승님이 겁에 질린 것처럼 느껴진다.

기분 탓인가? 응, 분명 기분 탓일 것이다.

(웃기지 말라고, 인마!)

야스시는 눈가리개를 하고 자기가 있는 쪽으로 얼굴을 돌리는 리암에게 공포를 느꼈다.

추를 늘린 칼도 이제는 손끝으로 휘두르고 있었다.

이 정도면 눈가리개를 하고 생활할 수 있지 않을까?

리암의 시야에서 아무리 도망쳐도 고개가 계속 따라왔다.

내가 어디에 있는지 알아차리고 있는 듯했다.

발소리를 지워도 의미가 없었다.

리암의 입꼬리가 올라가 있는 모습이 섬뜩했다.

(어떡하지? 어떡할 거냐고?! 이렇게 빨리 터득할 줄은 몰랐다고!)

터무니없는 요구를 해서 시간을 벌 생각이었는데 몇 년 만에 터득할 줄은 상상도 못 했다.

(이 녀석 정말 천재인가? 이런 재능이 있는 건 처음부터 말하라고!)

애초부터 야스시가 리암의 재능을 평가하는 일 따위는 처음부터 무리였다.

(이렇게 된 이상 엄청나게 무거운 검을 만들어주자. 그렇게 하면 분명 고생할 거야.)

제6감이라든가, 초현실적이라든가, 마법적이라든가── 터무니없는 소리뿐이었지만, 리암이 정말로 터득할 것 같아서 야스시는 두려웠다.

야스시는 시간을 벌 방법을 필사적으로 궁리했다.

(그렇지! 그걸 쓰자!)

야스시가 향한 곳은 저택의 창고였다.

창고에는 저택을 해체하면서 나온 예술품이나 처리하기 난감한 물건들이 보관되어 있었다.

야스시는 여기서 몇인가 골동품을 훔쳐 팔아봤지만, 전부 가짜였다.

그의 목표는 이 창고에는 상당히 오래된 인간형 병기—— 기동기사였다.

리암의 증조부인 알리스타가 쓰던 물건으로, 최신형 인간형 병기가 14m급이나 18m급인데 비해, 이 병기는 무려 24m에 달했다.

양어깨에 큰 방패가 달린 디자인으로 전신이 검은색으로 도색되어 있었다. 다만 몇백 년도 전에 만들어진 기체이다 보니 오래되어 낡았으며 기술도 몇 세대는 뒤떨어졌다. 기동한들 최근에 나온 양산기에도 미치지 못하는 성능이었다.

야스시는 아마기를 데리고 창고에 와서는 낡은 기동기사를 가리키며 말했다.

"이 낡은 기체를 쓸 수 있게 해줘. 리암 공의 연습기로 쓸 거다."

아마기가 야스시에게 의심스러운 시선을 보냈다.

"기체가 너무 낡았습니다. 최신기를 준비하는 편이 좋지 않을까요?"

"그건 안 된다."

야스시의 걱정은 최신식 기동기사의 조종이 너무 간단하다는 점이었다.

기동기사는 세대를 거듭하며 조종이 점차 간편해졌다.

리암처럼 시간이 있는 인간이 타면 몇 년 만에 조종에 숙달할 것이다.

그래서는 시간을 벌 수 없었다.

"이건 전부 리암 공을 위해서다. 수리해서 사용할 수 있게 해주시오."

"이 기체는 이미 생산을 중단한 모델이라 수리가 쉽지 않습니다. 차라리 최신형인 14m급이나 18m급을 쓰는 걸 추천합니다."

아마기가 야스시를 정중하게 대하는 것은 그가 리암이 스승이라고 인정하고 있기 때문이다.

그게 아니었다면 좀 더 거칠게 대응했을 것이다.

(너희 사정 따위, 내가 알 바냐! 그래, 이참에 이걸 이용해 이녀석들이 돈을 쓰게 하자. 돈이 줄줄 새어 나가는 곳이 생기면 날 추격할 여유도 없겠지. 내가 생각해도 대단한 아이디어야!)

야스시는 어떻게든 낡은 기체를 쓰게 하려고 아마기를 구슬렸다.

"오래된 기체들은 만듦새가 단단하지. 여기에 최신형 부품을 달면 최신형 기체들보다 더 강력한 녀석이 될 것이오."

"아뇨, 그렇게 간단한 문제가 아닙니다. 밸런스를 비롯하여 여러 가지를 고려하면 신형 양산기를 구하는 편이 효율적입니다."

"아니, 이 기체가 좋습니다. 그렇지! 차라리 이참에 리암 공의 기체를 예산을 도외시한 최고의 물건으로 만드는 게 좋겠습니다."

"그래도 굳이 이 기체를 사용할 이유는 되지 않습니다. 주인님의 기체를 만드는 게 목적이라면 신형 기체를 구하여 커스텀하는 게 효율적입니다. 그게 더욱 예산을 절약할 수 있습니다."

아마기가 계속 부정하자 야스시는 억지로 밀어붙이기로 했다.

"아무튼! 이걸 이용해서 다시 만들어줬으면 하오. 그게 리암 공에게 도움이 되오. 그래, 조종도 수동으로 두는 편이 좋겠군. 최신 어시스트 기능은 안 돼. 오토 기능 따위는 논할 가치도 없소! 스스로 조종해야 의미가 있지! 조종자의 기량이 시험받는 기체로 하죠! 응, 그게 좋아!"

아무튼 취급이 어려운 기체로 만들어줬으면 한다는 것이 야스시의 희망이었다.

하지만 그런 근거도 없는 주장을 아마기가 납득할 리 없었다.

"──충실한 기능을 이용하는 게 더 좋지 않습니까?"

"안 됩니다! 이건 리암 공을 위해 필요한 일입니다!"

도무지 납득할 수 없었지만, 야스시가 강경하게 나오면 아마기는 따를 수밖에 없었다.

리암의 명령으로 야스시의 지시에 가능한 범위 안에서 따르게 되어 있기 때문이다.

"그렇게까지 말씀하신다면 바로 준비하겠습니다."

"부탁하지. 돈은 얼마가 들어도 상관없어. 리암 공을 위해서니까!"

여전히 영지에 빛이 남은 와중에, 야스시는 영지 재정 상태를 더 어렵게 만들기 위해 어려운 주문을 했다.

야스시가 창고를 떠나자 아마기는 홀로 가만히 서서 기동기사 ──【어비드】를 유심히 살펴보았다.

장갑이 부서져 프레임이 드러난 부분이 많았고, 여기저기 녹슨 곳도 눈에 들어왔다.

내부 장치들의 상태는 말할 것도 없었다. 당장은 도무지 움직일 방법이 없었다.

이대로 창고에서 썩어갈 운명을 가진 기체였다.

불쌍한 어비드의 모습을 보면서 아마기는 생각했다.

(저 남자는 정말로 달인일까요? 확실히 주인님은 강해지셨지만, 저 남자의 공이라고 생각하기 어렵습니다.)

평소 그의 생활 태도를 보면 야스시를 달인이라고 생각하기는 어려웠다.

하지만 어찌 되었든 성과가 나오고 있는 이상, 이유도 없이 해고할 수는 없었다.

게다가──.

(아무리 조사해도 수상한 점이 나오지 않아. 오히려 부자연스러울 정도로──.)

경력을 아무리 조사해도 수상한 점이 없었다.

──마치 누군가에 의해 조작된 것처럼 수상한 부분이 일절 없었다.

"명령이니 실행합니다만, 곤란하군요."

이 기체는 평범한 공장에 맡겨서 수리할 수 있는 물건이 아니었다.

비유하자면, 동네에 작은 정비소에 해외 클래식 스포츠카를 맡겨도 수리하기 어려운 것과 같은 이치다. 그 정비소에는 부품도 없을뿐더러, 정비 방법도 모를 테니 난항을 겪을 것이다.

가장 확실한 방법은 기체의 제조사에 맡기는 것이다.

그나마 다행인 점은 '어비드'를 제조한 곳이 제국이 관리하는 병기공장이며, 지금도 운행할 수 있다는 점이었다. 이 기체의 수리를 맡긴다면 현실적으로 그곳밖에 없을 것이다.

"하지만 제국의 공장에 맡긴다고 해도——."

아마기는 야스시에게 들은 요망을 확인했다.

"요망이 상당히 많군요. 예산을 확보할 수 있을지……. 우선 연락을 취해야겠군요."

이건 먼저 정비사를 불러 어비드의 상태를 확인한 뒤에나 이야기를 할 수 있을 것이다.

아마기는 손을 뻗어 어비드를 만졌다.

아마기는 어비드를 재운용하는 걸 반대한 것 치고는 어비드가 제법 부러운 듯했다.

"——당신이 되살아날 수 있도록 최선을 다하겠습니다. 그러니 부디 주인님을 지켜주세요."

어비드에서 손을 뗀 아마기는 평소대로 무표정으로 돌아왔다.

어비드 정비에 대한 절차를 생각하면서 창고 밖으로 나가니 리암이 눈가리개를 한 채로 걷고 있었다.

리암은 아마기의 존재를 알아차리고는 굉장히 기뻐했다.

"그 발소리, 아마기구나."

"그렇습니다, 주인님."

리암은 눈가리개를 하고 있는데도 주위가 보이는 것처럼 걸었다.

"주인님, 눈을 가리고 걸으시면 위험합니다."

"괜찮아. 이것도 수행이야. 그보다 내 기동기사를 준비한다고 들었는데?"

아마기는 야스시가 희망한 기동기사에 관해 이야기했다.

"구식 기동기사를 정비하여 사용할 수 있게 해달라 하였습니다. 현행 양산기를 사용하는 편이 재정에 부담이 덜합니다만."

리암은 턱에 손을 대고 고개를 갸웃거렸다.

"스승님께 생각이 있으시겠지. 그대로 처리해줘. 난 이대로 저택 주위를 걷고 올게."

눈가리개를 한 채로 떠나가는 리암을 지켜봤다.

넘어지지 않을까 불안해진 아마기는 리암의 뒤를 따라 걸었다.

번필드가의 영지에 있는 술집은 오늘도 붐볐다.

"건배!"

웃고 있는 남자들이 일을 마치고 술을 마시고 있었다.

아직도 가끔 싸움이 일어나곤 하지만 30년 전과는 분위기가 크게 달랐다.

마스터는 속속 들어차는 자리와 새로 고용한 점원이 바쁘게 돌아다니는 모습에 웃음이 절로 나왔다.

단골손님이 마스터의 얼굴을 보고 말을 걸었다.

"마스터, 장사가 잘돼서 다행이네."

"응? 아아, 겨우 사람을 고용할 여유가 나온 참이네."

싸기만 한 술만 내주던 옛날과는 달리 지금은 조금 비싼 술도 날개 돋친 듯이 팔렸다.

단골손님도 전보다 옷차림이 좋아졌고 마시는 술도 비싸졌다.

전에는 퍼붓듯이 술을 마셨지만, 지금은 다들 비싼 술을 즐기면서 마시고 있다.

마스터는 그런 단골손님에게 일 이야기를 꺼냈다.

"그런데 새 일은 어떤가?"

"순조로워. 오히려 너무 바빠서 문제일 지경이야."

이전에는 일이 없다며 한탄하던 남자가 바쁘다며 푸념했다.

하지만 생활이 알차서 그런지 표정은 밝았다.

"영주가 바뀌는 것만으로 이렇게 달라지는 건가?"

단골이 옛날을 떠올리며 중얼거리니 마스터는 다음 술을 준비하면서 대답했다.

"우리 할아버지가 살았을 적에는 지금보다 좋았던 모양이야."

"몇백 년 전 이야기냐?"

"4, 500년 전이려나?"

"옛날이 더 발전했었다니, 이상하네."

번필드가의 영지는 옛날의 활기를 되찾아가고 있었다.

"그러고 보니 영주님이 요즘 조용하군. 관리들을 숙청한 이후로 이렇다 할 소식이 전혀 없는데."

리암이 대량숙청을 하고 20년── 신빙성 없는 자잘한 소문이 돌고 있을 뿐, 아무런 사건도 일어나지 않았다.

마스터도 궁금했다.

"인형을 아주 좋아한다는 소문이 있기는 하지만, 그 정도는 뭐."

"귀족들은 인형을 싫어할 텐데? 우리 영주님은 다른가?"

"아무렴 어떤가. 이런 호황이 이어진다면 나는 상관없네."

단골손님이 마스터에게 한 잔 사줘서 둘이서 술을 마셨다.

30세 중반에 접어들 무렵.

수리를 보냈던 기동기사가 무사히 돌아왔다.

양어깨의 보조 암이 커다란 실드를 보조 암이 들고 있었으며, 그 외에는 기사 같은 갑옷을 착용한 인간형 병기였다.

난 병기를 굳이 사람 형태로 만드는 건 비효율의 극치라고 생각했지만, 이 세계에서는 이야기가 다르다. 인간형이 더 움직이기 쉽기 때문이다.

사람이 직접 타서 마법으로 조종하기 때문에 인간 형태를 취한 편이 조종하기 더 쉽다고 한다.

판타지 세계는 대단하네.

돌아온 어비드를 올려다보니 박력이 상당했다.

이전에는 움직이지 않는 단순한 고철이었지만, 지금은 새것처럼 빛을 발하고 있었다.

"대단하네. 오래된 기체라고 들었는데, 잘 정비했어."

만족하는 내 옆에는 제국의 제7병기공장에서 근무하는 기술 사관이 서 있었다.

오렌지색이 들어간 점프슈트를 착용하고 있었고 왼쪽 가슴 부근에 ID카드를 달고 있었다.

머리는 검은 머리카락이 어깨에 닿을 정도의 단발머리였으며 안경을 끼고 있다.

이 지적인 분위기를 지닌 미녀의 기술 사관—— 중위의 이름은 【니아스 칼린】이었다.

그녀는 내 앞에서 웃는 얼굴로 설명했다.

"고생했지만요. 설마 이 기체를 정비하는 날이 올 줄은 몰랐다고요."

"이 기체를 알고 있나?"

"저희가 제조한 기체니까요. 자료창고에 이것과 똑같은 기체가 있었어요. 숙련 기술자들이 그리워하듯이 정비했지요."

지금은 거의 쓰지 않는 대형기지만, 큰 것은 작은 것을 겸하니 문제없겠지.

니아스가 만족스럽게 어비드를 올려다보는 나에게 걱정하는 기색을 보였다.

"하지만 괜찮은가요? 어시스트 기능을 떼어내서 조종이 상당히 어려워졌어요."

자동차로 치면 자동과 수동의 차이일까?

니아스는 조종 부담이 크니 지금이라도 어시스트 기능을 달았으면 하는 듯했다.

그 제안을 같이 있던 스승님이 팔짱을 끼고 웃으면서 거절했다.

"이 정도 기체는 리암 공이라면 능숙하게 탈 수 있을 겁니다. 걱정할 필요 없습니다. 그보다 기체에 대한 설명을 좀 듣고 싶으니 소생의 방에서 이야기라도——."

스승님이 니아스의 어깨에 손을 뻗자 니아스는 웃는 얼굴로 피했다.

"매뉴얼을 준비했으니 문제없어요. 그리고 조종하는 건 백작님이니까요. 설명한다면 백작님에게 직접 하는 편이 좋겠죠."

"그, 그렇네요."

스승님이 꼬셨는데 거절당해 어깨를 축 늘어뜨렸다.

아무래도 니아스가 스승님 취향이었던 모양이다. 악덕 영주답게 니아스에게 스승님을 상대하라는 명령을 내릴지 잠깐 고민하다 그만뒀다.

스승님은 검의 달인이다. 스승님이 진심이라면 니아스가 스승님에게서 도망칠 수 있을 리가 없다.

니아스가 스승님의 손을 피한 건 스승님이 놓아준 것이다.

아마 방금 한 말도 분명 농담일 것이다.

나는 악덕 영주로서 니아스에게 스승님의 상대를 시키고 싶지만—— 고결한 스승님은 그런 일을 바라지 않을 것이다.

애초에 제국의 군인은 내 백성이 아니라서 손을 대기가 조금 미묘하다. 내 기체를 정비하는 사람을 적으로 돌리는 것도 이래저래 귀찮고.

기체에 문제가 생기면 그야말로 어쩔 도리가 없다.

"콕핏에 탈까요. 조작 방법 설명을 위해 저도 같이 타겠습니다."

"드디어 타는 건가, 기대되네."

니아스의 안내를 받은 나는 웃는 얼굴로 콕핏으로 향했다.

인간형 병기에 타는 걸—— 실은 꽤나 기대하고 있었다.

◇ ◆ ◇ ◆ ◇

어비드가 창고를 나와 저택에서 떨어진 곳에 섰다.

콕핏 안은 좁을 줄 알았지만── 의외로 넓었다.

"꽤 넓네. 아니, 너무 넓지 않나?"

"공간 마법을 사용해서 공간을 넓힌 콕핏입니다. 쾌적한 환경으로 만들기 위해 시트도 최고급으로 준비했습니다. 어시스트 기능은 없지만, 그 외에는 최상위 모델이랑 같아요."

앉아보니 시트는 푹신푹신했다.

몸을 감싸듯이 받치는 듯한 느낌──이라 생각했는데 몸을 감싸고 있었다.

내 몸에 맞춰서 시트가 움직여 미세하게 조정했다.

조종간도 자동으로 내 손이 있는 위치로 왔는데 쥐어보니 최고의 위치였다.

"내장이 좋네. 외관도 좋고. 장갑이 검은색인 점도 멋져. 마음에 들었어."

"남자는 검은색을 좋아하죠. 검은 기체는 많아요."

귀족에게 기동기사는 기사의 상징── 무력의 상징이며, 귀족들 사이에서 인기가 높기에 전용기를 가지고 있는 귀족이 많다.

보기에 좋으니 말이지. 일부러 저택에 장식해둔 귀족도 있을 정도다.

치장한 기동기사를 쓰는 귀족도 제법 많다.

"하지만 기체에 이만한 돈을 들여서 정비하는 분은 적어요."

"그래? 다들 장식을 덕지덕지 한다고 들었는데."

스승님도 돈을 얼마든지 들여도 좋다고 했다.

전생으로 치면 자가용에 가까우려나.

아니, 그건 전함에 비해야 하나? 뭐, 아무튼, 기동기사는 귀족의 지위를 나타낸다.

"그래봤자 양산기를 개량한 기체가 대부분이지만요. 이번은 예산이 풍부해서 기술자들이 신나서 정비했어요. 겉모습보다 알맹이를 중시하는 귀족이라니, 흔하지 않은 일이거든요. ──자, 엔진의 시동을 걸어보세요."

스위치 하나로 엔진이 켜지더니 내 몸을 스캔하기 시작했다.

파일럿을 인식하여 나 이외에는 조종할 수 없도록 설정되었다.

"조종자를 백작으로 고정했습니다. 이제 이 아이는 백작님밖에 못 움직여요. 그야말로 전용기죠."

"그거 감미로운 단어군."

조종간을 쥐고 움직이니 주위에 보이는 풍경이 확 변했다.

콕핏 안이 약간 흔들렸다.

"어, 어라?"

정신을 차리고 보니 어비드가 바닥에 쓰러져 있었다.

하지만 중력은 평소대로라고 해야 할까, 내 바로 아래로 고정되어 있었다.

신기한 감각이다.

니아스가 '역시나'라는 얼굴을 하고 있었다.

"이 아이는 오토 밸런서 등의 어시스트 기능을 전부 제거했어요. 그만큼 조종이 어렵지만, 익숙해지면 어떤 기체보다도 자유롭게 움직일 수 있어요."

나는 스승님이 무슨 생각을 했는지 헤아렸다.

"이 녀석을 잘 다루면 일류로 가는 길이 열리는 건가."

"이 아이를 잘 다룰 정도면 이미 일류 파일럿이죠. 물론 조작이 서툴면 양산기도 못 이기겠지만요. 단, 능숙하게 잘 다루면 어떤 기체보다 강해질지도 몰라요. 결국 파일럿의 기량에 달린 거죠."

"그거 좋군!"

나는 조종간을 다시 쥐고 의식을 집중했다. 먼저 일어서는 것부터 시작했다.

인간형 병기를 자동차처럼 인간의 손발로만 조종하는 건 거의 불가능에 가깝다. 커맨드가 정해진 게임과 달리, 바닥에서 일어서는 간단한 동작도 기체의 다리와 팔이 복합적으로 움직여야 하기 때문이다.

어디를 어떻게 움직인다── 그것을 전부 동시에 행하는 일은 상당히 어렵다.

그래서 이 세계에서는 마법을 사용한다.

마법을 컨트롤하는 기술을 익힌 건 이걸 위해서라고 해도 좋다.

마력이 섬세한 인간의 움직임── 이미지를 기체에 전해준다.

이런 마법이 있기에 이 세계에서는 인간형 병기가 더 다루기 쉬운 것이다.

비인간형 기체는 반대로 움직임을 상상하기 어려워 조종에 난항을 겪는다.

어비드가 천천히 일어서자 니아스가 감탄했다.

"처음 치고는 잘하네요."

"당연하지. 시뮬레이터로 연습해왔으니까."

"그런 말이 아니에요. 이 아이는 평범한 기동기사보다 조종이 훨씬 어려워요. 처음인데 이 정도면 백작님은 센스가 있는 거예요."

"아첨을 잘하네. 마음에 들어."

니아스가 "아첨이 아닌데요"라며 곤란한 표정을 지었다.

나는 어비드 조종에 온 신경을 집중했다.

어비드가 천천히 다리를 들어 앞으로 한 발 내디뎠다.

이 간단한 동작도 굉장히 어려웠다.

제대로 걷게 할 수 있을지 불안해지기 시작했다.

지쳐서 호흡이 흐트러지기 시작하자 니아스가 조종간을 쥔 내 손 위에 자신의 손을 올렸다.

니아스가 몸을 가까이 붙여서 여성의 부드러운 냄새와 온기를 느꼈다.

"이 아이의 조종은 이미지가 중요해요. 육체 조작과 동시에 마력 조작도 항상 신경 써야 해요. 자, 천천히 조종간을 움직이세요. 기체 전체가 자신의 수족처럼 느껴진다면 더 간단히 움직일 수 있어요."

　조금이라도 실수하면 금방 넘어지는 기체를 한 발 한 발 천천히—— 서서히 페이스를 올려 걷게 했다.

　니아스가 어비드에 대해 설명해서 들으면서 의식을 집중했다.

　"아 아이는 아주 튼튼하고 파워도 있어요. 고만고만한 기체로는 싸움도 안 되지만, 그렇기에 취급이 어렵다는 걸 기억해주세요. 상당히 사나운 말이니까요."

　니아스는 나에게 몸을 가까이 붙이고 있는데 설명에 집중하고 있는 건지 몸을 더 가까이 붙여서 가슴이 내 어깨에 닿았다. 가슴을 밀어붙이고 있는 곳에 온 신경이 집중되었다.

　"그리고 여기는——."

　설명을 계속하는 니아스에게 의식이 쏠려 어비드의 움직임이 멈추고 말았다.

　니아스는 평소 단련을 하는지 몸이 탄탄했지만, 곡선도 제법 뚜렷했다.

　점프슈트 차림이라 알아차리지 못했는데 몸매가 나쁘지 않다. 가슴과 엉덩이는 부풀어 있고 배가 쏙 들어갔다.

　내 의식은 딱 붙어있는 니아스의 가슴으로 쏠려버렸다.

　그때 내 의식과 마력을 감지한 어비드는—— 멋대로 양손을 움직이기 시작했다.

　"어라, 왜 그러세요? 먼저 걷는 것부터—— 아니?!"

　니아스가 그 움직임이 무엇을 의미하는지 깨닫고 나에게서 살짝 거리를 벌리더니 가슴팍을 양손으로 가렸다. 볼이 빨갛게 물들어 있었다.

"아, 아니야! 이, 이건 아니라고!"

어비드의 움직임은 마치── 여성의 가슴을 주무르는 듯한 동작이었다.

"한 번 휴식하죠. 어라? 통신이 끊어졌네요. 설정 미스일까요?"

어비드에게서 떨어져 상황을 보고 있던 브라이언은 존경하는 알리스타의 기동기사가 되살아나 감동하고 있었다.

세세한 부분은 다르지만, 그래도 알리스타가 타고 활약했던 어비드다.

"알리스타 님! 리암 님이 알리스타 님의 기체를 타고 있습니다! 이 브라이언, 감동해서 눈물이──어?"

하지만 그 존경하는 알리스타의 기체인 어비드의 손이 굉장히 추잡하게 움직이기 시작하자 눈물이 멎어버렸다.

"리암 님, 대체 무엇을 하고 계신 겁니까!"

알고 있다. 알고 있었다.

파견된 니아스가 미인이고 콕핏 안에서는 단둘.

평소에 아마기에게 마구 손을 대는 리암이 끝내 손을 대지 않을까 하는 불안을 품고 있었다.

리암은 지금까지 살아있는 여자에게 손을 대지 않았다.

이걸로 리암이 인형에만 흥분하는 게 아닐까 하는 불안과 후계 걱정은 해소되었지만, 기동기사가 가슴을 주무르는 듯한 동작을 하는 것은 탐탁지 않았다.

동경하던 알리스타의 애용하는 기체가 한심한 동작을 한다고 생각하니 눈물이 났다.

(괴롭다. 괴롭습니다. 알리스타 님의 기체가 저런 상스러운 움직임을 하다니—— 괴롭습니다!)

어비드의 손은 마치 그곳에 가슴이 있는 것처럼 아주 섬세한 손가락의 움직임을 재현했다.

적어도 전원을 끊은 다음에 하길 바랐지만, 언제 쓰러질지 모르는 어비드 곁으로 다가갈 수도 없는 노릇이라 떨어져서 상황을 살필 수밖에 없었다.

게다가 통신도 끊어져서 호출에도 응하지 않았다.

(노린 걸까요?)

브라이언이 착각하고 있으니 이마에 파란 핏대를 세운 야스시가 소란을 피웠다.

"저 꼬맹이, 중위의 가슴을 만지고 있군. 부드럽냐? 그렇게 부드럽냐?!"

손끝이 무언가를 잡는 듯한 움직임을 보이자 야스시는 한계에 달했는지 리암에게 몇 번이고 통신을 보냈다.

"리암 공, 당장 내리시오. 콕핏 안에서 부러운—— 발칙한 짓을 해서는 안 됩니다. 당장 내리시오. 리암 공? 듣고 있는 건가, 리암 공!"

리암 앞에서는 야스시도 그럴듯하게 행동하지만 없으면 태도가 바로 나빠진다.

브라이언도 야스시를 신뢰하지 않았다.

(리암 님은 어떻게 이런 남자에게 배워서 결과를 낼 수 있는 걸까?)

결과를 내고 있기에 쫓아내는 것도 불가능하고 리암에게 보고해도 스승인 야스시를 존경하고 있어서 듣지도 않았다.

큰 피해도 없고 리암이 결과를 내고 있기에 브라이언도 가만히 있는 것이다.

개인적으로는 아마기에게 알리스타가 애용하던 기체를 되살리라고 말해줘서 은혜도 느끼고 있었다.

그대로 있었으면 효율을 우선하는 아마기는 절대로 어비드를 수리하지 않았을 것이다.

야스시가 외쳤다.

"내리라고, 썩을 꼬맹이!"

그러자 아마기가 야스시를 째려봤고 야스시는 황급히 사죄했다.

"어이쿠, 실례. 저도 모르게 흥분해버렸습니다."

식은땀을 흘리며 인형인 아마기에게 알랑거리는 모습을 보였다.

——정말로 이 녀석이 검과 무예의 달인일까?

브라이언은 이상해서 견딜 수가 없었다.

◇ ◆ ◇ ◆ ◇

(이 자식, 절대로 용서 안 해!!)

야스시는 완전히 자기 취향인 니아스에게 손을 댄 제자에게 격노했다.

하지만 진심으로 혼내서 리암을 화나게 하는 건 무서우니 수행을 혹독하게 하는 것으로 복수를 계획했다.

그릇이 작은 남자── 그것이 야스시다.

"리암 공, 떨리기 시작했어요."

팔짱을 낀 야스시는 땀을 흘리고 있는 리암을 째려봤다.

"주, 주의하겠습니다."

리암은 불안정한 통나무 위에 서서 눈가리개를 하고, 아주 무거운 재질로 만든 칼을 들고 있었다. 이외에도 줄타기나 여러 재주를 훈련하는 듯한 일도 했다.

모두 야스시의 화풀이였다.

"불안정한 곳에서 칼을 휘두르지 못하면 어떡할 겁니까. 자, 처음부터 다시 하십시오."

리암의 몸에서 땀이 뿜겨져 나오고 있었다. 상당히 피로한 모양이었다.

야스시는 리암의 한계를 판별해서 아슬아슬할 때까지 몰아넣었다. 도를 지나쳐서 리암이 다치면 본전도 못 건지기 때문이다.

"이게 끝나면 조종훈련입니다. 쉴 틈은 없습니다."

"알겠습니다, 스승님!"

리암은 말을 잘 듣는 기특한 구석이 있지만, 야스시는 자신이 노리는 여자에게 손을 댔다는 사실을 용서할 수가 없었다.

(이렇게 되면 더 어려운 것을 지시하자. 불가능한 일을 차례차례 시켜서 자존심을 꺾어주마, 애송이!)

3개월 정도 체재한 니아스는 정비 지도와 기체 설명을 끝내자 돌아갔다.

언젠가 다시 온다고 하는데, 야스시는 다음에야말로 연락처를 얻을 생각이었다.

"다리가 떨리고 있군요. 단련이 부족합니다."

"다, 다시 단련하겠습니다."

"당연합니다. 오늘부터는 더 엄격하게 갑니다."

야스시는 사적인 원한으로 수행을 계속 혹독하게 시켰다.

(반드시 무리한 수행을 시켜서 네 마음을 꺾어주마!)

야스시는 차례차례 새로운 것을 시험했다.

"뒤져라아아아!"

눈가리개를 한 리암 주변에 고무공을 발사하는 피칭머신 같은 장치를 둘러놓고 사정없이 공을 쏘아댔다.

고무공이라서 다치지는 않지만 맞으면 아프기는 마찬가지였다.

결국 리암은 고무공에 흠씬 두들겨 맞았다.

"큭!"

"왜 그럽니까, 리암 공! 이 정도도 처리하지 못하면 어림도 없습니다!"

야스시는 원격조작으로 장치의 리모컨을 들고 속으로 껄껄 웃으며 승리를 뽐냈다.

(봤냐, 썩을 꼬맹이! 까부니까 그런 꼴을 당하는 거다!)

눈을 가리고 이 많은 고무공을 막아내는 건 불가능하다.

(네가 아무리 강해져도 이건 어쩔 수 없겠지.)

야스시는 히죽거리면서 고무공을 쏘는 속도를 높여갔다.

"리암 공, 마음의 눈으로 보는 겁니다. 중요한 것은 제6감과 제7감에 의지하는 겁니다. 마음의 눈으로 보고 목검을 휘두르는 겁니다."

그럴듯한 말을 덧붙여 모든 게 수련인 척 속인다.

이렇게 말하면 리암은 자신을 위한 일이라고 멋대로 착각했다.

"자! 목검을 휘두르는 겁니다, 리암 공!"

"스, 스승님. 목검 한 자루로 이 숫자를 쳐내는 건 불가능합니다."

야스시는 추악한 웃음을 짓고 있었다.

"이 세상에 불가능 따위는 없습니다, 리암 공! 자, 스스로 답을 찾는 겁니다!"

야스시는 그렇게 말했지만, 쳐낼 수 있을 리가 없다. 명백히 불가능한 일이었다.

하지만 이때 리암의 낌새에 변화가 일어났다.

무식하게 쌓아온 기초와 무료 동영상으로 찾은 웃긴 수행과 야스시가 즉흥적으로 생각해서 행해온 수행들이 훌륭하게 맞물려 성과를 만들어냈다.

리암이 목검을 정안세로 쥐자 고무공 몇몇이 이상한 움직임을 보였다. 목검에 맞기 전에 튕겨 나간 것이다.

야스시는 착각이라고 생각했지만, 점차 멋대로 튕겨 나가는 공의 수가 서서히 늘어났다.

"──어?"

어느새 리암 주위에 방어막이 펼쳐진 듯 고무공이 모조리 튕겨 나가기 시작했다.

고무공을 아무리 쏴도 리암에게 도달하지 못했다.

눈가리개를 한 리암이 웃음을 띠었다.

"이런 커군요, 스승님! 드디어 이해했습니다!"

(이해했다고?! 어, 무엇을?)

리암이 자세를 풀었지만, 그래도 고무공은 맞지 않았다.

오히려 배리어의 범위가 넓어지고 있었다.

"마력의 벽으로 몸을 지키면 되는 거였군요!"

(이 녀석이 무슨 소릴 하는 거지? 마력의 벽이 뭐야? 들은 적 없는데?! 이 녀석 혹시 마법 실력도 일류인가?!)

야스시는 콧물이 흘러내리기 시작했다.

하지만 리암의 배려어는 이걸로 끝이 아니었다.

"방식을 이해하면 어렵지 않군요. 하지만 일섬류는 검술과 마법의 혼합검술. 마법만으로는 정답에 도달했다고 할 수 없죠. 그러니까——."

리암이 목검을 아래에서 위로 휘두르자 고무공이 회오리에 휘말린 것처럼 나선을 그리듯이 바람에 날려 위로 치솟았다.

돌풍으로 리암의 모습이 보이지 않게 될 무렵, 바람이 갑자기 사라졌다.

"흐곡!"

직후, 고무공 하나가 야스시의 벌어진 입에 날아들어 박혔다.

(어, 뭐지? 무슨 일이 일어난 거지?!)

주위를 보니, 장치의 발사구에 모두 고무공이 박혀있었다.

야스시가 입에서 고무공을 흘리니 땅에 떨어지자마자 반으로 쪼개졌다. 주위에 굴러다니는 고무공들도 모두 마찬가지였다.

고무공의 비에서 해방된 리암이 눈가리개를 하고도 천천히 걸어서 야스시에게 다가와 씩 웃었다.

야스시는 그 얼굴이 무서웠다.

"어떤가요, 스승님? 제 답은 정답인가요?"

야스시의 몸이 새끼사슴처럼 떨렸다.

야스시는 자신이 터무니없는 괴물을 키우고 있다는 사실을 깨닫지 못했다.

(뭐냐, 이 녀석은?! 이해가 안 되네! 어떻게 그런 기초와 웃긴 훈련으로 이렇게 강해질 수 있는 거지? 혹시 정말 천재였나? 진짜 천재?)

야스시는 잔챙이 나름대로 얼버무렸다.

(이젠 안 된다. 이 녀석이랑은 엮이지 말자.)

"훌륭합니다. 리암 공. 이제 소생이 가르칠 것은 아무것도 없습니다."

"스승님?"

야스시는 식은땀을 흘리면서 얼버무렸다. 리암이 눈가리개를 하고 있어서 다행이라며 안도했다.

"남은 건 오의뿐인데, 리암 공이라면 분명 완성할 수 있을 겁니다. 앞으로는 스스로 필요하다고 생각하는 수행을 하십시오. 소생이 가르칠 수 있는 것은 검의 길에 끝은 없다는 것뿐. 이제 리암 공이 끝없이 정진하는 일만 남았습니다."

그럴듯하게 끝내려고 하니 리암이 황급히 말렸다.

"그, 그러면 곤란합니다! 스승님께서 좀 더 수행을 시켜주셨으면 하는데, 뭣하면 저희 영지에 스승님 전용 도장도 마련해 드리겠습니다!"

(그런 데 눌러앉으면 도망칠 수가 없잖아!)

야스시는 침착한 어조로 완곡하게 거절했다.

"정말 기쁜 이야기지만, 소생도 아직 수행하는 몸. 도장을 가지기에는 아직 너무 이릅니다."

"스승님── 그, 그럼 제 실력을 확인해주세요. 지금의 제 오의가 어느 정도인지 봐주기만 해도 괜찮으니까요."

"네, 괜찮습니다."

그렇게 말하더니 리암이 눈가리개를 풀었다.

"그럼 바로 통나무를 준비하겠습니다."

"딱히 지금 당장이 아니더라도 상관없습니다."

통나무를 가지러 가는 리암을 지켜보고 야스시는 식은땀을 닦았다.

"도, 도망쳐야 해. 언젠가 내가 가짜라는 게 들키면 저놈한테 살해당한다. 난 절대로 이길 수 없어."

야스시는 얼른 행성에서 도망칠 계획을 세웠다.

저택 옥상에 느닷없이 이세계의 문이 열리더니 안내인이 나타났다.

안내인은 즐거운 듯 리암을 찾기 시작했다.

"리암 씨는 어떻게 됐을까요? 어라? 영지가 상당히 발전했군요."

생각보다 잘 지내고 있는 모양이다.

어차피 번영할수록 몰락시키는 재미가 커지므로 이건 안내인에게 중요한 게 아니었다.

"자, 그 사기꾼이 잘하고 있을까요?"

사기꾼이라는 걸 들켜 죽었든, 그대로 잘 속이고 있든 문제없다.

일이 어느 쪽으로 굴러도 안내인에게는 즐거움일 뿐이었다.

이윽고 안내인의 눈이 정원에 있는 리암의 모습을 발견했다.

자기 주위에 통나무를 늘어놓고 있는데, 전부 멀찍이 떨어진 곳이었다.

"흠, 수행 중인 모양이군요? 실력이 어떤지 기대되네요."

우물 안 개구리—— 사기꾼에게 배운 실력은 볼 것도 없이 형편없을 게 뻔했다. 고작 그런 실력에 만족하는 모습을 볼 수 있다면 참으로 만족스러울 것 같았다.

이 세계는 개인의 힘에 큰 격차가 있다. 어릴 때부터 정기적으로 교육 캡슐에 들어간 인간이 한두 번밖에 들어간 적이 없는 인간보다 뛰어난 게 당연하니까.

극단적으로 말하자면 재능이 있어도 태생이 나쁘면 크게 성공하기 어려웠다.

즉 특권 계층—— 귀족이나 기사가 강한 것이 당연한 세계.

교육 캡슐의 효과를 누린 기사들은 검으로도 총을 든 병사를 상대할 수 있을 만큼 강력해진다. 하지만 사기꾼에게 검을 배운 리암은 기껏해야 골목대장 수준의 실력이 고작일 터.

안내인은 리암이 세상에 나오면 분명 자신의 실력을 알고 마음이 꺾이리라 생각했다.

하지만 우물 안 개구리가 바다 넓은 줄 몰라도 하늘이 파랗다는 것은 안다.

리암이 칼의 코등이를 왼손 엄지로 밀어 올렸다가 놓자 쨍 하는 소리가 들렸다.

"뭐 하는…… 어?"

안내인은 놀라서 얼빠진 소리를 냈다.

"어어?!"

리온의 검이 제자리에 돌아온 순간, 주위에 통나무들이 갈라져 툭툭 하고 쓰러졌다.

"아니, 이럴 수가── 너 지금 장난하는 거지?!"

안내인은 상황을 이해할 수가 없었다.

자신의 예상과는 달리 리온이 지난 30년간 상상 이상으로 강해졌다.

리암을 보고 있던 인형, 그리고 집사가 박수를 쳤다.

"훌륭합니다, 주인님."

"이 브라이언, 감동했습니다."

믿을 수 없는 광경이었다. 아무리 마법이 훌륭하고 육체가 뛰어나도 저렇게까지 강해지는 사람은 극소수뿐이다.

리암은 아마기에게 받은 수건으로 땀을 닦고 있었다.

"이 정도로는 스승님의 검에는 못 미쳐. 좀 더 가르쳐줬으면 했는데, 스승님이 갑자기 면허개전(免許皆傳)을 하고 나가버렸으니."

실력은 이미 일류에 도달했는데 본인은 자만하기는커녕 만족할 줄을 몰랐다.

안내인은 당혹감을 감출 수 없었다.

(그 남자, 대체 뭘 한 거지? 왜 이렇게 된 거지?)

서둘러 주위에 영상을 준비해서 확인하니, 다른 행성으로 도망 간 야스시가 술집 카운터에서 술을 마시는 모습이 나왔다. 옆에 는 접대 중인 여성이 있었다.

「아──── 그 녀석 뭐지? 이해가 안 되네.」

「야스시 씨, 또 제자 이야기야?」

「난 검사로서 이류, 아니, 삼류야. 그런데 그놈은 내가 즉흥적 으로 말한 것들을 모조리 해냈어. 정신 차리고 보니 10년 만에 나 를 넘어서고, 20년에는 일류 검사를 목전에 두고 있었지.」

여자가 우스운지 웃고 있었다.

「그리고 마지막 10년으로 일류 검사로 키웠다고 했지? 야스시 씨의 농담은 재미있네.」

여자는 믿지 않는 눈치였지만 야스시는 농담이 아니라며 강하 게 주장했다.

「농담이 아니라고! 그 꼬맹이, 마지막에는 영지에 훌륭한 도장 을 만들 테니 거기서 검을 가르쳐달라고 말했다고. 나는──── 무 서워져서 도망쳤어. 그놈은 이상해. 검을 뽑지 않고 적을 베다니, 미쳤어.」

자신이 보여준 재주를 검술로 완벽하게 재현한 리암이 믿기지 않는 모양이다.

안내인은 영상을 지우고 이마에 손을 대고 고민했다.

────두통이 난다. 원인은 리암이다.

리암이 감사하는 마음이 전해져 온다.

들려오는 리암의 목소리는——.

(정말 운이 좋군. 훌륭한 스승님을 만나 검을 배우고 황폐했던 영지도 이만큼 발전했어. 처음엔 완전히 속은 줄만 알았는데 ——아무래도 그 안내인이란 녀석, 진짜인 모양이군. 대단한 녀석이야.)

——전해져 오는 감사의 마음. 안내인은 그것이 굉장히 불쾌했다.

부정적인 감정은 정말 좋아하지만 이런 감사나 호의는 구역질이 난다.

특히나 리암은 감사하는 마음이 너무 강해 안내인은 미칠 것만 같았다.

"이것저것 생각할 필요가 있겠군요."

이대로 있으면 기분이 나빠질 것 같던 안내인은 리암이 부정적인 감정을 품도록 손을 쓰기로 했다.

안내인은 생각했다.

리암에게서 전해져 오는 감사의 마음이 너무 기분 나빴다.

한시라도 빨리 리암이 자신을 원망하고, 증오하고, 혐오하도록 해야 했다.

리온의 감사는 안내인의 몸을 좀먹을 기세였다.

"역시 불행하게 만들어야겠어요. 하지만 그의 주위에 있는 건 나이 든 집사와 인형뿐. 이걸로는 그를 괴롭힐 수가 없어. 인간 여자가 있으면 전생의 트라우마를 자극할 수 있었을 텐데."

부하가 문제를 일으키게 하는 것도 상투적 수단이지만, 여긴 나쁜 짓을 할 만한 관료가 대부분 처형당해 실행하기 어려웠다.

결국은 그를 불행하게 만들 적당한 장기 말이 없었다.

무리하면 준비할 수 있지만, 너무 건드리면 도리어 재미가 없다. 그건 본말전도다.

계기만 준 뒤에 굴러 떨어지는 모습을 보고 즐기는 것이 안내인의 방침이다.

하나부터 열까지 손을 대는 건 취향이 아니었다.

하지만 빨리 리암을 처리하고 싶다는 마음이 갈등을 빚었다.

"미녀를 거느리고 마음대로 살 줄 알았는데 의외로 착실하군요."

악덕 영주를 목표로 하고 있었을 텐데 하는 짓은 평범한 통치였다.

아니, 오히려 선정에 가까웠다.

이 녀석 목적을 잊어버린 게 아닌가?

안내인은 그런 생각을 하면서 리암을 감시했다.

리암이 집무실에서 혼자가 됐을 때, 기지개를 켜며 히죽거리기 시작했다.

"어라?"

리암의 사고를 읽어보니, 아무래도 리암 나름대로 악덕 영주에 대한 고집이 있는 듯했다.

(영지도 발전해서 백성들에게도 여유가 생기기 시작했어. 풍족하게 만들어야 착취하는 보람이 있지. 찌꺼기를 쥐어짜서 뭘 하겠어.)

안내인은 리암이 목적을 잊지 않은 것을 기쁘게 여겼다.

마음이 변했다면 안내인이 나서서 해치웠을지도 모른다.

"과연. 저와 마찬가지로 올려놓은 뒤에 떨어뜨리려는 거군요. 좋아요. 조금 더 기대해도 되겠어요."

리암은 히죽거리면서 앞으로의 일을 생각했다.

(우선은 미녀를 모아볼까? 영지의 인구를 생각하면 절세미인이 한 명이나 두 명쯤은 있을 테니까.)

억지로 끌고 올 생각을 하는 리암을 보고 안내인은 흥분했다.

"좋군요. 실로 훌륭해요. 속물에 작고 초라한 도량이 비쳐 보여요. 억지로 데려오든 돈으로 사든, 결국 마지막에는 마음을 얻지 못했다는 패턴으로 할까요? 아니, 차라리 서로 사랑을 확인했을 때 다른 남자를 마련해서 빼앗기게 하죠. 리암 씨는 분명 아주 기뻐할 거예요."

안내인은 즐거워했지만, 집무실에 아마기가 들어와 산통이 깨졌다.

안내인은 혀를 차고 떨떠름하게 리암을 지켜봤다.

「──군의 인재?」

「네. 예비역, 퇴역이 가까운 군인을 받아달라고 합니다. 정규군에 불하*를 받고 싶다고 타진하니 인원도 사들이는 게 어떻냐는 제안이 돌아왔습니다.」

안내인은 제국군의 제안은 써먹을 수 있다고 판단했다.

"흠, 제국군은 성가신 인력을 줄이고 싶은 걸까요?"

아무래도 제국은 변경에 좌천시키고 싶은 군인들이 있는 모양이다.

귀찮은 놈들을 영주에게 떠맡기고 싶은 것이리라.

리암도 그걸 헤아렸는지 노골적으로 싫다는 얼굴을 했다.

「어차피 도움도 안 되는 놈들이 올 거 아냐?」

「하지만 제국의 정규군입니다. 그들 중에는 제국의 사관학교를 졸업한 자들도 있겠지요. 정식 교육과 훈련을 받았고 실전경험도 풍부합니다. 영지의 함대 강화에 도움이 될 겁니다.」

그 말을 듣고 리암이 마지못해 수용을 허가했다.

그걸 듣고 재미있는 생각을 떠올린 안내인이 입을 일그러뜨리

---

*拂下. 국가 또는 공공 단체의 재산을 개인에게 팔아넘기는 일.

고 웃기 시작했다.

"저걸 장래를 위한 포석으로 삼죠. 악덕 영주를 용서하지 않는 성실한 군인들을 모아 반란의 싹으로 만드는 것 또한 하나의 재미. 정말 재밌어질 것 같네요."

리암은 이제부터 악덕 영주로서 포악함의 끝을 달리려고 할 것이다.

성실한 군인들은 분명 좋게 생각하지 않을 것이다. 백성들이 들고 일어설 때는 하나가 되어 리암을 규탄할 것이다.

부하에게 살해당하는 리암을 상상하자 안내인은 가슴이 뜨거워지기 시작했다.

"곧바로 성실한 군인들이 모이도록 해야겠어요. 이야~, 이 얼마나 훌륭한 애프터서비스입니까. 제가 봐도 일을 너무 많이 하는 게 아닌가 하는 생각이 들어요."

능청맞은 말을 한 뒤에 손가락을 튕기자 안내인의 몸에서 검은 연기가 생겨나고 이세계를 건너는 문이 나타났다.

"일을 마쳤으면 어서 떠나야겠군요. 계속 감사받고 있으니 구역질이 나올 거 같아요. 전 잠시 다른 곳에 가겠습니다. 리암 씨, 다음에 올 때는 즐겁게 만들어주세요."

리암의 감사하는 마음이 꺼림칙해서 잠시 시간을 두기로 했다.

안내인은 이 세계에서 떠나갔다.

번필드가의 영지에 구형함으로 이루어진 함대가 찾아왔다.

함대를 이끄는 자는 제국군의 준장으로, 사관학교를 상위의 성적으로 졸업하고 성격도 착실해서 순조롭게 출세해온 전 엘리트였다.

하지만 상관이었던 귀족의 부정을 폭로했더니, 그때부터 출셋길이 막혔다.

동기들이 출세해 나가는 가운데, 자신은 준장 신분에 변경 순찰함대에 배속되었다.

변경 순찰은 좌천의 대표 보직으로, 적도 나타나지 않는 영역을 의미 없이 순찰하는 일터였다. 군에서 좌천된 자들은 전부 이런 말로를 겪었는데, 이번에 상층부의 변덕으로 함대 몇을 해산하였다. 그는 마침 구식 함정을 사들이는 귀족에게 함정을 파는 김에 딸려 팔린 신세였다.

"군이 결국 사람까지 파는 건가. 썩어빠졌구나."

함교에서 나지막이 중얼거렸지만, 주위에 있는 누구도 듣지 않았다.

이번 일로 팔려나간 인원들은 성질이 특이한 자나 귀족에게 거역해서 강등된 자들이었다.

너무 성실하거나 완고하여 성가신 사람을 한곳에 모아놓은 것이다.

"처세가 서투른 자가 많군."

그가 명부를 보며 중얼거리자 함교의 오퍼레이터가 번필드가의 본성에 접근했다는 것을 알렸다.

"사령관님, 번필드가의 통신이 들어와 있습니다."

"연결해라."

사령관은 내심 귀족의 사병을 싫어했지만, 한심하게도 이제는 자신이 그런 처지가 되었다.

하지만 군인으로서 오랜 세월을 살아왔기에 새삼 새로운 일을 시작하기도 어려웠다.

(군에서 버린 자들을 인수하는 귀족은 또 어떤 꿍꿍이를 가진 인물이려나.)

번필드가에서 대체 어떤 일을 하게 될 것인가?

부하들도 자신과 같은 불안을 품은 것 같았지만, 사령관은 지휘관으로서 담담한 표정을 유지했다.

40대 중반에 접어들었을 무렵이다.

전생이라면 이제 노후를 생각해도 이상하지 않은 시기지만, 이 세계에서는 이 나이가 되어야 겨우 성인 대우를 받는다.

나는 평범하다. 평범하게 생활하고 평범하게 일하고 평범하게 공부하거나 몸을 단련하고 있다.

이유? 나쁜 짓을 하기 위한 준비기간이다.

하지만 생활이 어렵지 않으니 최근에는 이대로 살아도 충분하다는 마음이 들기 시작했다.

집무실에서 일을 끝내니 아마기가 나에게 보고를 했다.

"주인님, 제7병기공장의 니아스 칼린 기술 중위가 면회를 청하고 있습니다. 어비드의 상태를 확인하고 싶다고 합니다."

"니아스가?"

그 미인 기술 중위가 다시 내 영지에 온 건가.

"그 사람이 일부러 어비드의 상태를 보러 온 건가?"

"어비드 확인은 구실이겠죠. 진짜 목적은 제7병기공장의 병기 판매라 생각됩니다."

제국은 조잡한 부분이 많다.

성간 국가의 특징이기도 하지만, 여러 방면의 규모가 너무 커서 사소하게 판단을 내릴 범위가 너무 넓은 것이다.

영지를 가진 귀족이 제국이 관리하는 병기공장에서 병기를 살수 있는 것도 같은 맥락이다.

일단 제국의 물건이니 구매할 때 조건이 붙기는 하지만, 그 조건도 느슨하게 짝이 없다.

오히려 이처럼 병기공장에서 사람이 와서 방문판매를 하고 있다.

"우리의 재정 상황이라면 살 수 있다고 판단했나? 하지만 신형 전함을 살 정도는 아닐 텐데?"

중고차를 사느냐, 새 차를 사느냐── 그런 느낌에 가깝다.

현재 번필드 백작가가 보유한 함정 대부분은 한 세대 전, 혹은 현재의 주력이다. 물론 비용을 줄이기 위해 등급이 낮은 물건들을 골라 사긴 했지만, 그래도 지금도 잘 사용하고 있기에 딱히 불만은 없었다.

"왜 제국군이나 부자한테 팔지 않고?"

"제7병기공장이 받는 평가가 발목을 잡은 것 같습니다. 기술력은 높지만, 디자인에 문제가 있다고 합니다. 가격도 성능에 맞춰 높게 책정되었고요. 그런 탓에 그들은 제국 내에서 미묘한 평가를 받고 있습니다. 디자인과 성능이 뛰어난 제3병기공장이 높은 인기를 자랑하는 것과는 대조적이지요."

제7, 이라고 지칭하는 바와 같이 이 외에도 병기공장이 있다.

경쟁상대가 많아 힘들겠지만, 나하고는 별로 상관없으니까 아무래도 좋다.

나는 면회하겠다고 대답하고 응접실로 향했다.

응접실에 도착하니 니아스가 나를 기다리고 있었다.

오늘은 작업복인 점프슈트 차림이 아닌 군복이었다.

──타이트 스커트의 길이가 몹시 짧다는 느낌이 들었다.

내 시선을 알아차렸는지 아마기가 나지막하게 "저 제복은 제국군 규정 위반이네요"라며 내게 귀띔해주었다.

니아스와 소파에 마주 앉으니 아마기의 말이 더욱 이해됐다.

니아스는 상당히 기합이 들어간 속옷을 입고 있었다.

인사를 끝내자 니아스가 방문판매와는 상관없는 잡담을 했다.

"많이 크셨네요. 몰라보겠어요, 백작님."

"그거 고맙네. 그래서 용건은?"

그녀는 그렇게 말했지만 사실 그렇게 크지도 않았다. 이건 그 냥 그녀 나름의 립서비스다.

뭐, 아이를 칭찬할 때 항상 쓰는 말 같은 것이니까.

"어비드의 상태를 확인하고자 왔습니다. 상태는 어떤가요?"

내 시선은 허벅지의 틈—— 스커트 속으로 살짝살짝 향했다.

"그쪽이 아니잖아. 팔고 싶은 물건이 있는 거 아냐?"

영지가 발전하면서 세수가 늘어나자 돈 냄새를 맡고 다양한 녀 석들이 날 찾아왔다.

니아스도 마찬가지이리라.

니아스가 태블릿 단말기를 꺼내 조작하자 내 주위에 입체영상 이 떠올랐다.

"이야기가 빨라서 좋네요. 제7병기공장이 건조하는 전함, 혹은 병기를 살 생각은 없으신가요?"

그녀가 보여준 전함들은 입체영상일 뿐인데도 박력이 느껴졌 다. 영상 자체가 너무 리얼해서 정교한 미니어처처럼 보였다.

다만 영상 아래에 터무니없는 금액이 표시되어 있었다.

역시 새 차——가 아니라, 새 물건은 비싸다.

"우리가 쓰는 함정보다 비싼데."

"급이 다르니까요. 최소한의 기능만을 갖춘 물건과는 성능부터가 다르니 그럴 수밖에 없죠."

이거 한 대 값으로 중고 함선 세 척은 살 수 있을 것 같았다.

아마기가 영상을 확인하면서 니아스가 이야기하지 않는 부분을 보충해줬다.

"제국의 병기공장에서 상품을 살 때는 제국에 세금을 내야 합니다. 이건 세금이 포함된 가격이 아니에요."

내가 니아스를 보니 시선을 돌리고 곤란한 듯이 웃고 있었다.

"그, 그렇지만 그만한 성능을 보장해요! 최신식은 이번에 개량되어 여러 면에서 우수해졌어요. 예를 들면, 이 순양함! 이전보다 기동기사를 운용할 수 있는 숫자가 더 늘었어요. 게다가 전함 성능도 종전보다 우수해요!"

요컨대 종래의 마이너체인지── 최신 버전을 만들었으니 팔러 온 모양이다.

확실히 성능은 훌륭하지만, 이런 걸 나한테 가져오지 말라고.

"제국군에 팔아."

니아스가 양손으로 얼굴을 가리고 슬픈 목소리로 사정을 이야기했다.

"──트라이얼에 져서 채용되지 못했습니다."

성간 국가는 엉성해서 함대별로 어느 공장에서 어떤 함정을 살지 정해두고 있었다.

트라이얼이야 언제나 있는 일이지만, 모든 트라이얼에서 패배하는 바람에 제7병기공장의 전함을 팔 곳이 없어진 모양이다.

아마기가 냉정하게 분석한 결과를 전했다.

"그건 성능 이외의 부분에 문제가 있는 게 아닌가요?"

니아스가 울먹이면서 변명했다.

"생산성도 정비성도 우리가 우수했어요! 그런데 종래 기종보다 작아졌다든가 디자인이 마음에 안 든다든가 내장이 싸구려 같다는 말을 들어서……."

귀족은 멋을 중시한다. 군 상층부에는 평민도 있지만, 귀족이 압도적으로 많다.

전함을 디자인으로 고르는 건 아니지만, 성능이 다들 비슷하다면 디자인이 마음에 드는 쪽을 선택할 거다.

나도 똑같은 입장이라면 디자인이 좋은 쪽을 고를 거다. 어차피 성능은 비슷하니까.

가끔 성능을 최우선으로 두는 사람도 있기야 하겠지만…… 어쨌든 마이너체인지를 해도 결국 팔리지 않았다는 게 진실일 것이다.

가격과 성능이 맞지 않고 겉모습도 글렀으면 살 이유가 없다.

"어, 어떨까요, 백작님? 200척. 아니, 100척이라도 좋아요! 신용거래라도 상관없으니 검토해주실 수 없을까요!"

제7병기공장도 이렇게까지 트라이얼에서 계속 질 줄은 몰랐을 것이다.

분명 제7병기공장에는 지금 재고가 산더미처럼 쌓여있을 거다.

"아마기, 다른 공장의 전함을 볼 수 있나?"

"준비하겠습니다."

아마기 주위에 다른 병기공장의 전함 등이 축소된 입체영상으로 표시되었다.

다른 공장에서 건조된 함정 등을 보면, 제7병기공장의 함정은 뭐랄까, 병기라는 걸 강조하는 듯한 투박함이 있었다.

다만 이 투박함이 좀—— 안 좋은 쪽이라고 해야 하나? 내 마음에 들지 않았다.

다른 병기공장은 비슷한 기본구조로 되어 있어도 디자인이 전혀 달랐다. 투박한 게 경쟁에서 지는 건 당연했다. 이 녀석들은 디자인 쪽을 좀 어떻게 해야 한다.

특히 제3병기공장의 전함은 굉장히 멋있었다. 딱 봐도 잘 팔릴 것 같다.

"아마기, 이거 괜찮지 않아? 내 함선으로 삼자."

"주인님, 기함급 함선을 구매하려면 제국에 허가를 받아야 합니다. 번필드가에는 허가가 나지 않을 것 같습니다."

우리는 2,000m를 넘는 기함급 전함을 살 수 없는 모양이다.

천 미터보다 작은 전함 중에 고르는 수밖에 없다고 한다. ——아니 근데 천 미터가 작은 단위인가?

감각이 이상해지기 시작했다.

"그런가, 아쉽네."

우리가 살 수 없는 이유는 우리가 제국에 세금을 최근까지 체납한 탓이다.

내가 이어받고 나서야 겨우 다시 내기 시작했는데, 제국의 대응은 냉담했다.

아마 이걸 허가를 받으려고 하면 그전에 체납한 세금부터 내라고 할 것 같다.

성실하게 세금을 내는 악덕 영주는 이상하다고 생각하지만, 윗분들을 거슬러서 좋은 일은 없다. 힘 앞에는 굴복해야 한다.

나쁜 짓은 영지에서 하고 제국에는 잘 보인다──작은 악당 같네. 싫진 않다.

"그럼 이걸로 참을까. 지금 것보다 멋지니까."

약간 작지만, 800m급을 가리켰다.

"그럼 제3병기공장에 연락을 취하겠습니다."

그러자 니아스가 황급히 끼어들었다.

"잠시만요! 정말로 사정이 어려워요!"

그런 건 알고 있지만 어려움을 겪고 있는 건 내 탓이 아니다.

"디자인이 이렇게 지독한 걸 누가 사."

"성능이 중요하잖아요! 안에 들어가면 겉모습은 안 보여요!"

"정작 그 성능도 별 차이가 없잖아. 애초에 내부도 문제야. 내장이 싸구려 같잖아. 이렇게까지 사용자를 배려하지 않는 내장이 어디 있어. 악의가 느껴진다고."

입체영상으로 함내의 모습을 봤는데, 정말이지 악의가 느껴질 정도로 좁았다.

쓸데없는 부분을 덜어냈다고 하면 듣기는 좋지만, 승조원의 생활을 거의 고려하지 않았다.

"생산성이나 정비성은 차원이 달라요!"

"문제는 그게 아니야."

"그, 그럼."

물고 늘어지는 니아스가 허겁지겁 윗옷을 벗었다.

하얀 셔츠 아래에 비쳐 보이는 속옷은 상당히 화려했다.

승부 속옷이라는 것일까?

니아스가 고의적으로 양손으로 가슴을 모으고 어필하는 모습을 보자 문득 전생의 기억이 떠올랐다. 아내의 옷장 서랍에 낯설고 화려한 속옷이 늘어나 있었던 모습이.

내 기분을 헤아리지 않은 니아스는 무리하게 유혹하는 포즈를 취하려고 헛수고를 하고 있었다. 보고 있으니 왠지 불쌍해지기 시작했다.

"백작님~."

부드러운 목소리로 나를 부르지만, 정말이지── 응. 완전히 글러 먹었다.

내가 어깨를 늘어뜨리니 니아스가 울상을 지었다.

"왜 낙담한 건가요! 그렇게나 제 가슴을 봤는데!"

"응, 그렇지. 하지만 지금은 그럴 기분이 아니니까."

전생을 떠올리니 기분이 가라앉았다.

밤 생활은 거절당하는데 계속 늘어나는 화려하고 면적이 작은 속옷들.

그게 불륜을 의심하기 시작한 계기였지만, 결국 그때의 나는 아내를 믿고 추궁하지 않았다.

니아스는 더 강하게 나가야 한다고 생각했는지 애교를 부리면서 셔츠의 가슴팍을 열어젖히고 다리를 벌려 속옷이 보이도록 했다.

본인도 부끄러운지 귀까지 새빨개져 있었다.

"배, 백작님, 니아스는 전함을 사줬으면 좋겠어~."

이런 일이 익숙하지 않은 건지, 아니면 자세가 괴로운 건지, 니아스는 떨고 있었다.

──전혀 내 남심에 와닿지 않아.

평소에는 이런 일을 절대로 안 하는 일 잘하고 쿨한 미녀가 치근대는 모습을 보면 마음에 와닿는 것이 있을 법도 하지만, 지금의 니아스는 그저 보기에 불쌍할 뿐이었다.

다른 의미로 내 감정을 자극한다. 연민이라는 감정을.

"이제 됐어. 보기 딱하니까 사줄게. 200척이었나?"

"가능하면 300척으로 부탁드립니다!"

아까보다 수가 늘었잖아!

이 녀석, 너무 계산적이잖아. 미인계는 엄청 서투르지만.

"아마기, 300척도 살 수 있을 것 같아?"

확인하니 아마기는 바로 계산해서 답했다.

"구매 예정인 함정 수를 줄이면 가능합니다. 장기적으로 보면 쓸데없지는 않으니 문제없지 않을까 싶습니다."

역시 아마기는 유능해.

니아스에게 시선을 돌리니, 어지간히 기뻤는지 두 손으로 깍지를 끼고 눈을 반짝이고 있었다.

"감사합니다! 바로 납품할게요."

"잠깐 기다려. 산다고는 했지만 그대로 받을 생각은 없다. 그 디자인을 어떻게든 해서 가져와. 실속이 없어도 좋으니까 커버를 단다거나, 여러 방법이 있잖아. 돈이 더 들어도 좋으니까 내장도 어떻게든 해. 너무 빈약하다고."

일 이야기가 나오니 니아스가 가슴팍을 가리고 안경을 손끝으로 살짝 올려 위치를 고쳤다.

뒤늦게 정돈한들 얼버무린다고 해도 아까 전의 안쓰러운 광경은 잊을 수 없다.

"이 기능미가 넘치는 디자인이 이해가 안 되는 건가요?"

"그 모양이니까 트라이얼에 지는 거야. 좀 고객의 마음을 파악해보라고."

트라이얼에서 계속 진 사실을 떠올렸을 것이다.

어깨를 늘어뜨린 니아스가 올라앉은 테이블 위에서 무릎을 끌어안았다.

"그 말은 하지 말아주세요. 신경 쓰고 있으니까요. 저도 이건 아무래도 심하다고 생각했어요. 하지만 상사가 이렇게 간다고 해서."

속옷이 보이는데 괜찮은가? 그보다 테이블 위에 앉지 말라고.

아마기는 기본적으로 무표정이지만, 어딘지 기막혀하는 것처럼 보였다.

"업무 외에는 안타까운 분인 것 같네요."

미인인데 말이지. 안쓰러운 미인이라는 것이다.

최종적으로 세세한 협의는 아마기에게 맡기고 상담을 끝낸 나는 지친 얼굴로 응접실을 나섰다.

브라이언이 저택의 복도를 걷고 있었다.

"이야~, 저택을 찾는 손님이 늘어서 기쁘군요."

아무도 방문하지 않는다는 것은 귀족으로서 관심을 전혀 못 끈다는 의미다.

손님들이 온다는 것은 리암이 조금씩이라도 평가받고 있다는 것을 의미한다.

브라이언은 그 사실이 참을 수 없이 기뻤다.

"어라?"

싱글벙글 웃는 브라이언이 모퉁이에 다가가니, 여자가 이야기하는 목소리가 들려왔다.

(저분은 손님인 니아스 님이 아닌가?)

실례라고는 생각했지만 숨듯이 소곤소곤 통신하는 니아스를 경계했다.

귀를 기울이니 니아스의 말이 들려왔다.

"어때. 300척이나 팔렸어."

아무래도 상대는 제7병기공장의 후배인 듯했다.

공중에 뜬 영상 앞에서 니아스와 이야기하고 있었다.

「하지만 디자인을 변경하는 게 조건이죠? 윗사람들이 화낼 거 같은데요.」

"어, 어쩔 수 없잖아. 그렇게 해야 사준다는데!"

니아스는 후배의 반응이 납득이 안 되는 듯했다.

"내가 얼마나 노력했는지 알아? 정말 힘들었다고."

「고지식한 선배가 미인계로 거래를 성사시켰다는 게 믿기지 않네요. 선배한테 손을 댔나요?」

"거, 거기까지는 안 갔어. 하, 하지만 백작은 나한테 푹 빠졌어. 오, 오늘도 날 핥는 듯한 시선으로 봤어."

「흐음, 정말인가요?」

"──아, 아마도. 분명. 보지 않았을까."

서서히 자신감을 잃어가는 니아스의 목소리는 점차 작아져 갔다.

「차라리 그쪽으로 시집가는 걸 노리면 좋았을 텐데.」

"그, 그렇게까지는 안 해. 그보다 내 매력으로 거래를 성사시켰으니까 날 좀 더 존경해!"

「겨우 300척이잖아요? 두 배는 팔아야죠.」

"300척이나 판 날 칭찬해!"

이야기의 내용을 들어보니, 번필드가가 제7병기공장으로부터 전함 300척을 산 모양이다.

그 일에 대해서는 브라이언은 리암의 지시에 따를 수밖에 없다.

하지만 허용할 수 없는 이야기가 있었다.

그것은 니아스가 미인계로 리암에게 전함을 팔았다는 부분이었다.

(리암 님이 미인계에 걸리셨다고?!)

리암의 미래에 불안을 느끼는 브라이언이었다.

에치고야, 자네도 참 나쁘구먼~.*

이 대사를 다들 한 번은 들어보지 않았을까?

전생에서 악덕 상인이라고 하면 에치고야를 떠올릴 것이다.

진짜 에치고야라는 상호를 가진 가게에는 더없는 민폐이겠지.

이 이야기를 왜 했느냐. 내가 악덕 영주로서 행동하기 전에 나의 에치고야——가 아니라, 우리의 어용상인을 소개하겠다.

수염을 기르고 살이 조금 찐, 그야말로 악덕 상인 같은 외모를 지닌 이 남자의 이름은 【토마스 햄프리】.

그는 내가 엉망진창이었던 영지를 정비하고 개발을 진행하자 어디선가 냄새를 맡고 장사를 하고 싶다며 나를 찾아왔다.

여기서 말하는 상인이란 '행성간' 무역상을 의미한다.

이건 영지 안에서 장사하는 상인과는 다른 존재다. 우주로 진출한 이 세계에서 어용상인이라는 존재가 필요한지는 의문이 들 수도 있지만, 그들은 제국 내뿐만 아니라 다른 성간 국가도 왕래하며 상품을 거래한다. 엄청나게 먼 행성에서 귀한 자원이나 상품을 가져와서 내 영지에서 판다고 생각하면 된다. 물론 우리 자원을 밖에 팔 수도 있고.

영지를 발전시키기 위해서는 이런 상인과 손을 잡아야 할 때도

---

*사극 등에서 악덕 상인이 나쁜 관리에게 뇌물을 주면 나쁜 관리가 악덕 상인에게 하는 대사. 뇌물을 받을 때의 스테레오 타입 대사로 자리 잡고 있음

163

있는 법이다.

토마스는 번필드가가 인정한, 내 영지에서 특별한 상인이다.

나는 응접실에서 낮은 탁자를 사이에 두고 마주 보고 앉아 토마스에게 요구했다.

"황금 과자는 가져왔겠지?"

땀을 닦는 토마스가 나에게 골드바가 든 상자를 내밀었다.

황금 과자── 즉 뇌물이다.

탐관오리와 상인의 대화에 꼭 필요한 물건일 것이다.

옛날에 사극에서 몇 번이나 본 광경이니 틀림없다.

토마스가 약간 곤란한 얼굴인 걸 보니, 조금 무리해서 긁어모은 모양이다.

"물론 있습니다. 받아주십시오, 백작님."

받아 든 나는 그 묵직한 무게에 웃음이 새어 나왔다.

"에치고야, 자네도 참 나쁘구면!"

"저기, 백작님. 저희는 햄프리 상회라고 몇 번이나 말씀드렸습니다만……."

토마스가 항상 하는 반응을 보여주었으니, 장난은 이쯤 해두자.

"그냥 농담이다."

"아, 네, 그런가요."

항상 하는 악덕 영주다운 인사가 끝났다.

뇌물을 받은 나는 희희낙락한 얼굴로 토마스의 이야기를 듣기로 했다.

"그래서 이번엔 어쩐 일이지? 그냥 인사하러 온 건 아니잖나?"

뇌물이 있다는 것은 그에 상응하는 부탁이 있다는 것이다.

"실은 거래 때문에 위험한 영역을 지나가야만 하는데, 백작님이 보유하고 계신 함대를 빌려주셨으면 합니다. 호위로 100척을 희망합니다."

호위 병력이 필요하다는데, 아마 호위는 핑계고, 뒤에서 내 군사력을 이용해서 흉계를 꾸미고 있을 것이다.

하지만 내가 득을 본다면 빌려줘도 상관없다.

"그렇게 위험한 곳에 가는가?"

"목적지보다는 그 중계지점에 있는 해적들이 문제입니다. 하루에 두 번이고 세 번이고 습격당했다는 상인도 적지 않습니다."

우주 해적은 규모가 제각각인데, 고철이 다된 병기를 훔쳐서 우쭐대는 허접한 녀석들부터, 탈영병이 모인 위험한 해적들도 있다.

해적들은 용병 노릇도 하기에 의외로 전투 경험이 풍부한데, 그렇다 보니 장비와 인력 인재가 갖춰진 해적단은 위험하기 짝이 없다.

내 뒤에 대기하고 있는 아마기에게 시선을 주니, 나의 의도를 깨닫고 답변했다.

"100척이라면 바로 준비할 수 있습니다."

난 시선을 토마스에게 돌리고 고개를 끄덕였다.

"좋지. 빌려줄게. 하지만, 알고 있겠지?"

토마스는 나의 의미심장한 웃음에 약간 당황했다.

"그건…… 아, 아닙니다, 다음에도 황금 과자를 준비하겠습니다."

"그것도 중요하지만 중요한 것은 내가 돈을 버는 거야. 내가 돈을 벌게 해주겠지?"

내가 득을 못 보면 병력을 빌려주는 의미가 없다.

"무, 물론입니다!"

"좋다! 아마기, 바로 준비해라."

"알겠습니다."

어용상인으로서 내가 돈을 벌게 해달라고, 에치고야—— 아니, 햄프리 상회.

넌 날 이용할 생각이겠지만, 나도 널 이용해야겠다.

토마스는 리암과의 이야기를 끝내고 우주항으로 나왔다.

토마스가 사용하는 대형 수송선이 우주항에 정박해 있기 때문이다.

번필드가의 우주항은 도넛 모양을 하고 있다.

거기서 거미줄처럼 통로가 뻗어 우주선이 정박하도록 설계되어 있다.

규모가 급격히 커지고 있는 번필드가에서는 우주항 증설이 계속되고 있었다.

지상에서 우주로 올라간 토마스는 짐을 들고 무중력 공간인 통로를 나아가 자신의 배로 향했다.

그의 주위에는 부하와 호위의 모습이 있었다.

우주항에는 모든 곳에 무빙워크가 설치되어 있어서 서 있기만 해도 목적지에 갈 수 있다.

우주항에서 멀리 떨어진 곳에 정박한 선박은 힘들겠지만, 토마스 같은 번필드가의 관계자는 접근하기 쉬운 곳에 우선 정박할 특권이 있다.

통로의 천장은 돔형으로 되어서 바깥의 경치가 보였다.

모두가 거기서 바로 위로 보이는 리암이 사는 행성을 올려다보고 있었다.

부하 한 명이 도착하기까지 심심했는지 토마스에게 말을 걸었다.

"이전과 비교해 영지가 상당히 발전했네요. 저 나이에 용케도 해내고 있습니다."

토마스도 장사하면서 몇 번이고 번필드가의 영지에 들렀다.

아직도 부족한 게 많지만, 요 수십 년 만에 몰라볼 정도로 급성장하고 있다.

리암이 대물림을 받은 것이 큰 요인이라 생각한 토마스는 번필드가의 어용상인이 되는 길을 택했다.

번필드가는 아직 신용이 부족하다. 오히려 마이너스다. 평범한 상인이라면 그들에게 줄을 대지는 않을 거다.

하지만 토마스는 리암을 높이 평가하여 번필드가의 어용상인이 되는 길을 선택했다.

이는 토마스에게도 위험이 큰 결단이었다. 그리고 지금은 그 위험에 걸맞은 이익을 얻고 있다.

"지금까지 봐온 귀족과는 조금 다르지. 다소 이질적이지만, 그분은 명군이야."

토마스는 황금색 과자를 요구하는 리암을 명군이라 했다.

주위 사람들도 토마스의 의견을 부정하지 않았다.

틈만 나면 뇌물을 요구하는데 왜 명군인가? 이에는 성간 국가 특유의 가치관이 영향을 끼치고 있다.

부하 한 명이 골똘히 생각했다.

"하지만 왜 하필 황금이죠? 금이 귀금속이라고는 하지만 백작의 영지에서도 얼마든지 구할 수 있는 거 아닙니까? 다른 걸로는 안 되는 걸까요?"

토마스도 부하의 의문에 관해서는 명확한 답을 몰라 대답하기 곤란했다.

"나도 그 점이 의문이야. 왜 황금일까? 나로서는 나쁘지 않지만 좀 미안하다고 할까……. 미스릴이나 마력을 지닌 보석 같은 건 별 반응도 보이지 않으시는데, 황금은 눈에 띄게 기뻐하시니, 알 수가 없단 말이지."

미스릴, 아다만타이트, 오리할콘, 마력이 깃든 보석 등 이 세계에는 황금보다 귀한 금속이 차고 넘친다. 황금은 그다지 대단한 귀금속이 아니었다.

그런데도 리암은 오로지 황금을 원했다.

토마스의 눈에는 리암이 매번 작은 선물로 기뻐하는 것처럼 보였다.

자신이 얻는 이익에 비해 리암의 요구가 상응하지 않는다.

부하들도 곤란해하고 있었다.

"알 수 없는 사람이네요."

토마스 일행은 리암이 황금을 요구하는 이유를 이해할 수 없었다.

전생── 지구에서는 황금이 가치가 있었다.

그것은 지구에 있는 황금이 무제한이 아니기 때문이다.

지구와는 조건이 다른 이 세계에서 황금이 다른 귀금속에 비해 가치가 떨어지는 건 어찌 보면 당연한 일이었다. 반대로 이 세계에서도 희귀한 미스릴은 성스러운 힘이 깃든 은으로, 수가 적은 만큼 황금보다 귀한 취급을 받는다. 귀금속을 선물할 때도 자주 선택된다.

"검소하신 분이야."

토마스가 번필드가의 어용상인으로 일하며 얻는 이익에 비하면, 그런 황금 따위는 정말 얼마 안 되는 금액이었다.

쥐꼬리만한 뇌물── 오히려 토마스가 미안할 지경이었다.

통로를 빠져나가 토마스는 자신의 배에 도착했다.

"우주항이 제법 편리해졌군."

토마스는 뒤돌아서 우주항을 바라봤다.

이전에는 드나들기도 힘들었는데, 리암이 건조한 우주항은 설비와 시설이 충실해 상인 일을 하기에 도움이 되었다.

최근에는 규모가 커지면서 이조차 비좁게 느껴지기 시작했지만, 새로 제2스테이션을 건조한다고 하니 번필드가의 융성은 아직 이어질 것이다.

토마스는 영지에 투자하는 리암의 모습을 보고 감탄했다.

"거둬들인 세금 대부분을 투자한다고 듣긴 했지만, 그건 말처럼 쉬운 일이 아니지. 저 나이에 그런 일이 가능하다니, 역시 보통 사람이 아니야. 번필드가에 막대한 빛이 없었다면 어느 정도의 영지가 되었을지……."

토마스는 아쉬운 듯이 말을 흘리고 부하들에게 시선을 돌렸다.

"이번 거래는 평소보다 위험하지만 번필드가에게는 매우 중요한 거래가 될 것이다. 우린 평소에 덕을 보고 있다. 우리도 어용 상인으로서 백작님께 공헌해보자꾸나."

사실 이번 거래는 번필드가에 있어서 중요한 거래였다.

토마스 일행은 그다지 무리할 필요도 없지만 리암에게 공헌하기 위해 꼭 필요한 장사였다.

──토마스는 악덕 상인이 아니었다.

브라이언은 리암의 집무실에 방문했다.

"리암 님, 또 뇌물입니까?"

"괜찮잖아."

"확실히 부럽다고는 생각합니다만, 그……."

일이 끝난 리암은 책상 위에 토마스에게 받은 뇌물인 황금을 늘어놓고 있었다.

브라이언은 당당히 뇌물을 받는 리암에게 이런저런 이야기를 해주고 싶은 마음이 있었다.

(황금으로 기뻐하는 걸 검소하다고 해야 할지…….)

리암은 아마기와 황금을 어떻게 쓸지 이야기하고 있었다.

"역시 재보는 금화지. 아마기는 어떻게 생각해?"

황금을 무엇으로 가공할지 생각하고 있었던 모양이다.

곁에 있던 아마기는 리암을 위해 홍차를 준비하면서 대답했다.

"좋지 않을까 합니다. 하지만 왜 황금을 원하시는 건가요?"

"응?"

아마기도 리암이 황금을 받고 좋아하는 것에 의문을 품고 있었던 모양이다.

브라이언도 마음속으로 고개를 끄덕였다.

(좋은 질문입니다! 대체 왜 황금을 받고 기뻐하는 걸까요?)

리암은 손에 들고 있는 골드바를 바라보고 있는데, 그 눈동자는 어딘지 쓸쓸하게도 보였다.

"황금은 벼락부자의 상징이니까. 그리고 금에는 변하지 않는 가치가 있어. 불변의 가치—— 멋지지 않나?"

그러자 아마기와 브라이언의 시선이 교차했다. 이번에는 브라이언이 물었다.

"저기, 리암 님?"

"왜?"

"황금보다 미스릴 등이 훨씬 더 가치가 있습니다만, 혹시 모르셨습니까?"

"뭐어? 당연히 알고 있지."

"그, 그럼 어째서 황금을 고집하시는 겁니까? 미스릴을 받아도 되지 않습니까?"

리암은 골드바를 책상 위에 내려놓고 깊은 한숨을 쉬었다.

브라이언은 리암의 실망한 듯한 반응에 쇼크를 받았다.

"이 브라이언이 무슨 잘못이라도?!"

"잘못투성이야. 잘 들어, 미스릴이나 오리할콘, 아다만타이트 같은 희소금속 장식이 즐거워?"

브라이언은 좋다고 생각했다.

"미스릴 반지는 여성들 사이에서 제법 인기가 있습니다만……."

"어, 진짜? 아니, 그게 아니라! 그런 미스릴이나 오리할콘은 써야 진가가 나오잖아. 장식이나 해둘 물건이 아니라고."

리암에게 있어서 그 금속들은 장식품으로 삼는 의미가 없는 듯했다.

유용한 금속은 써야 의미가 있다는 생각에 아마기가 고개를 끄덕이고 동의했다.

"아주 합리적인 판단입니다."

브라이언은 리암의 생각에 감탄했다.

"그렇군요. 황금은 번영의 상징을 비롯하여 여러 의미를 지니고 있으니 황금을 받는 것도 나쁘지 않은 것 같습니다. 복을 기원하는 의미도 있고요."

하지만 리암은 복을 기원하는 것에는 그다지 흥미가 없는 듯했다.

"아~ 어쨌든 난 이걸 금화로 만들 생각이거든? 브라이언, 가공해 와."

"리암 님, 저는 집사입니다만……. 뭐, 하라는 명령을 들으면 실행하지만요."

사람이 그리는 미래 예상도는 대부분 빗나가기 마련이다.

전생에 내가 어릴 때는 차가 아무렇지도 않게 하늘을 날아다니는 미래를 그렸는데, 어른이 되어도 하늘을 나는 차가 개발되었을 뿐, 일반적이지는 않았다.

성간 국가의 시대인데도 고층 빌딩—— 고급 호텔 최상층에서 보는 경치는 전생에서 본 경치와 큰 차이가 없었다.

아니, 오히려 전생의 대도시가 더 발전한 것처럼 보였다.

고층 빌딩이 있는 건 마찬가지지만 지구의 대도시만큼 밀집되어 있지는 않았다.

자연이 풍성하다고 하면 듣기에는 좋지만, 손이 닿지 않은 땅이 많다는 의미이기도 했다.

"내 영지는 아직 시골이구나."

푸념을 하니 내 옆에 있는 아마기가 정정했다.

"주인님이 작위와 영지를 물려받은 때와 비교하면, 수치상으로는 큰 성장을 이룩했습니다. 실제로 몰라볼 정도로 발전했습니다."

아마기다운 생각이지만, 인간에게는 눈으로 보는 현실이 전부다.

내 눈에는 여긴 아직 시골이다.

"수치상의 이야기잖아? 내가 실감하지 못하면 무의미해. 애초에 거리의 풍경이 내 이상과 전혀 달라. 패션도 영 뒤처진 느낌이라 여자를 저택에 들일 생각이 도통 들지를 않는다고."

가끔 영지를 걸어 다니며 헌팅이나 해볼까 했더니, 거리에 보이는 패션이—— 글러먹었다.

최근에는 영지가 발전하면서 여성들이 치장하고 쇼핑을 즐기기 시작했지만, 내가 바라던 것과는 다르다.

그 왜, 현대로 치면 80년대 패션을 보고 있는 듯한 느낌이랄까……. 난 청순한 느낌이 좋은데 길거리에 여자들이 다들 갸루 같은 모습을 하고 있으면 흥이 안 나잖아?

아무튼 취향이 아니라서 손을 댈 마음이 들지 않는다!

이래서는 지위와 권력을 이용해서 여자를 억지로 저택에 끌고 가는 악덕 영주의 소행을 벌일 수가 없다.

"더욱 발전해야 해. 패션은 특히 더."

"충분히 발전했다고 생각합니다만?"

애초에 이 세계에서는 행성별로 문화가 다르다.

제국이라는 큰 틀 안에서 공통점도 많지만, 차이점도 많다.

개중에는 내가 이상과 가까운 행성도 있겠지만, 미심쩍은 패션이나 문화도 많다. 지구에서조차 나라에 따라 문화가 다종다양하지 않았던가.

하물며 성간 국가가 되면 그 차이가 더욱 크고 다양해질 것이다.

"좋아, 패션 디자이너라던가, 아무튼 그런 녀석을 데려올까. 미용이라던가, 그쪽 분야에도 투자해서 말이야! 어떻게든 해야지, 이대로는 구미가 당기지 않는다고."

거리의 패션도 문제지만, 패션 문제는 그뿐만이 아니었다.

언젠가 바다로 나갔다가 요즘 해수욕장에서 유행하는 수영복이 전신 타이츠 같은 타입이라는 걸 깨달았다.

젊은 남녀가 얼굴만 내놓고 바다에서 떠드는 모습은 내 이상과 너무나도 동떨어져 있었다.

웃기지 마라, 작작 좀 해라! 그런 건 절대로 용납 못 해.

왜 피부를 노출하지 않는 거냐! 전혀 보고 즐길 수 없다고!

"모델도 데려오자. 예쁜 사람을 보면 다들 영향을 받겠지. 유명인도 팍팍 부르자!"

여러 새로운 일에 손을 대자고 이야기하고 있으니 아마기가 곤란한 표정을 지었다.

메이드 로봇은 표정이 빈약하지만, 왠지 모르게 이해할 수 있게 되었다.

뭐, 40년 이상 같이 지냈으니까 당연한가.

"그러려면 자금이 필요한데 빚이 발목을 잡습니다. 세수가 늘어난 만큼 변제액도 늘리고 있어서 여유가 많지 않습니다. 대규모 투자는 불가능합니다."

번필드가의 막대한 빚이 매번 내가 하고 싶은 일의 발목을 잡는다.

창문 밖을 바라보니 우주 전함이 지상에서 우주로 날아가는 모습이 눈에 들어왔다.

내 영지 안에서 느낄 수 있는 미래적인 광경은 이 정도일까?

확실히 5살 무렵과는 눈에 띄게 변했지만, 내가 보기에는 여전히 허전한 광경이었다.

상상하던 세상과 너무 달랐다.

"——현실은 생각보다 시시하구나."

그러자 아마기가 내 주위로 수많은 영상을 보여줬다.

아무래도 예산 내에서 모을 수 있는 디자이너와 모델을 찾고 있었던 모양이다.

"호출이 가능한 디자이너와 모델입니다. 이분들이라면 초청할 수 있을 것 같습니다."

영상을 보니 지나치게 미래적이라고 해야 할까, 너무 기발한 디자인들이 나오고 있었다.

대체 왜 허리에 훌라후프를 달고 자동으로 돌리고 있는 거지?

헤어스타일을 기발하게 고정한 건 좋지만, 저러면 생활하기 불편하지 않나?

아니, 이게 최첨단이야? 가장대회의 의상 같은 게 아니고?

——대체 패션이라는 게 뭐였지?

"생각했던 것과 너무 다른데……."

내가 납득하지 못하니 아마기는 다음 영상을 준비했다.

"그럼 이건 어떻습니까? 제국에서 인기 있는 모델입니다."

"——뭐야 이게?"

영상 속의 여성들의 패션 역시 기발했다.

하지만 기발하게 보이는 이유는—— 몸의 일부가 특히 크기 때문이다.

가슴이나 엉덩이가 극단적으로 크거나 작거나, 아무튼 가지각색이었다.

"이 사우스라는 행성에서는 여성의 가슴이 크면 클수록 좋게 봅니다. 그래서 이분들은 사우스에서 톱 모델로 통하지요."

내가 아는 모델이란 전체적으로 늘씬한 이미지인데, 이 모델들은 가슴이 무척 컸다.

아니, 커도 너무 큰데?! 성욕이 일지 않는 수준으로 큰데?!

"너무 크잖아! 생활에 지장이 생기는 수준이잖아!"

난 큰 가슴이 좋지만, 그래도 생활에 지장이 생기는 수준의 거유는 사양이다.

아니, 이건 거유라는 호칭도 어울리지 않는다.

그런 내 반응을 보고 아마기는 담담하게 현재 사우스의 상황을 설명했다.

"사우스의 남성은 이런 여성을 지극히 좋아한다고 합니다. 여성의 매력은 전부 가슴에 모여 있다고 합니다."

"그래서 그것 외에는 고려하지 않는 건가."

아마기는 여자 모델을 둘러싼 남자들의 영상을 준비했다.

가슴이 지나치게 큰 여자를 앞에 두고 분위기가 크게 달아올라 있었다.

정말 가슴만 있으면 된다는 열기에 휩싸인 회장의 분위기를 나는 전혀 이해할 수 없었다.

"이어서 목덜미에 집착하는 행성의——."

"이제 됐어!"

나는 아직 성간 국가의 규모를 바르게 이해하지 못한 것 같았다.

——세상은 넓구나.

번필드가의 우주군은 훈련 현장.

훈련을 지휘 중인 사령관은 전 제국군 준장 출신으로, 번필드가에 온 이후로 두 계급 위의 대우를 받고 있었다.

그가 탄 함선 또한 제국군 시절에도 타보지 못한 최신예 전함이었다. 내장에 다소 문제가 있긴 했지만, 성능은 훌륭했다.

"정말이지, 영주님은 호방하군."

부관인 소령—— 번필드가의 계급으로 대령은 입은 거칠지만 유능한 부하다.

그는 자주 빈정거리다가 상관에게 미움을 사 좌천당했었다.

"동감입니다. 제국군에 있을 때보다 대우가 좋을 줄 누가 알았겠습니까. 좌천시켜준 상층부가 고마울 정도예요. 뭐, 감사하진 않겠지만."

번필드가는 제국에서도 변경에 있는 시골이다.

하지만 이곳에서도 쾌적한 생활을 보낼 수 있다. 대도시는 아니지만, 다른 변경과 비교하면 발전된 편이다.

게다가 군인들에 대한 대우가 좋고, 조직도 정상적으로 돌아가고 있다.

"자네는 입이 너무 거친 게 문제야. 그래서, 병사들의 상태는 어떤가? 문제는 없겠지?"

전함의 승조원 수도 충분하여 얼마든지 정기 휴가를 갈 수도 있었다. 함대의 숙련도도 충분했다.

"변경에서 죽치고 있을 때보다 알차니까요. 다들 표정이 밝아졌습니다. 출격 횟수가 조금 많은 게 흠이지만요."

이곳으로 오면서 우주 해적과의 전투가 부쩍 늘어났다.

영지가 발전하니 그걸 노리고 해적이 꾸준히 모여드는 것이다.

그들을 퇴치하는 것이 사설군에 주어진 임무 중 하나였다.

"그게 우리의 일이잖나."

"그건 그렇죠. ——뭐, 해적을 놓아주는 귀족들과 비교하면 백작님은 이상적인 영주입니다."

"그렇지. 저 나이에 명군이라 불릴만해."

이따금 해적들과 손을 잡은 제국 귀족들이 군인들에게 해적들을 놓아주라고 명령하는 경우가 있었다.

군인들에게는 답답하기 짝이 없는 이야기였는데, 리암은 절대로 그런 짓을 하지 않았다.

때문에 리암은 사설함대원들에게도 높은 평가를 받고 있었다.

"아직 성인이 안 됐죠? 귀족이라는 놈들은 지독한 놈들이 많은 줄 알았지만, 그분을 보고 있으면 전 상사는 대체 뭐였는지 의아해져요."

"저게 진짜 귀족이라는 것이겠지. 그분 밑에서 일할 수 있는 우리는 운이 좋아."

군에게 버림받았나 싶었더니, 활약할 수 있는 일터를 주는 상사를 만났다.

군인들은 의욕이 가득했다.

이세계의 문이 열리고 안내인이 모습을 드러냈다.

이 세계에 돌아온 안내인은 리암의 현 상황을 확인하자—— 신물이 났다.

"이 녀석, 아무것도 안 했잖아!"

주지육림을 목표로 하는 줄 알았더니, 술에도 여자에도 손을 대지 않았다.

술은 육체적인 나이를 고려해서 마시지 않았고, 여자는 여성 불신과 취향이 다르다는 이유로 손대지 않았다.

정신을 차리고 보니 평범하게 영주로서 진지하게 일을 하고 있을 뿐이었다.

영지도 활기찼고 이전보다 발전해 있었다.

"실망이군요. 기대하고 있었는데 배신당한 기분이에요. 악덕 영주를 목표로 하고 있는데 왜 명군 취급을 받는 건지."

그리고 전생의 감각이 남아있어서 작은 사치를 부려도 호화롭게 노는 기분이 드는 것이 문제였다.

본인은 비교적 만족하고 있어서 마음에 여유가 있었다.

그 마음의 여유가 안내인에게 감사하는 마음이 되었다.

더 짜증이 나는 점은 백성들이 리암에게 감사한다는 점이었다. 백성들의 감사를 받는 리암에게는 평소보다 강한 힘이—— 안내인이 좋아하는 부정적인 감정과는 반대되는 감정이 강하게 증폭되고 있었다.

안내인은 기분이 나빴다.

더부룩함, 두통, 구토감, 현기증── 아직 참을 수 있는 정도지만, 화가 나는 것은 변함이 없다.

딱히 리암에게 감사를 받아도 문제는 없다.

언젠가 나락으로 떨어뜨리는 기세로 영락시켜 지옥을 보여줄 생각이다.

하지만 이래서는 아무리 생각해도 안내인이 생각하는 미래가 오지 않을 것 같았다.

방치하면 정말로 명군으로서 리암의 인생이 끝나버릴 것 같았다.

"기대에 어긋나네요. 이래서는 아무 일도 일어날 것 같지 않아."

백성이 악덕 영주인 리암에게 불만을 품고 군인들이 반란을 획책하며, 곁에 모은 미녀들이 리암에게 살의를 품는 광경이 보고 싶었다.

그런데 정작 리암은 검소한 삶으로 백성들에게 명군 소리를 듣고 있었다.

군인들도 명군에게 목숨을 기꺼이 바치려 하고 있다.

리암 주위에 미녀도 없어서 인간관계를 꼬이게 만들어 전생의 고통을 자극하기도 어려웠다.

(이 녀석, 정말로 악덕 영주를 목표로 하는 건가?)

안내인은 리암을 의심했다.

"적어도 마지막에는 훌륭하게 구축한 영지를 통째로 싹 태워주죠. 그렇네요── 적당한 우주 해적들이 있군요."

짜증이 난 안내인의 몸에서 검은 연기가 뿜어져 나와 주위에 녹아들어 사라져갔다.

그리고 리암을 향해 차가운 시선과 목소리를 보냈다.

"마지막쯤은 절 즐겁게 해줬으면 좋겠군요. 그때까지 여기서 느긋하게 구경해볼까요."

번필드가에서 멀리 떨어진 행성.

행성을 향해 발사된 미사일이 차례차례 대폭발을 일으켰다.

아름다운 행성이 불길에 휩싸이는 모습을 함교에서 바라보며 웃는 이가 있었다.

3만 척을 넘는 해적선을 이끄는 이 남자의 이름은【고아즈】.

자신의 이름을 딴 고아즈 해적단을 이끄는 초고액 현상 수배자로, 빡빡 깎은 머리에는 상처가 있고 검은 수염을 길렀으며 난폭해 보이는 근육질 거한이다.

고아즈는 입을 크게 벌리고 웃으며 술을 마시고 있었다.

"이 순간은 언제나 더할 나위 없이 좋군!"

고아즈의 부하들이 입을 다무는 중에 누군가가 그에게 충고했다.

"단장님, 이렇게까지 할 필요는 없지 않았나요?"

그러자 고아즈는 큰 손을 부하의 머리 위에 놓았다.

그 모습을 본 주위의 해적들은 눈을 돌렸다. '저 녀석 바보구나' 하고 기막혀하는 사람도 있었다.

"누가 이 몸에게 충고하라고 했지? 내 즐거움을 방해하지 마라."

"다, 단장님, 잠깐——!"

그대로 악력만으로 부하의 머리를 꽉 쥐어 으스러뜨렸다.

옆에 대기하고 있던 부하가 고아즈의 손을 깨끗하게 씻었다.

부하들이 시체를 옮기고 청소에 착수하자 고아즈는 해적선의 모니터로 자신이 멸망시킨 행성을 바라봤다.

고아즈는 깨끗해진 오른손을 자신이 소중히 여기는 황금 상자에 올렸다. 황금 상자에는 문양이 들어가 있었는데, 고아즈는 특별한 홀스터를 만들어서 이 상자를 늘 몸에 지니고 다녔다.

그는 상자를 오른손으로 몇 번이고 소중하다는 듯이 쓰다듬었다.

"이번에도 일이 쉬웠군."

그는 한 행성과 거기에 사는 많은 생명을 빼앗아놓고도 이런 말을 늘어놓았다.

이것만으로 이 남자가 얼마나 극악무도한지 알 수 있었다.

고아즈의 목에는 엄청난 현상금이 걸려있었는데, 그와 그의 해적단을 쓰러뜨리면 평생 놀아도 다 못 쓰는 금액이 될 정도였다. 하지만 그건 그만큼 그가 위험하다는 의미이기도 했다.

고아즈의 부관은 고아즈가 화나지 않도록 눈치를 살피며 조심스럽게 말을 걸었다.

"이번에도 대량이었군요. 그건 그렇고, 그 마음에 들어 하시는 여자는 어떻게 할까요? 대신할 여자를 얻었으니 버릴까요?"

고아즈가 씨익 웃으니 누런 이가 보였다.

"그렇군. 슬슬 새 장난감을 즐겨볼까. 그 녀석은 너무 오랫동안 가지고 놀았어."

부하도 상스러운 웃음을 띠고 동의했다.

"단장님의 장난감이 되었는데 용케도 자아를 유지했어요. 그럼 다음 일정은 어떡할까요? 어딘가에서 휴가를 즐기실 건가요?"

고아즈가 고개를 끄덕이려는 순간, 그의 눈에 검은 연기가 비쳤다가 사라졌다.

문득 고아즈는 생각이 바뀌었다.

"아니. 아직이다."

"예?"

"최근에 소문으로 들었는데, 이 근처에 꽤나 까불거리는 꼬맹이가 있다지? 번필드라고 했던가? 녀석이 그렇게 명군이라며. 시골에서 열심히 하는 모양인데."

부관도 그 소문을 떠올렸고 고아즈가 하고자 하는 말을 헤아린 듯했다.

"요즘 자주 듣죠. 그럼 다음 사냥감은 번필드입니까?"

고아즈에게 있어서 귀족 따위는 두려워할 것 없었다.

어쨌든 고아즈에게는 엄청난 보물이 있으니까.

"남이 열심히 쌓은 걸 부수는 보람이 있잖아? 안 그래도 간단히 끝나서 시시했던 참이다."

부관이 끄덕였다.

"그럼 다음 사냥감은 번필드인 걸로."

고아즈가 입맛을 다셨다.

"까부는 꼬맹이를 철저하게 혼내주지."

이제 곧 50세── 이 세계에서 성인이 되기까지 얼마 남지 않았다.

외모는 여전히 어린아이에 가깝지만 그런 인식이다.

어른이 되기까지 무려 반세기나 걸렸다.

이 무렵이 되어서 나는 퍼뜩 깨달았다.

"모처럼 SF 같은 세계에 전생했는데 저택에서만 생활하다니, 불건전하네."

"저택을 벗어나지 않아도 적절한 운동이 가능하고, 저택에 있는 편이 더 안전합니다. 오히려 밖을 돌아다니시면 곤란합니다."

집무실에서 업무를 보좌하는 아마기가 담담하게 대답했다. 전생이 어쩌고 하는 말은 모두 흘려들은 모양이다. 아마기는 눈치도 좋구나.

그나저나, 아마기는 내가 저택 밖으로 나서는 데 반대하는 모양이다. 이전의 헌팅 건으로 화내고 있는 걸까?

하지만 말이 헌팅이지, 아무에게도 말을 걸지 않았다.

진짜 어떡하지?

내가 목표로 하는 악덕 영주는 술 같은 걸 마시고 미녀를 거느리고……. 그 외에는 무엇을 하는 걸까?

나이는 50에 가깝지만, 외모가 이런 탓인지 술을 마시는 게 꺼려졌다. 애초에 술이 그리 맛나게 느껴지지도 않았다.

무엇보다 아직 몸이 어린이 몸이니까 무리해서 몸을 망치고 싶진 않았다.

여자를 고르는 것도 문제가 있었다. 항상 아마기가 곁에 있다 보니 아무래도 여자를 보는 눈이 높아졌다. 아마기는 내 이상에 가깝기에 다른 여자들은 아무래도 내 성에 차질 않았다. 아니, 애초에 다른 여자는 없어도 딱히 문제가 없었다.

어라? 이거, 괜히 고집할 필요 없는 거 아니야?

"아니, 아니지. 난 악덕 영주를 목표로 하고 있어. 이런 곳에서 포기할쏘냐."

"그렇습니까. 하지만 악덕 영주가 되어 무엇을 하고 싶으신가요?"

"음, 세금을 올려서 백성을 괴롭힌다던가?"

악덕 영주는 역시 악랄한 세금 부여지.

우선 세금을 올려서 백성들을 괴롭히고 싶다.

"일시적으로 세수가 오르겠지만, 장기적으로는 마이너스가 되니 권장할 수 없습니다. 영지 내의 상황을 보고 필요하다면 증세를 진행하겠습니다. 지금 강행하였다가 영지경영이 악화하면 빚 변제 계획에 지장이 생깁니다."

그야 그렇겠지. 오히려 세금을 내리면 백성의 구매 의욕이 증가해 결과적으로 세수가 늘어나는 예도 있으니까.

무리하게 세금을 올려서 좋은 게 하나도 없다.

아, 아니! 아니다. 그런 경제적인 이야기가 아니다.

난 다른 사람을 짓밟고 싶다!

빼앗기는 쪽이 아닌 빼앗는 쪽에 서고 싶다!

"그런 얌전한 의견은 듣고 싶지 않아. 난 권력과 폭력으로 빼앗는 쪽에 서고 싶다고!"

그렇다. 난 빼앗는 쪽이고 백성은 빼앗기는 쪽이다.

세수 따위 알 바냐!

"좋아, 영지에서 미인을 찾아 데려오자. 어차피 패션 따위, 데려온 다음에 내 취향대로 다듬으면 되는 거잖아. 어려운 일도 아니었군."

그러자 내 제안을 들은 아마기가 고개를 갸웃했다.

뭐지? 뭔가 문제가 있나?

혹시 화났나? 하, 하지만 난 악덕 영주의 길을 포기하지 않을 거다.

"불만인 것 같네. 하지만 난 멈추지 않을 거야. 영지에서 미녀를 모아라!"

그러나 아마기의 대답은 내 예상을 벗어난 내용이었다.

"주인님, 저택 내에서 일하는 자들 중 기술직 외에는 모두 용모가 선발 기준에 들어가 있습니다. 하나같이 영지 내에서 가려 뽑은 인재들이에요."

"……어?"

"이미 저택 안에 영지 내의 모든 미녀가 모여 있는 상황이나 마찬가지입니다."

나는 아마기의 말에 저택에서 일하는 사람들을 떠올렸다.

확실히 미남미녀가 많구나.

내 시중을 드는 메이드도 전부 미인뿐이었다.

아마기는 난처해하는 나에게 말했다.

"괜찮은 사람을 골라 밤 시중을 들게 할까요?"

"아니, 왠지 그럴 기분이 아냐. ――어라? 손대도 되는 건가?"

아마기의 태도에 당황을 감출 수 없었다.

보통은 안 되는 거 아닌가? 어어? 손대도 됐던 거야?

아니, 손댈 생각이었지만!

아마기가 없었으면 벌써 손을 댔을지도 모르지만!

"그것도 포함해서 고용했으니까요. 남성이 좋다면 그쪽도 준비할 수 있어요."

"관심 없어."

너, 내가 남자한테 관심이 있는 줄 알았어?

그리고 애초에 건드려도 좋다는 애들을 건드리는 건 의미가 없다.

저항하니까 재미있는 거잖아!

"그럼 영지의 연예인 같은 사람을 데려오자! 싫다고 하는 녀석을 굴복시키는 게 즐거우니까."

내 제안에 아마기는 냉정하게 대답했다.

"주인님, 영지의 연예 분야는 아직 성장하지 않았습니다. 그리고 주인님이 부르면 기뻐하는 사람도 많을 것입니다. 영지 내에서는 더할 나위 없는 최고의 후원자니까요. 아니면 영지 바깥에서 데려올까요? 그래도 좋아하는 자도 많을 거예요."

바깥—— 남의 영지에서 데려온다는 뜻일까?

"난 내 영지 안에서 왕의 기분을 맛보고 싶다고! 다른 곳에서 오면 그건 타지 사람이잖아! 어딘가로 도망쳐서 내가 나쁜 짓을 하는 게 들키면 귀찮으니까 지금은 안 할 거야!"

아직 충분한 힘이 없는 상태라 다른 곳과 싸움을 일으키고 싶지 않으니 기각이다.

좀 더 힘을 키운 다음에 건드릴 생각이다.

악덕 영주는 머리도 나쁜 쪽으로 굴리지 못하면 안 되니 말이다.

"안심해주십시오. 주인님은 번필드가의 지배자. 실제로 한 행성의 왕이에요."

아니, 그렇지만! 그게 아니야!

젠장, 악덕 영주가 되는 게 이렇게나 어렵다니.

"내 계획이 전혀 진행되지 않아. 어떡하면 좋지? 주지육림에서 미녀를 거느리고 악행 삼매경에 빠진다는 내 계획은 왜 진행되지 않는 거지!"

아마기가 근본적인 문제를 상기시켰다.

"빚을 상환 중이라 그렇습니다. 사치를 부릴 여유가 없습니다."

——그렇다, 빚이 문제다. 영지가 아무리 발전해도 빚이 있어서 마음대로 할 수 없다.

하지만 이걸 무시하면 귀찮아지니 끝까지 변제해야만 한다.

아마 이 이상 변제가 늦어지면 상대도 본격적으로 독촉하기 시작할 거다.

빚이 있는데 내가 너무 호화롭게 놀고 있으면 그야 화가 나겠지.

──전생의 공포가 생각난다.

"제길, 빚을 쉽게 해결할 방법은 없나."

"이것만큼은 방법이 없습니다. 착실하게 변제해 나가시지요. 이쪽이 성의를 보이면 상대도 무리하게 독촉하지는 않을 겁니다."

그때 브라이언에게서 긴급통신이 들어왔다.

"방에 오면 되는데 통신을 하다니 무슨 생각이지?"

통화를 허가하자 공중에 영상이 떠올랐다.

「리암 님, 큰일입니다! 해, 해해해, 해적들이 번필드가에 선전포고를 했습니다!」

──해적인데 선전포고를 해?

"아마기, 해적이 나에게 선전포고를 했다는데? 요즘 해적은 성실한가 봐."

"악덕 영주를 목표로 하는데 빚을 성실하게 변제하는 주인님도 성실하다고 생각합니다만?"

"아니, 내 빚은 신용 문제랑 관련이 있으니까 어쩔 수 없이 갚고 있을 뿐이라고."

"그런가요. 해적들이 선전포고하는 건 자기 역량도 모르는 바보이거나, 그 반대의 경우밖에 없습니다."

반대── 어지간히 자신이 있는 건가.

◇ ◆ ◇ ◆ ◇

영지에는 정청(政廳)이 있다.

내 저택과는 달리 주위의 건물이 작게 보일 정도로 훌륭한 고층 빌딩으로, 내 위신을 보여주기 위해서 이렇게 지었다.

즉 단순한 허세였다.

정청에는 영지를 관리하기 위해 관리들이 모여 일하고 있고, 나도 가끔 얼굴을 비추고 있다.

하지만 나는 잘난 사람이므로 문제가 있으면 부하를 저택으로 부르거나, 용건이 있어도 통신으로 대화하면 되기에 정청에 직접 발을 들이는 건 오랜만이었다.

정청을 무리해서 크게 만들지 않았어도 괜찮았을 텐데.

그런 정청의 회의실에는 중심이 되는 면면들이 모여 해적의 선전포고와 요구에 대해 의논하고 있었다.

정장 차림의 관리가 긴장한 모습으로 내용을 확인하며 보고했다.

"해적들의 요구는 모든 재산과 인질을 내놓는 것입니다. 인질은 용모가 훌륭한 미남미녀로 한정한다고 합니다."

놈들의 요구를 리스트로 받아 보았는데, 우리 재정으로는 도무지 내놓을 수 없는 양이었다.

그리고 인질은 미남미녀 한정——. 나는 짜증이 치솟기 시작했다.

왜 내가 이놈들한테 내 소유물을 넘겨줘야 하지?

"영주님, 이런 상황에는 해적들과 교섭해서 원만하게 해결해야 하지 않겠습니까?"

한 관리가 그런 말을 하자 회의에 참여한 군인들이 화를 냈다.

해적들에게 양보하는 것이 용납되지 않는 것이다.

"상대는 고아즈다! 초고액 현상수배범이라고!"

고아즈는 극악무도한 자로, 초고액의 현상금이 걸려있다.

만약 그의 해적단을 통째로 쓰러뜨릴 수 있다면 엄청난 포상금을 받을 수 있을 거다.

그런데 그렇게 높은 현상금이 걸리다니, 대체 무슨 짓을 한 거지?

군인들이 흥분해서 나서자 관리들이 싸늘한 시선으로 입을 열었다.

"이길 수 있습니까? 우리 전력은 아무리 긁어모아도 8천인데 적은 3만에 달하지 않습니까!"

"전투는 함정의 수로만 하는 게 아니다! 그리고 우리가 순순히 항복한다고 해서 저놈들이 우리를 가만히 둘 것 같나?"

"말은 그렇게 하고 실은 도망칠 속셈 아닌가? 전함에 타면 얼마든지 도망칠 수 있으니 말이야."

"우리를 모욕하는 거냐!"

관리와 군인들의 언쟁이 격해지는 와중에 나는 고아즈의 현상금을 바라보았다.

영주의 시선으로 보기에는 별 대단한 금액이 아니었다.

무시할 만큼 푼돈은 아니지만 한 번에 부자가 될 금액도 아니었다.

정말 미묘하다.

"하아, 이 녀석이 좀 더 비쌌으면 의욕이 생길 텐데."

내가 중얼거리는 소리 따위는 아무도 듣지 않았다.

군인과 관리들은 언쟁을 계속했다.

──그때였다.

어느 순간부터 갑자기 주변이 고요해졌다. 위화감을 느껴 얼굴을 들어보니 주위의 광경이 이상했다.

바로 방금까지 관리와 군인들이 격렬하게 언쟁하고 있었는데, 지금은 아무도 움직이질 않았다.

마치 시간이 멈춘 듯이.

"시간이── 멈췄어?"

혹시 몰래카메라가 아닐까 싶었지만, 나를 상대로 그런 짓을 할 바보는 없을 것이다.

나한테 죽을 테니까.

나를 깔보는 녀석은 절대로 용서하지 않는다── 그런 생각을 하고 있으니 그리운 목소리가 들렸다.

"안녕하세요."

"너는!"

"잠시 시간을 받았습니다. 시간을 멈추는 건 상당히 지치는군요. 오랜만이네요, 리암 씨."

전생하기 전과 변함없는 모습의 안내인이 나타나 그리움이 밀려왔다.

하지만 그와 동시에 물어보고 싶은 것들이 떠올랐다.

"오랜만이네. 그보다 어떻게 된 거지? 느닷없이 해적이 쳐들어왔는데."

나를 행복하게 만들어주는 게 아니었나?

그런 의미를 담아 질문하니 안내인은 입꼬리를 올려 웃음을 지었다.

"오해입니다. 이건 리암 씨에게 주는 선물이에요."

"선물?"

"네. 이쪽 세계에서는 슬슬 성인이 되시죠? 성인이 되기 전에 귀족으로서 훌륭한 관록을 더해드리고 싶었습니다. 그리고 이 영지에는 빚이 있죠?"

틀리진 않았지만 괘씸해서 심술궂게 대답했다.

"덕분에 마음대로 못해서 유감스러워. 좀 더 유복한 집을 준비해줬으면 싶었는데 말이야. 왜 이런 영지를 골랐지?"

너 때문에 고생했다는 태도를 보이니 안내인이 미안하다는 듯이 행동했다.

"그 점에 관해서는 제 미스라고밖에 말씀드릴 수가 없군요. 그래서 사죄의 의미로 막대한 재보를 소유한 해적들을 이 영지에 불러들였습니다. 그를 쓰러뜨리면 재보는 전부 리암 씨의 것입니다."

"재보?"

안내인은 손을 비비면서 나에게 다가왔다.

"네. 리암 씨가 쓰러뜨리면 얻는 것은 명예, 그리고 막대한 재보예요. 해적의 대장이 엄청난 보물을 가지고 있으니까요. 그걸 선물하기 위해 보냈습니다."

"──흐음. 그거 기대되네."

여러 가지를 알아차리고 웃음을 지으니 안내인도 음침하게 웃었다.

"이해해주셔서 다행입니다. 지금의 리암 씨라면 해적들 따위는 적수가 못 됩니다. 그럼, 애프터서비스를 끝냈으니 전 이만 실례하겠습니다."

실크해트의 챙을 작게 들어 올린 뒤에 다시 푹 눌러쓰는 안내인의 뒤에 문이 나타났다.

여전히 입가 외에는 안 보인다.

나에게 인사하고 떠나려고 해서──.

"일부러 챙겨주다니. ──고마워."

그 순간 안내인의 입가가 잠깐 경직된 느낌이 들었지만 금방 웃음을 띠었다.

"이게 제 일이니까요."

──안내인이 문을 닫자 그대로 사라져버렸다.

그 직후, 소란스러운 언쟁이 재개되었다.

멈춰있던 시간이 움직이기 시작하자 내 보수가 될 해적을 상대로 겁먹은 이 녀석들이 우습게 보이기 시작했다.

내가 자리에서 천천히 일어서자 모두의 시선이 나에게 모였다.

"마침 시기가 좋으니 내 첫 출전을 하도록 하지. 너희들은 준비해라. 고아스는 내가 부숴주지."

내 방침에 관리들뿐만 아니라 군인들도 초조해하기 시작했다.

방금까지 서로 말싸움하기 바빴는데 지금은 얼굴을 보고 뭔가 의논하고 있었다.

내가 출격하는 건 양쪽 모두 뜻밖이었던 모양이다.

"영주님, 무모합니다. 놈들이 괜히 유명한 게 아닙니다. 녀석들 사이에는 분명 해적으로 전락한 기사도 있을 겁니다. 그에 비해 우리는 아직 기사가 단 한 명도 없습니다. 전력은 저쪽이 더 위입니다."

대대로 가문을 섬기는 가신도 없고 섬기겠다고 오는 기사도 없다.

기사들이 보기에 번필드가는 섬길 가치가 없는 가문일 것이다.

그래도 문제없다.

이 모든 게 안내인이 준비해준 일이라면 내가 질 리가 없다.

"그게 어쨌다고? 잘 들어라, 내가 하겠다고 말했다. 너희는 잠자코 준비하면 된다. 이건 내 명령이다. 너희에게 허락된 건 입 다물고 따르는 것뿐이다."

군인들은 아직 불만이 있는 듯했지만, 관리들은 내가 예전에 관리를 대량으로 숙청한 것을 떠올렸는지 입을 다물어버렸다.

그렇다, 조용히 나를 따르면 된다.

나를 따르는 동안에는 소중히 써주겠다.

그렇지 않으면 죽일 뿐이다.

"긁어모을 수 있는 만큼 전력을 긁어모아라. 어비드도 꺼낸다."

군인── 제국군에서 뽑은 사령관이 나에게 반대했다.

"전선까지 직접 나서실 생각입니까? 너무 무모합니다. 지금은 최대한 버티면서 제국의 원군을 기다려야 합니다. 리암 님은 본성에서 대기하시고──."

"원군을 기다려? 제때를 맞출 수 있나?"

제국에 원군을 요청했지만, 군대를 모아서 변경 행성에 오기까지는 시간이 걸린다.

시간을 맞추기는 어려울 것이다.

"──어려울 겁니다. 하지만 저희가 이길 방법은 원군이 올 때까지 버티는 것밖에 없습니다."

언제 올지도 모르는 원군에 기대는 작전 따위는 거부한다.

애초에 제국군이 오면 내 몫이 줄어들지 않는가.

"제때 올지 모르는 놈들을 기다리는 취미는 없다. 가만히 있으면 당할 뿐이야. 난 출격하겠다. 너희는 내 명령에 따라라. 지금부터 즐거운 해적 사냥을 시작한다. 마침 전적을 쌓고 싶었는데 딱 좋잖아."

이긴다는 걸 알고 있는 승부는 즐겁구나.

아니, 이건 승부가 아니라 일방적인 사냥이다.

저놈들은 날 위해 명예와 막대한 재보를 가져온 거다.

정중하게 마중을 나가주지.

"——출격이다."

저택에 있는 브라이언은 불안에 떨고 있었다.

아마기가 보고했다.

"어비드가 무사히 우주항에 도착했다고 합니다. 그대로 주인님이 승선하실 전함에 적재될 예정입니다."

브라이언이 머리를 싸매고 몸을 웅크리고 번필드가에 찾아온 불행을 한탄했다.

오랜 기다림 끝에 명군이 나타나 잘 되려는 때에 이름난 해적단이 쳐들어왔다.

"이 무슨 불운인가. 겨우 영지가 옛날의 활기를 되찾았는데, 왜 하필이면 흉악한 우주 해적이 쳐들어오는 겁니까."

아마기의 얼굴에는 조금의 동요도 없었지만, 그녀 또한 리암이 걱정되는 모양이었다.

"아직 지지 않았습니다. 그리고 저들에게 맞서야 한다는 주인님의 판단이 옳습니다. 해적단 앞에서 항복은 무의미합니다. 제국에서도 지원군을 파견했습니다."

브라이언이 고개를 저었다. 정규군이 온다는 이야기를 들어도 안심할 수 없었다.

"제국군은 제때를 못 맞출 겁니다. 그들이 도착하기 전에 결과가 나오겠죠."

영주들은 제국령에 위험한 해적단이 침입할 경우, 제국에 도움을 요청할 수 있다.

하지만 제국의 변경은 지원군을 보내도 도착까지 시간이 걸린다.

기적처럼 바로 아군이 오는 경우는 없다.

브라이언은 이미 늦었다는 걸 알아차리고 있었다.

분명 제국군은 해적들이 영지를 멋대로 휩쓸고 도망친 뒤에야 도착하리라.

"겨우, 이제야 겨우 번필드가가 다시 일어서려는 참이었는데……. 리암 님이 100년만 일찍 태어나셨다면 이런 해적 놈들 따위는 문제도 아니었을 텐데……."

영지의 부흥을 기대한 브라이언은 해적들의 습격이 너무나 원통했다.

리암에게 조금만 더 시간만 있었다면 해적을 겁낼 필요 없었을 텐데.

번필드가의 우주항 부근.

안내인은 우주항 외벽 위에 서서 허둥지둥 요격 준비를 하는 리암 일행을 보고 웃음을 흘렸다.

"제 선물이 마음에 드시는 것 같네요. 이제 해적들에게 잡혀서 장난감으로 전락하면 더할 나위 없을 텐데."

안내인은 리암에게 일부러 진실을 말하지 않았다.

고아즈 해적단이 어중이떠중이 해적단과는 다르다는 것을.

고아즈가 아끼는 상자 안에는 비밀이 있다. 고아즈의 자금원 즉, 힘의 비밀이다.

고아즈 해적단은 풍부한 자금으로 전력을 가다듬었다. 그들의 장비는 정규군에 필적하는 수준이었다.

리암은 이 사실을 전혀 모른다.

"절 믿은 당신이 나쁜 거예요. 전생의 교훈을 벌써 잊어버린 모양이군요. 역시 당신은 어리석은 사람. 다른 사람의 장난감이 될 수밖에 없는 존재에요."

이 싸움은 수가 많은 해적이 압도적으로 유리했다.

리암이 승리할 가능성은 한없이 낮다.

안내인은 분하다는 듯이 이를 꽉 깨물고 리암과의 대화를 떠올렸다.

"나에게 감사를 하다니——. 나중에 어떤 얼굴을 할지 기대되네요. 그 감사가 곧 미움으로 바뀌고 웃음은 증오로 추하게 일그러지겠죠. 자, 절 만족시켜주세요."

안내인이 리암이 전락하기를 기대하는 사이, 그의 모습을 뒤에서 작은 빛이 바라보고 있었다.

작은 빛은 안내인 주변을 벗어나 들키지 않게 전함에 적재된 어비드의 안으로 들어갔다.

아무것도 모르는 안내인은 양팔을 벌리며 웃었다.

"결과가 어떻게 될지 기대되네요. 자, 리암 씨, 기다리고 기다리던 진실을 알 시간이에요. 절 즐겁게 해주세요!"

왜 자신이 리암을 이 세계에 전생시켰는가.

왜 전생이 불행했는가.

안내인은 모든 것을 가르쳐줄 때가 너무 기다려져서 참을 수 없었다.

출전 직전까지 모인 함정의 수는 약 5천 척이었다.

영지가 보유한 전력은 총 8천 척이지만, 정비 중이거나 시간상의 문제로 다 모을 수가 없었다.

시간을 들이면 6천이든 7천이든 모이겠지만, 이 이상 지체할 수 없어서 이대로 출격했다.

난 우주 전함의 함교에 특별히 준비된 의자에 딱 버티고 앉았다.

넓은 함교에서 백이 넘는 사람들이 바쁘게 일하고 있었다.

내가 탄 함선은 기함이다.

5천 척의 아군을 지휘할 수 있는 고성능 전함이다.

이 기함에는 작전 사령관이나 참모 등, 다른 전함보다 사람이 많이 배치되어 있다.

나는 자리에 앉아서 승무원들을 재촉했다.

"출발은 아직인가?"

군인들은 출전을 앞두고 분위기가 날카로웠지만, 내 앞에서는 저자세로 나왔다.

이것이 제국의 마땅한 광경이다.

이곳에는 절대적인 신분제도가 있고 모두 나에게 거역할 수 없다.

실로 기분이 좋다.

아랫사람이 바쁘게 일하는 모습을 수뇌인 내가 우아하게 바라

본다.

이것이야말로 귀족이지.

뭐, 내 입장이 반대였으면 분명 화내겠지만. 내가 일하고 있는데 태평하게 있는 상사를 보면 살의가 끓어오른다.

"조금만 더 기다려주십시오. 그보다 영주님. ──정말로 괜찮겠습니까?"

확인하는 사령관에게 나는 "여러 번 말하게 하지 마라"라고 대답하고 이야기를 끝냈다.

이 정도는 소화 시합*이나 마찬가지다.

놈들이 제법 악명을 날린 모양이지만, 내가 보기에는 보너스스테이지에 불과하다.

내가 이기는 게 당연하다.

난 혼자 히죽거렸다.

해적들이 가지고 있는 재보가 너무나도 기대되었다.

"듣자 하니 놈들이 제법 재보를 모아뒀다고 하던데?"

내가 갑자기 재보 이야기를 하니 군인들이 서로 얼굴을 마주봤다.

"아, 예 그렇습니다. 야단스럽게 날뛰고 있으니 아마 상당한 재화를 보유하고 있을 겁니다."

"그것참 기대되네. 어떻게 쓸지 생각해둬야겠어."

주위 사람들은 웃고 있는 나를 보고 기막혀했다.

─────
*리그제 프로스포츠에서 모든 일정이 종료되기 전에 우승팀이 결정된 뒤에 남은 시합.

이 녀석들…… 기껏해야 해적인데, 숫자가 많다고 너무 소극적으로 움직이잖아.

내 사설군은 괜찮을까?

◇ ◆ ◇ ◆ ◇

긴장감이 감도는 함교 안에서 리암만이 웃음을 띠고 있었다.

영주님의 전용 의자에 앉아 우아하게 마실 것을 마시고 있었다.

긴장감이 전혀 없는 모습에 곁에 있는 사람들은 어떻게 반응해야 할지 혼란에 빠져있었다.

비꼬길 좋아하는 대령이 그 모습을 보고 작은 목소리로 사령관에게 이야기했다.

"……첫 출전인데 몹시 침착하군요."

사령관은 리암의 상태를 판단할 수가 없었다.

"허세 같지는 않은데……."

빈정거리길 좋아하는 대령도 판단하기 어려운 건 마찬가지였다.

"내정 수완은 좋다고 평판이 자자한데, 전쟁은 어떨까요? 지나치게 참견하지만 않았으면 좋겠는데."

"동감이다."

하지만 영주가 전선에 나온 것만으로도 군인들에게는 몹시 놀라운 일이었다.

실제로 제국에서 영주가 최전선에 서는 일은 좀처럼 없었다.

보통은 안전한 후방에서 기다리다가 여차할 때는 영지를 버리고 도망친다.

그런데 아직 성인이 되지도 않은 리암은 직접 최전선에 나섰다.

"이런 걸 귀족의 기개라고 하나? 직접 전장까지 나온 자세는 높이 산다만……."

사령관이 그렇게 말하니 대령도 고개를 끄덕였다. 리암이 전선에 나오는 기개는 칭찬하지만 불리한 상황인 만큼 안전한 곳에 있었으면 하는 생각도 들었다.

그래도 리암이 영주의 의무를 다하고자 하는 모습이 군인들에게 용기를 얻었다.

"영주님이 전선에 나오신 덕분에 아군도 조금 안정됐으니까요. 되도록 이대로 앉아계셨으면 좋겠네요."

군인들의 눈에는 리암이 여기 앉아있는 것만으로 함께 싸우는 것처럼 느껴졌다.

이게 바로 귀족의 올바른 모습이라며 감동한 군인까지 있다.

전장에 리암이 있다는 것은 그들이 버림받지 않는다는 증명이기도 했다. 귀족이 도망치기 위해 군대를 버리는 건 드문 일도 아니었다.

때문에 번필드가의 사설군은 생각보다 사기가 높았다. 아군의 6배에 달하는 적을 앞에 두고 전의를 지키고 있었다.

사령관이 모자를 다시 쓰고 기합을 넣었다.

"――그럼, 우리도 한심한 모습을 보일 순 없지."

"그렇네요."

◇ ◆ ◇ ◆ ◇

고아즈 해적단 중에서 유독 큰 함성이 바로 고아즈가 탄 기함
이었다.

손수 멸망시킨 나라에서 쓰던 우주 전함이 마음에 들어서 노획
하여 사용하고 있었다. 다만 고아즈가 꾸준히 개조를 반복한 탓
에 원래 모습은 거의 남아있지 않았다.

함교에서 보고를 받은 고아즈는 이마에 손을 대고 웃고 있었다.

"나온다고? 이봐, 꼬맹이가 겁도 없이 우리에게 맞서겠단다."

주위의 해적들도 고아즈의 기분을 맞춰주기 위해 웃기 시작
했다.

고아즈 해적단은 지금까지 한 번도 패배한 적이 없다.

이런 기사도 없는 변경의 백작가 따위는 적수가 아니었다.

리암의 행동은 그냥 자살행위나 마찬가지였다.

"기개만큼은 인정해줄까. 어이, 놈을 산 채로 잡으면 보수를 배
로 준다고 모두에게 전해라. 이번에는 그 꼬맹이를 장난감으로
삼아 놀아주지."

그 말을 들은 부관은 고아즈가 말하는 '놀이'의 내용을 알고 웃
었다.

"단장님도 참 놀이를 좋아하시네요."

리암의 반응이 재미있었는지 고아즈는 기분이 좋았다.

"가끔은 이런 까불거리는 꼬맹이를 상대하는 것도 재밌군. 끝나면 방패를 잃은 영지 사람들을 괴롭히고 놀아볼까."

고아즈는 한없이 악독했다.

백 년 가까이 이렇게 셀 수 없을 정도의 목숨을 농락해왔다.

이런 일이 가능했던 건 그가 손에 넣은 황금 상자── '연금 상자'의 덕이었다. 이 보물 덕에 한낱 깡패에 불과했던 고아즈는 해적선 3만 척을 이끄는 대해적이 되었다.

연금 상자는 쓰레기로 황금을 만들 수 있는 꿈같은 도구다. 고대 기술로 만들어진 오파츠로, 어떻게 만들었는지는 아무도 알수 없고, 재현조차 불가능했다.

연금 상자는 황금 이외에도 미스릴이나 아다만타이트도 변환할 수 있다. 길에 굴러다니는 돌멩이조차도 연금 상자에 넣으면 희소금속으로 바꿀 수 있다.

고아즈에게는 둘도 없는 보물이었다.

"자, 아무것도 모르는 꼬마에게 진짜 전쟁을 가르쳐주자고."

해적들은 이미 승리를 확신했다.

당연한 이야기였다.

전력 차이 6배는 계략이 없어도 수적 우위만으로 이길 수 있는 수준이니까.

해적들과 마주한 것은 영지를 나온 지 며칠 뒤의 일이었다.

사령관이 지시를 내리는 모습을 의자에 앉아 듣고 있는데, 졸려서 참을 수가 없었다.

내가 앉아있는 의자는 고성능이다.

아무리 앉아있어도 허리가 아프지 않고 항상 쾌적함을 유지한다.

덕분에 나는 계속 졸음과 싸움을 반복했다. 사실은 이미 몇 번이나 잠들었다.

지금도 긴장을 늦추면 금방 잠들어버릴 것만 같았다.

그만큼 전황에 변화가 없었다.

만난 지 며칠이나 지났는데 전투가 일어나지 않았다.

이미 서로의 위치를 알고 있을 텐데 양쪽 모두 움직임이 너무 지루했다.

그럼 대체 서로 무얼 하고 있느냐. 서로 방향을 조정하거나 진형을 바꾸거나 하는 등 이래저래 움직이고 있다.

진료는 의사에게 약은 약사에게. 나는 우선 군인들에게 맡겨두고 보기만 할 생각이었는데, 도무지 싸움이 시작될 것 같지 않았다.

이쪽의 숫자가 적어서 고전하는 분위기가 감도는데도 너무 조용하다. 싸움은 언제 시작되는 걸까?

난 가까이에 있던 군인에게 설명을 요구했다.

"언제가 되면 시작하지?"

"영주님, 이미 시작되었습니다. 이 정도 규모의 전투가 되면 함부로 맞붙을 수 없습니다. 단지 적의 숫자가 많아 저희가 고전 중입니다."

아직 시작도 안 했는데 진짜 고전하고 있었다.

그게 뭐냐?

"적이 안 보이는데."

"우주에서 적이 보이는 거리는 이미 근거리나 마찬가지입니다."

"그러고 보니 그렇게 배운 것 같군."

교육 캡슐에서 공부했지만, 제대로 된 군사 교육은 받지 않아서 잊고 있었다.

그건 그렇고 내 옆에 있는 군인은 어설프게 비위를 맞추는 녀석이 아니었다.

비위를 맞춰도 좋지만 솔직하게 이야기하는 점도 높이 평가해야겠다.

날 위해 일하고 있으니 그 점은 인정해주겠다.

아무래도 서로 자리를 잡으면서 거리를 좁히거나 타이밍을 재고 있는 모양이다.

레이더나 계기류로 싸우고 있는 거다.

하지만 아무리 그래도 정도가 있지. 대치만 하는데 대체 며칠을 쓰는 거지.

사령관이 중얼거렸다.

"규모가 저 정도면 참모가 있어도 이상하지 않은가······."

주위 사람도 비슷한 이야기를 했다.

"한때 군인이었던 사람도 많다고 들었습니다."

"숫자가 이만합니다. 무능하지 않으면 그것만으로 성가시겠 군요."

해적 치고는 지휘가 탄탄한지 모두 긴장을 풀지 않았다.

나는 옆에 있는 군인에게 다시 말을 걸었다.

"전장은 항상 이런 느낌인가?"

"일반적이진 않습니다. 사령관들도 어느 타이밍에 공격할지 고 민하고 있습니다."

서로 조금씩 거리를 좁히고 진형을 바꾸고——. 눈에 보이는 거리가 아니지만 서로의 존재를 확인했다.

입체영상으로 간략하게 비춘 전장에서는 수많은 적이 우리를 집어삼키려 하고 있었다.

"언제까지 기다리면 되지?"

그냥 격돌할까 고민하고 있으니 갑자기 오퍼레이터가 소리를 질렀다.

"통신장애 발생! 발생 위치는—— 함대 바로 위! 적이 함대 바 로 위에서 옵니다! 숫자는 500!"

아무래도 함대 바로 위쪽에서 해적선 500척 정도가 기습 돌격 을 감행한 모양이다.

사령관이 침착하게 명령을 내렸다.

"요격 준비! 적 본대에서도 눈을 떼지 마라!"

재빠르게 움직이는 내 함대가 돌격해온 해적들을 요격하기 위해 선수를 바로 위로 돌렸다.

사령관이 불쾌한 표정을 지었다.

"먼저 공격해왔나."

나는 다시 옆에 있는 군인에게 해설을 시켰다.

"전력을 분산하면 안 되는 거 아닌가? 왜 겨우 500척으로 공격해왔지?"

"아군의 대열을 무너뜨리기 위한 행동입니다. 아무리 빠르게 요격해도 틈이 생기는 건 막을 수가 없으니까요."

"차라리 처음부터 전력으로 돌격해오면 좋을 텐데."

내가 불평하자 돌격해온 적을 확인한 군인이 씁쓸한 표정을 지었다.

"영주님, 저건 해적이 아닙니다. ──해적들에게 투항한 자들입니다. 다른 나라의 군인들입니다. 그들을 버리는 말로 쓴 겁니다."

제국군은 아닌 것 같으니, 다른 성간 국가의 함선일 것이다.

그 녀석들이 돌격해오고 있다.

"항복한 놈들을 돌격시킨 건가. 꼼꼼하게 통신장애도 준비해서 말이지. 왜 처음부터 쓰지 않은 거지?"

"그렇게 하면 자기들의 통신에도 문제가 생기기 때문입니다. 이때다 싶을 때 취하는 행동이라 보시면 됩니다."

통신이 안 되면 명령도 내릴 수 없다는 건가. 굉장히 성가시네.

돌격해온 놈들이 공격을 시작함과 동시에 우리도 요격에 나섰다.

우주 전함들이 서로 빔이나 레이저 같은 것을 쏘아대기 시작했다.

어두운 우주에 섬광이 오가자 약간 예쁘게 보였다.

우주에서 폭발이 일어나다니—— 판타지 세계는 굉장하네.

고아즈는 함교에서 적에게 박수를 보내고 있었다.

"꼬맹이 주제에 꽤 하잖아. 아니, 부하가 우수한 건가?"

500척이 보기 좋게 격퇴당했지만, 어차피 그들은 부하가 아니었기에 고아즈에게는 상관없는 일이었다.

게다가 고작 500척을 잃은 정도로 승패가 바뀌지는 않는다. 오히려 500척이 싸우는 동안 적과의 거리를 좁혔다.

부관도 여유로운 표정을 짓고 있었다.

"단장님, 적이 혼란에 빠졌을 겁니다. 지금이 기회입니다."

번필드가의 함대가 흐트러졌다. 분명 통신장애 탓에 혼란에 빠져있을 것이다.

고아즈가 수긍했다.

고아즈는 함교에 시원시원한 목소리를 떨쳤다.

"자식들아, 돌격이다! 혼란에 빠진 놈들에게 해적의 방식을 가르쳐줘라!"

고아즈의 명령에 일제히 돌격하는 해적선.

대열이 흐트러졌지만 아무도 신경 쓰지 않았다.

적은 통신이 끊어진 상태이다. 돌격만 해도 쉽게 쓰러뜨릴 수 있다.

그때 번필드가의 함대가 움직였다.

적이 진형을 유지하며 후진으로 후퇴하기 시작했다.

"도망치려 하는군. 이 틈에 공격을—— 응?"

공격 명령을 내리려는 순간 선두에서 나아가던 해적선 수십 척이 폭발에 휩쓸려 증발했다.

뒤따르던 함선들도 선두의 폭발에 휩쓸려 적지 않은 피해가 생겼다.

적이 설치한 함정—— 기뢰였다.

"허, 약아빠진 짓거리를."

서로 대치하고 있을 때나 후퇴하는 중에 설치한 모양이었다.

하지만 전체적으로 보면 피해는 적다.

부관도 동요하기는커녕 번필드가의 함대를 좋게 평가하고 있었다.

"생각보다 좀 하는군요."

고아즈는 번필드가의 저항에 흥이 올랐다.

"이 정도로 즐겁게 해주는 편이 좋지. 이 정도 피해쯤은——."

그 직후, 전위가 적의 공격을 받아 또다시 폭발에 휩싸였다.

"——엉?"

고아즈가 한쪽 눈썹을 들어 올리며 부관의 얼굴을 보았다.

그러자 부관이 다소 초조한 얼굴로 대답했다.

"아무래도 상당히 숙련도가 높은 함대인 것 같습니다. 장비도 나쁘지 않습니다."

고아즈가 혀를 찼다.

적의 상황은 통신장애로 자세히 알 수 없었지만, 아무래도 질도 숙련도도 생각보다 높은 모양이었다. 아군의 전열이 오히려 잡아먹히고 있었다.

"꽤 하잖아. 하지만 그게 어쨌다는 거냐. 이 숫자의 차이를 그 정도로 메울 수 있다고 생각했냐!"

상대의 숙련도가 더 높다고 해도 숫자가 너무 차이 난다.

아무리 아군이 격추되더라도, 그 뒤로 해적선이 모습을 보이며 번필드가의 함대를 공격했다.

양측의 전위부대가 서로 격렬하게 공격해서 쌍방에 피해가 났다.

하지만 고아즈의 함선에 공격은 닿지 않는다.

방어 실드—— 전함을 지키는 에너지 실드를 전개하고, 거기에 더해 방어에 특화된 호위함들이 주위를 지키고 있기 때문이다.

적의 공격 따위는 두려워할 것이 못 된다.

"팍팍 밀어라! 수는 이쪽이 유리하다. 숫자로 밀어라!"

저항이 다소 격렬할 뿐—— 고아즈의 인식은 그 정도였다.

실제로 번필드가의 함대와의 거리는 줄어들고 있다.

부관이 적의 움직임을 예상했다.

"보통 귀족의 사병함대라면 이쯤에서 도망쳐도 이상하지 않은데 말이죠. 그래야 좀 편한데."

한 척이 도망치면 그대로 차례차례 도망쳐서 진형이 무너진다.

도망치는 적을 쫓아가는 게 편하니 부관은 그렇게 되기를 희망하고 있었다.

"도망치지 않는 만큼 할 맛이 나지. 바라는 대로 철저하게 공격해줘라."

"알겠습니다, 단장님."

숙련도와 충성심이 귀족의 함대는 불리해지면 도망치는 함선이 나온다.

하지만 번필드가는 하나로 뭉쳐서 끈질기게 버티고 있었다.

그러나 억지로 버티고 있다고 생각한 해적들은 무턱대고 돌격을 반복했다.

"금방 도망치겠지."

고아즈가 그렇게 말하자 번필드가의 함대에 움직임이 있었다.

그걸 보고 부관도 드디어 승부가 났다고 생각했다.

"단장님, 승부가 났군요."

"뭐, 이 정도로군."

드디어 번필드가의 진형이 무너졌다고 보고, 두 사람 다 전투가 끝났으니 다음은 사냥 시간이라고 생각하고 있었다.

하지만 상태가 이상했다.

——언제까지 지루하게 싸우는 걸까?

짜증이 난 나는 자리에서 일어나 사령관을 불렀다.

사령관은 이래저래 바쁜 것 같지만 그런 건 무시했다.

"이봐, 언제까지 도망칠 생각이지?"

"영주님, 현 상황에서는 이게 저희의 최선입니다. 저들을 물리치려면 정규군의 도착을 기다려야 하기에 가능한 한 해적들과의 전투를 길게 끌어야——."

그런 싸움을 계속 이어나갈 생각이었나?

이들에게 맡긴 게 잘못이었다.

"정규군이 올 때까지 기다려? 누가 그런 명령을 내렸지? 내가 여기서, 나 혼자만의 힘으로 이기는 게 정해져 있는데. 정규군이 오기 전에 결판을 낸다."

"하, 하지만!"

애초에 적의 수가 많은 게 문제다.

"숫자는 적이 더 많다. 만약 놈들이 별동대를 내 행성에 보내면 어떻게 되겠나?"

"행성의 방위부대만으로는 막아내기 어려울 겁니다. 그래서 저희가 여기서 놈들이 못 가게 잡아두는 겁니다."

"웃기지 마라! 내 영지에 저놈들을 들이라는 거냐!"

사실 영지 같은 건 아무래도 좋지만, 거기에는 아마기가 있다.

──뭐, 브라이언도 있다.

내가 승리한다고 해도 영지가 황폐해지고 아마기가 죽으면 아무런 의미가 없다.

영지나 백성은 어떻게 돼도── 아니, 안 되지. 모처럼 그렇게까지 발전시켰는데 다른 사람의 손에 엉망진창이 되는 건 분개할 만한 일이다.

"놈들은 여기서 쳐부순다. 반드시 여기서 부숴! 내 행성에 한 발짝이라도 발을 들여놓게 하다니, 절대로 용서 못 한다."

"하, 하지만, 영주님의 안전이……."

확실히 내 목숨은 존엄하지만, 해적을 상대로 도망쳐서 어쩌겠다는 건가.

만약 수준이 더 높은 상대와 싸운다면, 나는 철저하게 상대가 싫어하는 짓을 할 것이다.

상대는 해적이다. 더러운 수도 마다하지 않을 것이다.

난 그런 놈들에게 시간을 주고 싶지 않다.

"말대답하지 마라. ──자, 나도 첫 출전을 위해 전용기를 가져왔다. 전장에 나가기 위해서는 적에게 접근해야만 하겠지?"

그러자 주변 사람들이 꼬맹이가 참견하지 말라는 듯한 눈빛이 되었다.

하지만 내게는 상관없다. 이 싸움에 정규군이 개입하면 보물을 빼앗긴다.

고아즈는 내 사냥감이다! 아무에게도 넘기지 않겠다!

"전군, 돌격하라."

내 명령에 사령관이 눈을 크게 뜨고 놀랐다.

"무슨?!"

"안 들렸나? 전군을 돌격시켜라. 빨리 실행해. 알겠나, 이건 명령이다. 난 어비드로 출격한다. 적에게 접근하면 알려줘. 기동기사도 전부 보낸다."

함교에 있는 것도 이젠 질렸다. 난 어비드가 있는 격납고로 향했다.

나 참, 시간을 끌 거면 더 빨리 말하라고.

시간 낭비했잖아.

해적선의 함교.

고아즈와 부관이 번필드가의 함대를 앞에 두고 초조함을 보였다.

언제까지고 격렬한 공방전이 끝나지 않아 두 사람은 이변을 알아차렸다.

보통 이쯤 되면 적의 공격이 약해지는데, 전혀 그런 기미가 보이지 않았다.

고아즈가 의자에서 일어섰다.

"──뭐지?"

모니터가 망원으로 적의 함대를 비추었다.

적은 진형을 유지하며 철저히 항전하고 있었다.

도무지 전의를 상실한 것 같지 않았다.

부관도 적의 행동에 놀란 듯했다.

"후퇴하지 않을 생각인가? 아니, 오히려 밀집해서 앞으로 나오고 있는── 이 거리는!"

고아즈가 놀란 부관에게 소리쳤다.

"기동기사를 내보내라! 호위도 전부!"

적과의 거리가 인간형 병기를 꺼내 싸우는 거리까지 좁혀져 있었다.

게다가 적은 이미 기동기사를 출격시켜 전위 집단을 덮치고 있었다.

"약간은 기개가 있는 꼬맹이였군. 반드시 잡아서 장난감으로 삼아주지."

고아즈가 짜증을 느끼며 처음으로 리암을 적으로 인식했다.

함교에서는 사령관 가까이에 있던 함장이 계속해서 지시를 내리고 있었다.

참모들도 전황을 확인하고는 분주하게 지시를 내렸다.

한 군인—— 리암을 상대하던 남자는 아무도 앉아있지 않은 의자에 시선을 보냈다.

"진짜로 출격할 줄은 몰랐어요."

주위의 군인들도 난처해하고 있었다.

리암을 상대하기 위해 기함에 배속되었는데, 그 리암이 기동기사를 타고 출격한다는 말을 꺼낸 것이다.

사령관에게 돌격하라는 명령을 내리고, 지금은 전장에 있다.

그래서 사령관도 참모들도 아주 바빴다.

"어쨌든 기동기사를 앞으로 내보내라! 영주님을 죽게 하지 마라!"

"영주님이 호위기를 뿌리치고 돌격하고 있습니다!"

"뭐 하는 거냐! 어떻게든 지켜라!"

돌격을 감행한 리암 때문에 함교는 크게 당황했다.

군인은 거대한 모니터를 올려다보며 거기에 비친 어비드를 보고 있었다.

"이것이 기사인가."

군인과는 다른 기사라는 특별한 존재.

어릴 때부터 육체 강화와 교육을 받아, 평범한 병사로는 당해낼 수가 없다. 기사를 상대하려면 병사들이 에워싸는 수밖에 없다.

만약 병사와 기사가 같은 기동기사를 타더라도 움직임이 전혀 다르다.

——번필드가에 기사는 없다.

기사와 동등한 능력을 지닌 사람은 리암뿐이었다.

모니터에 비치는 어비드는 오른손에 바주카를, 왼손에는 레이저 블레이드를 들고 날뛰고 있었다.

가까이 다가온 해적의 기동기사를 블레이드로 가르고 바주카로 해적선을 격파했다. 바주카의 탄환이 떨어지자 그대로 내던지더니, 오른손 근처에 나타난 마법진에 손을 넣어 새 무기를 꺼냈다. 어비드는 공간 마법으로 대량의 무기를 보관하고 있다. 이런 전투는 고급기인 어비드만 가능한지라 다른 양산기는 따라 할 수 없다.

어비드는 압도적인 힘을 보여주며 종횡무진 활약했다.

통신상태가 나빠 노이즈 섞인 리암의 목소리가 들려왔다.

「아하하하, 날 막아봐라!」

주저 없이 적을 격파하고 해적선을 격퇴하는 리암을 보며 군인은 볼을 타고 흐른 땀을 닦았다.

"너무 강해. 이것이 기사인가."

성인식을 치르지 않은 리암은 아직 아이에 불과하다.

그런 아이가 희희낙락하며 해적들과 싸우고 있다.

그때 지시를 다 내린 사령관이 군인 근처에 왔다.

"두려운가?"

"사, 사령관님. 아뇨, 저는!"

허리를 곧게 편 군인에게 사령관은 "신경 쓰지 마라"라고 말하며 자기 의자에 앉았다.

전장을 보면서도 가끔 모니터에 비치는 어비드의 모습을 보고 있었다.

"──저분은, 귀족으로 태어나지 않았다면 평범한 아이로 지낼 수 있었을까? 정말 딱해."

모니터 너머에서는 리암이 크게 웃으며 적을 도륙하고 있었다.

그 모습을 보니 마음에 걸리는 점도 있지만, 적을 쓰러뜨리는 용맹한 모습에 아군의 사기는 올라갔다.

하지만 사령관만은 리암을 슬픈 듯이 봤다.

"영주님이 가엾다는 말입니까? 저렇게나 강한데?"

사령관이 고개를 끄덕이더니 리암의 과거를 이야기했다.

"어릴 적에 부모에게 버림받고 떠맡게 된 것은 변경에 있는 피폐한 영지. 그걸 어떻게든 발전시키고, 지금은 이렇게 해적과 싸우고 있다. 정말이지, 어떻게 하면 이런 아이가 자라는 건지 나도 알고 싶군."

어린아이가 절망적인 영지를 부흥시킨 것만으로도 기적인데 지금은 기사로서 전선에 서서 해적들과 싸우고 있다.

그것도 압도적인 힘을 보여주면서.

사령관이 "내 아이들도 영주님을 본받았으면 좋겠다"라며 중얼거렸다.

리암의 영지에 처박힌 전 제국군의 군인들.

그들은── 융통성 없는 완고한 자들이 많았다.

너무 진지해서 좌천.

너무 우수해서 좌천.

뇌물을 거절해서 좌천.

어쨌든 모인 자는 착실한 자가 많았다.

그 이유는 안내인이 악덕 영주를 목표로 하는 리암과 성향이 정반대인 사람들을 모이도록 했기 때문이다.

그런 그들이 보기에 리암이라는 영주는——.

"군에서 쫓겨나 인생에 대해 이런저런 생각을 한 시기도 있었지만—— 그게 어떻다는 거냐. 설마 여기서 섬겨야 할 주군을 얻을 줄은 몰랐다."

확실히 내정 수완이 훌륭한데, 전투에서도 이만한 힘을 지니고 있을 줄은 상상도 하지 못했다.

군인들이 보기에도 기동기사로 날뛰는 그 모습은 믿음직했다.

아니, 눈부시게 빛나 보였다.

어떤 적도 쳐부수고 길을 여는 그 모습에 군인들이 매료되었다.

"문무에 뛰어난 명군인가요. 진짜로 있군요. 설마 귀족인 영주님이 기사처럼 전선에 나서서 싸울 줄이야."

사령관은 명군이라는 말에 납득했다.

"난 진짜 귀족이라는 걸 처음 봤어. 그리고 덕분에 깨달았다. 확실히 원군을 기다리는 사이에 영지에 피해가 생기면 본전도 못 찾는다. 영주님만 있으면 번필드가는 부활할 텐데, 백성을 생각해서 여기서 해적을 물리칠 생각이셨으니 말이야."

누구보다 앞에 나서서 싸우는 그 모습은 그야말로 이상적인 기사이자 진짜 귀족이었다.

그리고 자신의 영지는 건드리지 못한다는 기개에 군인들은 원군을 기다리며 장기전을 건 것을 부끄러워했다.

원래라면 뒤에 있을 리암이 그 사실을 일깨워줬다.

"스스로 앞에 나서서 싸울 필요는 없다고 생각하지만요."

"기사가 없는 번필드가에는 필요하다. 확실히 칭찬할 수 없는 행동이지만, 그렇기에 든든하기도 하지. ——자신의 영지에 해적을 절대로 들이지 않겠다, 인가."

리암이 백성들을 지키기 위해 스스로 앞에 서서 싸우고 있다 ——군인들의 눈에는 그렇게 보였다.

무난한 장기전이 아니라 백성을 생각해 단기 결전에 나선 젊은 귀족이다.

"진심으로 백성을 지키는 귀족은 처음 봤습니다. 귀족이 실전에 나서는 일은 좀처럼 없으니까요. 게다가 백성을 위해 목숨을 걸었어요. 확실히 백성을 생각하면 최선이지만, 결단력이 너무 좋아요."

수장이 앞장서는 건 너무 비효율적이다.

하지만 이 사람을 따라가면 이길 수 있다고 생각하게 만드는 것은 굉장히 중요한 일이다.

리암은 알아차리지 못하는 사이에 알기 쉬운 형태로 그걸 보여줬다.

어비드를 타고 싸우는 모습에 군인들은 분발했다.

현재의 귀족들은 기사의 실력을 지니고 있으면서도 앞에 나서려 하지 않았다.

나선다고 해도 단순히 세상 물정 모르는 사람이 많았다.

자신들의 능력을 높이는 자들도 다른 사람을 깔보고 난폭하게 구는 자들 뿐.

그게 현재의 제국 귀족들이다.

양식 있는 귀족은 적고, 양식 있는 귀족들조차 리암처럼 결단력이 좋지는 않다.

영지의 위기에 스스로 전선에 서는 리암은 제국 전체를 봐도 희귀한 귀족이다.

「왜 그러냐, 해적 놈들아! 날 좀 더 즐겁게 해봐라!」

──전투를 즐기는 듯한 느낌도 있지만, 울면서 싸우는 것보단 나을 것이다.

해적 앞에서 저렇게 웃어대니 부하의 불안도 누그러져 갔다.

"압도적이잖아!"

아비드의 콕핏 안.

조종간을 쥔 나는 웃음이 멈추지 않았다.

이거다—— 바로 이거다.

압도적인 힘으로 적을 굴복시킨다.

쓸데없이 돈을 들인 병기로 적을 유린한다.

게다가 상대는 해적이다. 나는 전생의 빚쟁이 같은 녀석들을 힘으로 굴복시키고 있다는 감각에 취해있었다.

빼앗기는 쪽에서 빼앗는 쪽에 섰다.

그 사실이 내 마음을 채워갔다.

"자, 자! 더 오라고!"

무중력인 우주공간에서 어비드는 내 마음대로 움직여줬다.

검은 중장갑을 두른 어비드는 양어깨에 큰 실드를 달고 있는데, 이건 단순한 방패가 아니다. 방패에 내장된 장치가 기동하여 레이저나 빔이나 마법 등의 공격으로부터 본체를 지켜주고 있다.

덕분에 나는 안심하고 싸울 수 있다.

그리고 어비드의 성능도 대단했다. 제7병기공장에서 다시 태어난 어비드는 어떤 기동기사보다 강력한 파워를 자랑했다.

튼튼하고 내 마음대로 움직여준다.

그야말로 최고의 기체였다.

"좋아, 어비드! 넌 최고다! 적을 해치워라!"

레이저 블레이드가 적을 양단한다.

"강해. 강하다고, 어비드!"

어비드의 힘에 흥분했고, 동시에 스승님의 훌륭한 가르침에 감사했다.

검술을 배우고 있었을 터인데 무중력 상태의 방에 처넣어져 눈가리개를 한 채로 덮쳐오는 공을 피하던 나날을 떠올렸다.

이게 대체 무슨 도움이 되는 건가? 그런 생각을 했던 자신이 부끄러웠다.

스승님의 가르침은 검술뿐만 아니라 기동기사 조종에도 충분히 효과가 있었다.

분명 내가 이런 싸움에 나설 줄 알고 어릴 때부터 조종기술을 연마하라고 말한 것이리라.

그렇다, 스승님의 모든 가르침에는 의미가 있었다.

"난 훌륭한 스승님을 만났구나."

오른손에 든 바주카의 탄이 다 떨어져 팽개쳤다.

덮쳐오는 해적 기동기사의 머리를 어비드가 머니퓰레이터——손으로 잡아 그대로 으스러뜨렸다.

해적들이 쓰는 기동기사와는 그야말로 격이 다르다.

해적의 기동기사 따위는 어비드 앞에서는 장난감과 마찬가지다.

마치 경차와 스포츠카가 레이스를 하는 것과 같다.

오른손 근처에 마법진을 불러내어 거기서 새로 바주카를 뽑아 어비드에게 쥐여줬다.

일반적인 기동기사보다 크고 눈에 띄는 어비드에게 해적들도 무리 지어서 덤벼왔다.

덕분에 적을 끝없이 물리칠 수 있었다

"일부러 죽으러 와줘서 고맙다!"

얼굴이 자연스럽게 히죽거렸다.

조종간의 트리거를 당기니 어비드 주변에 마법진이 몇 개나 나타났다.

공간 마법으로 수납한 병기가 모습을 보였다.

마법진에서 수많은 상자를 불러내어 적을 조준했다. 바로 수천 발 분량의 미사일이 포드였다.

상황을 눈치챈 적이 황급히 등을 보이고 도망치려 했지만——.

"늦었어."

미사일 포드에서 미사일이 연달아 발사되어 갈팡질팡 도망치는 적을 추적해갔다.

적은 그대로 폭발에 휘말려 차례차례 격추되었다.

"더 두려워해라. 더 공포에 떨어라. 이 '리암 세라 번필드'의 이름을 온 제국에 떨칠 제물이 되어라!"

그때 폭발 속에서 해적의 기동기사 몇이 빠져나왔다.

다른 기체와는 움직임이 다른 걸 보니 아무래도 기사 출신들이 탄 모양이었다.

"흠, 해적 기사라는 놈인가?"

원래는 기사였지만 여러 이유로 해적이 된 기사들을 해적 기사라고 불렀다.

이런 해적 기사들은 보통 해적단의 호위를 하거나 간부 대우를 받는다.

해적 기사는 해적의 귀중한 전력이다.

해적 기사들은 어비스의 배후와 위, 아래에서 달려들었다. 우주공간을 이용한 기동이었다.

곧 어비드에게 적의 공격이 덮쳐왔지만, 양어깨에 장착한 실드가 적의 빔과 레이저 공격을 막았다. 반짝반짝 빛나는 에너지 필드가 기체를 전방위로 감싸고 있기에 공격이 어비드에게 닿는 일은 없었다.

실탄을 쏴도 어비드의 장갑이 튕겨냈다.

"정말 최강이잖아! ──어이쿠."

근접 무기── 블레이드 등으로 무기를 바꿔 든 해적 기사들이 잇따라 어비드를 노렸다.

이 대단한 어비드도 기사의 근접 공격을 받으면 흠집이 난다. 새차에 흠집이 나는 건 사양이므로 나는 그들의 공격을 회피했다.

다들 새 물건에 흠집이 나면 싫잖아?

바주카를 내던지고 라이플을 꺼내서 쏘았지만, 잔챙이들과는 다른지 적이 쉽사리 공격을 피했다.

"보통 해적과는 다르군. 하지만 아직도 어설퍼!"

어비드가 다가온 해적의 기동기사를 스쳐 지나가자 적이 둘로

갈랐다.

"좋은 반응이다, 어비드."

어비드는 내 반응속도에 따라올 만큼 움직임이 신속했다. 다루기 어려운 게 난점이지만 더할 나위 없는 파트너다.

나에게 달려드는 해적 기사들을 차례차례 베었다.

올려 베기, 내려 베기, 역사선 베기, 제쳐치기—— 블레이드를 휘두르면 적이 불길에 휩싸였다.

그중 한 기가 내 공격을 블레이드로 받아냈다.

어비드에게 돌격해 파워 승부를 걸어온 것이다.

접촉해서 상대의 목소리가 잡혔다.

「네놈, 무슨 짓을 한 거냐! 대체 어느 유파냐!」

기사는 검술을 배우기에 대개 어딘가의 유파에 소속되어 있거나 배운 과거가 있다.

무예를 배우는 것은 기사의 기본이다.

하지만 상대는 내 유파를 모르는지 당황하고 있었다.

해적 기사 중에서 이 기체가 가장 움직임이 좋았다.

살짝 흥미가 생긴 나는 정직하게 해적 기사에게 대답해주었다.

이게 바로 강자의 여유고 특권이다.

"일섬류다. 스승은 야스시. 모르는가?"

「알겠냐, 그딴 유파! 이름도 없는 검술 사용자가 까불고 있어! 스승의 이름도 들은 적 없다.」

나는 화가 나서 오른손에 들고 있던 라이플을 버리고 해적 기사의 머리를 으스러뜨렸다.

"이름도 없어? 좋다── 너희를 박살 내고 일섬류의 이름을 떨쳐주지!"

나는 해적 기사의 기체를 놓아주고 콕피트를 꿰뚫은 후 다음 사냥감을 찾아서 가까이에 있는 해적선으로 향했다.

부스터가 불을 뿜었고 가속한 어비드에게 빛이 잇따라서 덮쳐왔다.

광학병기의 빗속을 뚫고 나아가 해적선으로 돌격하고 장갑을 돌파해서 관통해버렸다.

관통당한 해적선은 그대로 폭발에 휩싸였다.

"그럼 다음 사냥감은 어~디에 있을까!"

고아즈는 폭발 속에서 멀쩡하게 나오는 검은 기동기사를 모니터로 보고 있었다.

"뭐, 뭐냐, 저 녀석은! 누구냐. 저 기체에 타고 있는 기사는 누구냐!"

고아즈는 저 기동기사가 분명 네임드── 이름 있는 기사이리라 생각했다.

오래된 대형 기체까지 꺼내왔나 싶었는데, 해적 기사들은 그런 기체에 속수무책으로 쓰러져 갔다.

초조해진 고아즈는 식은땀이 멈추지 않았다.

그만큼 검은 기동기사가 무서웠다.

"이런 곳에 왜 네임드가——."

적에 이름난 에이스급이 있다고 확신한 고아즈는 허둥거렸다.

하지만 부관이 부하의 보고를 듣고 놀랐다.

"단장님! 그 기동기사에 타고 있는 사람이 번필드가의 당주입니다! '리암 세라 번필드' 본인입니다!"

"뭐라고?!"

그 보고를 들은 고아즈가 분노에 몸을 떨었다.

"꼬맹이 하나한테 비싼 돈을 준 경호원들이 진다는 거냐. 그놈들한테 준 기동기사도 싸구려가 아니라고!"

비싼 경호비를 내고 모은 해적 기사들에게 준 기동기사는 암거래상한테서 사들인 외국의 군용 기체였다. 외관은 변경했지만, 평범한 해적들이 사용하는 기체보다 훨씬 우수했다.

그런데 적 하나를 당해내지 못한다는 게 도무지 믿기지 않았다.

"——차라리 잘됐다. 놈을 에워싸서 쳐라! 바보 놈이. 공을 세울 욕심에 튀어나오다니 역시 꼬맹이군."

부하들이 보고 있어서 고아즈는 허세를 부렸다.

고아즈는 해적이기에 누구보다 해적을 잘 알았다. 해적은 믿을 수 없다. 언제든지 쉽게 아군을 배신한다. 숫자가 불어나면 쉽게 배신하는 놈들이 더더욱 늘어난다.

만약 이 전투에 승기가 없다는 생각이 든다면 부하들이 고아즈를 배신할 가능성도 있다. 그들에게 약한 모습을 보이는 것만은 피해야 했다.

고아즈가 의자에 앉아 여유를 보이니 그의 지시에 따라 해적들이 리암의 기체에 모여들었다.

하지만――.

"아니!!"

고아즈는 놀라서 입이 벌어지고 말았다.

리암에게 모여든 해적들이 순식간에 베인 것이다.

리암에게 다가가기만 해도 느닷없이 폭발에 휩싸였다.

해적선도 예외는 아니었다. 검은 기체에 당해 양단되었다.

고아즈는 마치 꿈이라도 꾸는 듯했다.

(마, 말도 안 돼! 아무리 기사가 강하다고 해도 이놈은 이상하다. 뭐냐. 대체 뭐냐, 이놈은!)

믿기지 않았다.

리암은 그대로 일직선으로 고아즈가 있는 기함을 향해서 왔다.

아군인 해적선이 복닥거리는 가운데를 가로지르자 리암을 노리던 아군이 서로를 쏘기 시작했다.

"멍청아! 바로 멈추게 해라! 기동기사가 상대하라고 해!"

리암 한 명에게 크게 휘둘리는 해적들.

하지만 적은 리암뿐만이 아니다.

부관이 외쳤다.

"단장님! 적이 이쪽으로 돌격해옵니다!"

어느새 적 함대가 리암을 쫓듯이 원추형 진형을 갖추고 몰려오고 있었다.

제각기 움직이던 해적들을 돌파하면서 여기까지 돌격해온 모양이다.

숙련도가 높아 진형의 움직임에 흐트러짐이 적었다.

오합지졸인 해적들은 손쓸 도리가 없었다.

아무리 장비의 질이 높다고 해도 장비 운용 실력이 너무 달랐다.

고아즈가 의자 팔걸이에 주먹을 내리쳤다.

"쓸모없는 놈들!"

한때 군인이었던 자들도 상당수 있지만, 해적의 대부분은 훈련을 제대로 받지 않은 자들이었다. 그 탓에 전황이 조금만 열세에 빠져도 해적의 진영은 손쉽게 무너졌다.

고아즈는 열세에 빠진 이 상황 속에서 생각했다.

(전개가 안 좋아. 이대로 질 바에는 빨리 도망쳐서 몸을 숨길까. 규모가 너무 커졌다고 생각하던 참이니 말이야.)

거대해적단의 단장이라는 자리는 매력적이지만 해적들을 거느리는 것도 귀찮아졌다.

차라리 몸을 숨기자는 생각을 하고 고아즈는 부관을 불러 귓속말했다.

"이대로 도망친다. 믿을 수 있는 놈들에게만 말해라. 다른 놈들은 버려도 상관없다."

부관은 놀라면서도 금방 고개를 끄덕였다.

"알겠습니다."

고아즈가 탄 기함과 주위의 호위함이 슬그머니 움직이기 시작했다.

(저 빌어먹을 꼬맹이한테 계속해서 암살자를 보내주마. 이것만 있으면 몇 번이고 다시 시작할 수 있다고.)

그가 연금 상자를 꼭 쥐고 있자니 부관이 함교를 향해 소리쳤다.

"왜 그러냐! 빨리 도망치지 못하겠나!"

그러자 조타를 담당하는 해적이 대답했다.

"아군이 방해돼서 도망칠 수 없습니다!"

부관이 부하를 때렸다.

"그럼 파괴해서라도 나아가라! 빨리! 적이 코앞까지 왔잖아!"

부관도 평소라면 이런 과격한 행동은 하지 않을 터였다.

왜 이런 짓을 한 것인가?

그는 코앞까지 다가온 리암이 무서웠다.

해적들은 무슨 짓을 해도 멈추지 않는 리암이 두려웠다.

그리고——.

「잡았다.」

——리암의 목소리가 들린 직후에 기함이 심하게 흔들렸다.

리암의 어비드가 선체에 내려선 모습이 모니터를 통해 전달되었다.

어비드는 곧장 주위에 있는 포대를 날려버렸다.

모니터 너머로 어비드를 본 고아즈 일행은 그 모습에 얼굴이 파랗게 질렸다.

"왜 구식 기체가 이렇게 센 거냐고!"

고아즈는 함교에서 도망치면서 소리쳤다.

적 기함이 도망치려고 하기에 즉각 덮쳤다.

선체에 달라붙어 일부러 틈을 보이고 있는데 주위의 해적선은 어비드를 공격하지 않았다.

"역시 해적도 단장은 쏠 수 없다는 건가?"

해적들이 망설이는 가운데, 나는 당당하게 어비드를 걷게 했다.

"탈출선이 나올 법한 곳은 여기인가?"

라이플로 공격해서 도망칠 길을 주의 깊게 막아나갔다.

도망치려고 하는 해적들도 격추했다.

"지금 와서 도망치려 하다니, 늦었어. 누구를 건드렸는지 가르쳐주지. 그리고 너희의 재보는 전부 내 것이다!"

퇴로를 막아나가니 주위의 해적선이 같은 편을 방치하고 도망쳤다.

아군은 겨우 나를 따라왔다.

노이즈가 심한 통신으로 내 무사를 확인했다.

「영주님, 무사하십니까!」

"문제없다. 날 걱정하지 말고 추격해라! 천 척을 남기고 나머지는 도망치는 놈들을 쫓아라. 절대로 놓치지 마라. 항복도 받지 않는다. 철저하게 쳐부숴라!"

「옙!」

정신없이 도망치는 해적들을 추격하는 아군 함대.

전쟁에서 가장 피해가 많이 나올 때는 퇴각할 때다.

그것은 이 세계에서도 똑같다.

아군이 내가 서 있는 적 기함 옆에 배를 대고 육전 부대를 보낼 준비에 들어갔다.

난 적 기함의 격납고로 들어가기 위해 해치를 억지로 뜯어내서 안으로 들어갔다.

기동기사가 대기하다가 바주카를 쐈지만, 그 정도로는 어비드를 파괴할 수 없다.

어비드가 폭발에 휩싸였지만 콕피트는 조금도 흔들리지 않았다.

"아~, 어비드가 더러워졌어."

흠집 하나 없는 상태에 가까운 어비드를 보고 해적들이 공포에 사로잡혀 공격해왔다.

우주복을 입은 해적까지 라이플을 들고 공격해왔다.

"방해된다."

어비드의 각 부위에 장치한 레이저가 발사되어 해적들을 날려 버렸다.

기동기사는 모두 베어서 쓰러뜨렸다.

해적들의 저항이 사라지자 난 헬멧을 썼다.

파일럿 슈트는 그 자체가 전투복—— 파워드 슈트이다.

나는 블레이드를 허리의 벨트에 달고, 라이플을 손에 들고 어비드에서 내려 해적선에 올라탔다.

"그럼, 보물을 찾아볼까."

그러자 아군 소형정이 차례차례 격납고로 들어왔다.

거기서 육전대가 차례차례 내리더니 내 주위에 모여 정렬했다.

전투용 파워드 슈트를 입은 병사들은 다들 나보다 키가 커서 위압감이 있었다.

그런 녀석들이 나를 예의 바르게 대한다는 게—— 정말 즐겁다.

역시 신분이 중요하다.

다 큰 어른이 아이인 나에게 경례를 하니까.

"리암 님, 모시러 왔습니다."

하지만 이 녀석들은 날 데리고 돌아갈 생각인 모양이다.

지금부터가 재밌는데.

"거절한다. 난 지금부터 보물을 찾을 거다. 너희도 날 따라라."

그렇게 말하니 병사들이 날 말리려고 했다.

"위험합니다! 동력로는 이미 제압했지만, 적이 자폭하면——."

"도망치는 놈이 자폭 같은 걸 하겠냐. 자, 빨리 와라."

나는 내키지 않아 하는 육전대를 이끌고 선내로 들어갔다.

육전대는 나보다 튼튼한 파워드 슈트를 착용하고 있으며 나를 지키기 위해 주위 방비를 튼튼히 했다.

해적선 안은 생각보다 깨끗했다.

중력제어가 해제되었는지 무중력 상태의 통로에 물건이 떠다니고 있었다.

그것을 주위의 병사들이 손으로 치워서 내가 갈 길을 확보했다.

무중력이긴 하지만 파워드 슈트의 신발 바닥이 바닥에 붙어서 문제없이 걸을 수 있다.

"의외로 깨끗하네. 좀 더 쓰레기가 뒹굴 줄 알았는데."

육전대의 소대를 이끄는 대장은 내 행동에 전전긍긍했다.

"리암 님, 부주의하게 앞에 나서지 마십시오!"

주의를 받으면서 앞으로 나아가다가 내 감각이 적의를 감지해서 모두를 멈춰 세웠다.

"이봐, 숨어있다. ──저기다."

통로 모퉁이.

거기서 기다리고 있는 기척을 느꼈다.

동시에 천장에 숨어있는 해적의 기척도 느껴서 병사들에게 쏘라고 명령했다.

부하가 라이플을 천장에 쏘니 천장에 구멍이 뚫렸다.

거기서 빨간 피가 방울져 공중에 뜬 채로 나온 걸 보니, 아무래도 죽인 듯했다.

부하가 나에게 보고했다.

"센서에 반응하지 않는 슈트를 착용하고 있었던 모양입니다. 이런 고가의 장비를 해적이 가지고 있다니, 믿을 수가 없습니다."

적이 굉장히 비싼 장비를 가지고 있다.

즉, 이 녀석들한테서 뺏을 보물도 기대할 수 있다는 뜻이다.

"부자 해적단인가. 보물도 분명 호화로울 거야. 자, 가자."

통로 안쪽의 해적들은 육전대가 처리했으니 앞으로 나아갔다. 그러자 넓은 방이 나왔다.

거기에 기다리고 있던 것은 파워드 슈트를 착용한 해적 기사들이었다.

"부주의했군!"

기습인데 굳이 소리를 지르는 해적 기사를 보고 나는 기가 막혔다.

스승님이 날 기습할 때는 절대로 자신이 있는 곳을 알리는 행동은 하지 않았다.

이놈들은 이류군.

우리를 베려고 달려들었지만 허둥거릴 필요조차 없다.

"리암 님을 지켜라!"

하지만 부하들은 크게 허둥거렸다.

부하들이 앞에 나오려는 걸 밀어냈다.

"필요 없다."

난 그대로 해적 기사들을 무시하고 걸었다.

부하들이 당황해서 돌아보고 말했다.

"뭐 하는 거야. 빨리 와라."

"아, 아니——."

덤벼든 해적 기사들은 튀어나온 기세 그대로 벽과 바닥에 충돌

해 몸이 여기저기 흩어졌다.

"리암 님, 무엇을 하신 겁니까?"

의아해하는 부하들에게 나는 냉담하게 가르쳐줬다.

"베었다."

병사들이 지각할 수 없는 참격──. 나도 꽤나 성장했지만, 고작 이류 해적 기사들을 베어 쓰러뜨린 걸로는 기쁘지 않다.

이 정도로 우쭐거리면 스승님에게 혼나겠지.

그건 그렇고 스승님의 영역에는 아직 도달하지 못했다.

난 언젠가 야스시 스승님의 수준에 도달할 수 있을까?

정말로 검을 뽑았는지도 알 수 없는── 아니, 그보다는 뽑아서 베지 않은 게 아닌가 하는 생각이 드는 참격은 지금도 잊을 수가 없다.

지금의 내 참격 따위는 스승님과 비교하면 어린애 장난과 마찬가지다.

하지만 주위 사람이 보기에는 현재의 기량으로도 충분했던 모양이다.

나를 따라오는 육전 부대가 입을 다물었다. 분명 날 무서워하고 있을 것이다.

그래, 이 몸을 두려워해라.

너희의 주인인 날 두려워하고 받드는 거다!

육전대 병사가 앞에서 걷는 리암의 등을 보고 있었다.

아이가 파워드 슈트를 착용하고 있어서 다소 크게 보이기는 하지만 몸집이 작은 것은 틀림없다.

주위는 자기들 같은 어른이 둘러싸고 있는데 존재감만은 누구에게도 지지 않았다.

그 작은 등이 크게── 위대하게 보였다.

"저만한 수를 상대로 엄청난 여유다."

보통 기사를 만나면 병사들은 불행을 탄식한다.

그만한 힘의 차이가 있는데, 아군에 믿음직한 기사가 있으면 반대로 행운에 감사한다.

동료 병사도 리암을 보고 감탄하고 있었다.

"아직 성인도 안 됐는데 면허개전을 했다고. 우리 영주님, 사실은 대단한 사람인 거 아냐?"

원래부터 내정 수완은 높이 평가받고 있었다.

하지만 군사 부문은 평가되지 않았다.

애초에 성인이 되기 전이라 군인으로서의 교육을 받지 않았다.

평가할 방법이 없었다.

그래도 이만큼 강한 걸 보면 이야기가 달라진다.

"그래, 믿기지 않는 힘이야. 어쩌면 우리는 엄청난 사람의 병사인 게 아닐까?"

번필드가의 영지 출신인 병사들.

그들은 영지 바깥으로 나간 적이 없기에 리암이 얼마나 대단한지 몰랐다.

애초에 비교할 수 있는 대상이 전대와 전전대뿐이다.

두 사람과 비교하면 리암은 아주 훌륭한 인물일 것이다.

하지만 이렇게 전장에서 리암의 모습을 보니 자기들의 영주는 상상했던 것보다 더 대단한 사람이 아닌가 하는 생각이 들기 시작했다.

"해적 기사를 저렇게 쉽게 쓰러뜨려. 무슨 유파의 면허개전을 받았다고 했지?"

동료의 말을 듣고 병사는 중얼거렸다.

"분명 일섬류였지? 대단한 유파구나."

리암 일행이 배에 진입하니 해적들은 선내에서 정신없이 도망 다녔다.

해적 기사들이 저항했지만, 대부분은 병사에게 둘러싸여 제압 되어 갔다.

훈련을 받은 병사에게 둘러싸이면 기사들도 어쩔 도리가 없다.

애초에 우수한 해적 기사들은 이미 출격했고, 남아있던 건 출 격을 꺼린 자들이었다.

실력이 어찌나 형편없는지 훈련된 병사들에게 맥없이 제압되 었다.

병사의 숙련도, 장비의 질—— 번필드가의 사설군은 마치 정규 군 같았다.

부관인 남자가 선내를 도망치면서 욕을 퍼부었다.

"고아즈 놈, 혼자서만 도망쳤어!"

자기들에게 쳐들어온 적 육전 부대의 상대를 시키고 어느샌가 자취를 감추었다.

부관은 함교에서 빠져나와 어떻게든 이 상황에서 탈출할 방법 을 생각하고 있었다.

단말기로 함내의 상황을 조사하기 위해 멈춰 서서 그늘에 숨 었다.

"틀렸어. 탈출구가 모조리 파괴돼서 도망칠 곳이 없어. 젠장,

이런 곳에서——!"

두려워하며 주저앉는 부관.

그러자 칼을 든 기사가 이끄는 적 부대에 발각당했다.

즉각 도망치려 했지만 어디로 도망가도 적뿐이다.

부관은 양팔을 들고 항복 포즈를 보였다.

"자, 잠깐만! 내 이야기를 들어줘."

칼을 어깨에 짊어진 몸집이 작은 기사가 멈춰 섰고, 이야기를 들어볼 생각인지 부하들에게도 쏘지 말라고 명령했다.

목소리를 들어보니 젊은 기사인 듯했다.

(기회다. 지금은 눈물로 애원을 하든 뭘 하든 상관없다. 어떻게든 살아남겠다.)

"나, 난 고아즈에게 이용당했을 뿐이야. 부탁이니까 봐줘."

기사는 헬멧을 쓰고 있어서 표정이 보이지 않았다.

"그래! 보물이 있는 곳을 알고 있어. 잠금은 풀 수 없지만, 장소를 알려줄 테니까 봐줘. 이렇게 빌게!"

엎드려 비는 부관에게 기사는 아무 말도 하지 않았다.

하지만 기사의 부하가 단말기를 조작해 보고했다.

"리암 님, 이 남자는 고아즈 해적단에서 부관을 맡았던 남자인 것 같습니다. 간부가 이용당하기만 했다고는 볼 수 없습니다."

리암이라는 말을 듣고 부관이 얼굴을 들었다.

"리암? 네가—— 아니, 당신이었습니까! 한눈에 왕의 품격이 있다고 생각했습니다. 어떤가요, 절 고용하지 않겠습니까? 이 고아즈 해적단을 관리했던 저를 고용하면 당신의 힘이──."

갑자기 시야가 변했다.

몸이 움직이지 않는데 시야가 어지럽게 변했다.

무중력 속에서 자신의 몸이 보였다.

목이 잘린 자신의 몸이었다.

"──어?"

부관의 의식은 거기서 끊어졌다.

전장을 보던 안내인은 우주공간── 파괴된 해적선 위에 서서
아연실색했다.

"말도 안 돼. 뭐야. 뭐야 저 힘은!"

안내인은 리암의 힘에 당황했다.

일섬류라는 유파는 이 세계에 존재하지 않는다.

모든 건 야스시의 거짓말이었다.

근데 그 거짓을── 리암이 현실로 만들어버렸다.

"재능이 있었다고 하더라도 저 힘은 어떻게 된 거지? 그 남자,
대체 뭘 가르친 거지?"

자신이 안 보는 사이에 상상 이상으로 너무 강해져 있었다.

보통이라면 무조건 패배해야 하는 상황이다.

설마 리암이 이렇게까지 강할 줄은 몰라서 안내인은 양손으로

머리를 싸맸다.

"아파. 가슴이 답답해. 젠장!"

짜증 나게도 리암이 감사하는 마음이 전해져왔다. 도무지 구역질이 멈추지 않았다.

"이렇게 되면 물불 가릴 때가 아니야. 고아즈, 네놈에게 특별한 힘을 주마."

그가 팔을 휘두르자 검은 연기가 생겼다.

"제 방식에 반하지만 어쩔 수 없습니다. 당신이 나쁜 거예요, 리암 씨. 정말이지, 호되게 당했어요."

자기가 참견한 주제에 핑계가 많았다.

선내에 숨은 고아즈는 연금 상자를 양손으로 쥐고 떨고 있었다.

잇달아 부하들의 비명이 들려왔다.

고아즈는 그들의 비명이 들려올 때마다 움찔움찔했다.

"싫어. 죽고 싶지 않아. 죽고 싶지 않아. 죽고 싶지 않아. 이런 곳에서 죽고 싶지 않아."

지금까지 해적단의 두목으로 실컷 날뛰었으면서, 지금은 겁에 질려 울고 있었다.

고아즈는 무릎을 안고 큰 몸을 웅크리고 떨면서 엄지손톱까지 물어뜯기 시작했다.

애초에 고아즈는 연금 상자를 이용한 풍부한 자금줄이 있었을 뿐이지, 다소 강하더라도 기사는 아니었다.

무장한 병사에게 들키면 쉽게 죽을 게 뻔했다.

"모, 목숨을 구걸할까? 아, 안 돼. 내 목에 걸린 현상금을 얻기 위해 넘길 거야. 그, 그렇지, 이걸로 재보를 준비하면——!"

만약 고아즈가 연금 상자를 더 현명하게 이용했다면 지금보다 더 큰 부를 얻었을 것이다.

굳이 해적질을 할 필요도 없었을 것이다.

오로지 고아즈가 멋대로 날뛰다가 이렇게 된 것이었다.

자업자득이었다.

하지만 그 상황에서 리암에게 진다는 건 그 누구도 예상하지 못했을 것이다.

그때 검은 연기가 나타나 고아즈를 감쌌다.

"뭐, 뭐지!"

갑자기 목소리—— 안내인의 말이 들려왔다.

"고아즈, 네놈에게 기회를 주겠다."

"누, 누누, 누구냐!"

겁먹은 고아즈의 입에 검은 연기가 들어왔다.

안내인이 모습을 보이자 고아즈는 괴로워하며 자신의 목을 양손으로 부여잡았다.

그때 연금 상자를 떨어뜨렸지만, 신경 쓸 겨를도 없었다.

안내인이 고아즈에게 명령했다.

"누구든 좋다. 너에게 리암을 쓰러뜨릴 기회를 주겠다. 아니면 이대로 죽고 싶나?"

고아즈가 고개를 가로저으니 안내인은 입을 초승달처럼 만들고 웃었다.

"그럼 됐다."

검은 연기를 마신 고아즈는 고통에서 해방되어 자신의 손을 봤다.

낯익은 자신의 손이지만── 색이 이상하게 변해있었다.

"뭐지? 힘이 넘쳐흐른다. 그리고 아무것도 무섭지 않아! 안 무섭다고! 난 강하다. 강하다아아아!!"

고아즈는 검푸르게 물든 자신의 몸에 위화감을 느끼지 않았다.

오히려 힘이 넘쳐서 기분이 상쾌했다.

공포심이 사라진 고아즈는 추악한 웃음을 흘렸다.

안내인도 기뻐했다.

"지금 네 피부는 아다만타이트만큼 단단하다. 아무것도 두려워할 것 없다. 지금의 넌 인간을 넘어선 존재다. 자, 가라!"

"꼬맹이이이이! 고통스럽게 죽여주마아아아!"

떠나가는 고아즈를 지켜본 안내인은 이마에 손을 댔다.

"──조금 심하게 무리를 했군요. 약간 과하게 놀았어요."

이세계를 건너는 문을 몇 번이나 쓰고 무리를 반복한 탓에 안내인에게 피로한 빛이 보였다.

"자, 이러면 리암이 아무리 강하다고 해도 지금의 고아즈는 벨 수 없겠죠. 신나서 돌입한 걸 후회하세요."

안내인이 그 자리에서 모습을 감추자 작은 빛이 연금 상자에 다가갔다.

어비드에 들어간 빛── 그리고 안내인을 지켜보던 그 빛이었다.

빛은 검은색과 갈색 털가죽을 지닌 개의 모습으로 변하더니 통로를 달려 리암이 있는 곳으로 향했다.

◇ ◆ ◇ ◆ ◇

통로를 걷고 있으니 그리운 기척이 느껴졌다.

신경 쓰이는 방향을 봤는데 아무래도 사람이 아닌 것 같았다.

"……어라?"

시야를 스치듯이 보인 것은, 갈색 꼬리── 개의 꼬리다.

부하가 나에게 물었다.

"왜 그러십니까, 리암 님?"

"아니, 지금 개가 있지 않았나?"

"개 말입니까? 아뇨, 생체반응이 없고, 이런 곳에 있을 리가 없습니다. 설마 개한테까지 특수한 전투복을 주지는 않겠죠."

내가 잘못 본 걸까?

잠시 꼬리를 보고 그리움을 느낀 이유를 생각했다.

──그래. 전생에 길렀던 개다.

죽을 때는 마중 나와 주지 않았지만, 그래도 나에게 있어서는 둘도 없는 존재였다.

그런데 이 세계에 전생한 뒤에 잊고 있었다.

"지금까지 잊고 있었네."

난 이런 주인이니 마중 나오지 않아도 어쩔 수 없다.

하지만 그것도 좋다.

그 녀석이 지금의 내 모습을 보지 않았으면 한다.

전생에 날 배신하지 않은 몇 없는 친구니까.

숙연하게 있으니 병사가 말을 걸었다.

"왜 그러십니까?"

"아니, 아무것도 아니다. 그보다 저쪽으로 가자."

꼬리가 보인 방향으로 걸어가니 깨끗한 통로가 아닌 너저분한 통로가 나왔다.

물건이 놓여서 창고처럼 사용되고 있었다.

숨을 수 있는 장소가 많아 부하들도 신중하게 전진했지만, 사람의 기척은 없었다.

개도 없어서 조금 실망했다.

찾으면 확보하려고 했는데.

한숨을 쉬고 아래를 보니 바닥에 뭔가가 굴러다니고 있었다.

"뭐지?"

주워보니, 그것은 황금으로 된 상자였다.

한 손으로 들 수 있는 사이즈였다.

여러 문양과 장식이 되어 있는 게 왠지 이득을 본 기분이 들었다.

"오, 좋은 걸 주웠어. 이건 내 거다."

부하가 날 보고 어이없어했다.

"리암 님이 황금을 좋아한다는 말은 사실이었군요."

"황금은 좋아. 난 정말 좋아한다."

"미스릴이나 아다만타이트는 어떻습니까?"

"응? 아아, 좋아해. 하지만 황금이 제일이다."

부하들이 어째서인지 기막혀하는 듯한 느낌이 드는데, 미스릴은 은이잖아?

그리고 아다만타이트는 무기의 재료로 쓰는 이미지밖에 없다.

귀중하다고 해도 그런 소재는 적소에 써야만 의미가 있다.

상자를 바라보고 있으니 다시 시야에 개의 꼬리가 보였다.

"……또다."

"리암 님, 앞서가지 마십시오!"

부하들을 두고 개를 쫓아가니 막다른 곳에 다다랐다.

하지만 뭔가 부자연스러운 느낌이 들어 만져보니 역시 숨겨진 문이었다.

"개는 못 찾았지만 여기서는 보물 냄새가 난다! 너희들, 여기에 숨겨진 문이 있다!"

부하를 시켜 숨겨진 문을 파괴하고 안으로 들어가니 거기에는 산더미 같은 보물이 있었다.

하지만 내가 생각했던 금은보화가 아니라 골동품 관련 물품뿐이었다.

"꽝인가."

낙담하는 나를 보고 부하가 놀랐다.

"아, 아니, 대박이지 않습니까! 뭔가 비싸 보이는 물건밖에 없어요."

"골동품은 가짜라는 이미지밖에 없어. 어차피 여기에 있는 것도 가짜잖아?"

"조, 조사해보지 않으면 판단이 안 됩니다. 그 저희는 판단할 수 없으니……."

"그렇지. 일단은 회수할까. ……하아, 시시하네."

이전에 번필드가가 소유하고 있던 골동품들은 가짜뿐이었다.

이것들도 분명 가짜가 대부분일 것이다.

일단 확보하기로 하고, 난 뭔가 더 없는지 찾았다.

찾아낸 것은 한 자루의 칼이었다.

"오, 칼이 있네."

상당히 낡은, 판타지 계통 게임에 나올 법한 칼이었다.

칼집이나 칼자루의 디자인이 꼭 그런 느낌이다.

비교적 심플해서 화려함은 없지만——.

들어보니 칼날이 상당히 깔끔했다.

그 반짝임을 보고 있으니 신기한 기분이 들기 시작했다.

가짜뿐인 줄 알았는데 쓸 만한 보물도 있어서 기쁠 따름이다.

"좋아, 마음에 들었어. 이건 내가 쓰지."

"안 쓰는 편이 좋지 않겠습니까? 비싸 보입니다만······."

골동품을 쓰는 건 말도 안 된다! 그렇게 말하는 부하에게 나는 한심하다는 얼굴로 대답했다.

"무기는 써야만 의미가 있다. 그리고 어차피 해적한테서 빼앗은 물건이니까 괜찮아."

나는 허리 뒤에 있는 조금 큰 파우치에 금으로 된 상자를 넣고 라이플과 블레이드는 부하가 들게 하고 칼을 들었다.

잘 생각해보니 난 싸울 필요가 없으니까 무기 같은 건 필요 없다.

칼만 들고 있으면 되겠지.

"자, 다음은 어디로──."

"리암 님, 긴급통신입니다!"

부하가 소리쳤고, 내 보물찾기는 여기서 끝나버렸다.

병사들이 검은 고아즈의 손에 붙잡혀 이리저리 던져지고 있었다.

"젠장! 왜 총탄이 튕겨 나가는 거냐!"

"광학병기도 안 먹혀!"

"비켜라!"

바주카를 꺼낸 병사가 고아즈를 쐈지만, 고아즈는 폭발과 연기

속에서 아무 일도 없었다는 듯이 걸어 나왔다.

병사들의 얼굴이 파랗게 질렸다.

고아즈가 목을 돌리고 눈을 빨갛게 빛내고 있다.

"남의 배에서 멋대로 날뛰고 말이야. 모두 무사히 돌아갈 수 없을 줄 알라고."

고아즈는 손에 넣은 힘과 무엇이든 할 수 있을 것 같은 기분에 취해있었다.

지금이라면 어떤 기사가 상대라도 질 것 같지 않았다.

주먹을 쥐니 사람의 손이 아니라 금속이 삐걱대는 듯한 소리가 들렸다.

"모두 내 장난감으로 만들어주지."

고아즈는 안내인에게 받은 힘으로 병사들을 날렸다.

고아즈 앞에는 총탄도 레이저도 폭약도 무의미했다.

병사가 기지를 발휘해 통로 내의 기압을 조작했지만, 그것도 고아즈에게는 효과가 없었다.

"이 녀석, 어떤 개조를 한 거야."

"사이보그인가?"

병사들이 고아즈에게서 떨어지려고 하자 달려서 쫓아가서 때렸다.

잡아서 던지고, 잡아서 던지고. 고아즈는 힘에 취해 날뛰었다.

훈련된 병사들이 전혀 상대가 안 됐다.

"꼬맹이를 데리고 와라! 이 몸이 직접 상대해주지!"

병사 한 명이 큰 소리로 주위에 명령했다.

"리암 님을 배 안에서 데리고 나가라. 절대로 이놈을 리암 님과 만나게 하지 마라!"

병사들이 효과가 없다는 걸 알면서도 공격을 계속했고, 고아즈는 그 안에서 날뛰었다.

"왜 그러냐? 그 정도냐!"

병사를 때리고 헬멧과 머리를 통째로 으깨고 집어던지니 몸이 돌아가서는 안 되는 방향으로 돌아갔다.

한 병사를 방패 대신 쓰니 총격이 멎었다.

"이번에는 내가 너희를——."

방패 대신으로 삼은 병사를 내던지고 한 발 내딛자 고아즈의 온몸에 상처가 났다.

"——아, 아니?!"

놀란 고아즈가 자신의 몸을 보니 베인 상처가 보였다.

대체 무슨 일이 일어난 건지 의아해하고 있으니 바로 위에서 한 사람이 내려왔다.

내려선 그 남자는 천천히 일어서면서 이가 심하게 빠진 블레이드를 봤다.

"너무 단단한 거 아니냐."

그 목소리는 상당히 즐거운 듯했다.

헬멧을 쓰고 있어서 얼굴이 안 보이지만 소년이 웃고 있다는 건 알 수 있었다.

고아즈가 오른손을 뻗어 소년을 잡으려 한 순간 뭔가가 뚝 하고 떨어졌다.

그건 고아즈의 오른팔이었다. 어느샌가 오른쪽 팔꿈치 아래가 절단되어 있었다.

"……어?"

고아즈가 놀라고 있으니 눈앞의 작은 남자가 블레이드를 내던지고 어딘가 익숙한 칼을 집어 들었다.

바로 고아즈가 골동품을 보관하던 방에 간직해뒀던 아주 귀중한 칼이었다.

고아즈에게는 연금 상자 다음으로 귀중한 물건이었다.

"너, 너, 그건 내!"

소년은 즐거운 듯이 웃고 있었다.

"아, 이거? 받은 거야. 그보다 너, 날뛴 것 같네."

어깨에 칼을 메고 웃는 남자에게 고아즈는 왼손을 뻗었다.

그러자 이번에는 왼팔이 바닥에 떨어졌다.

"──윽!"

고아즈는 무슨 일이 일어난 건지 알 수 없었다.

눈앞에 소년이 대체 언제 칼을 뽑았는지도 알 수가 없었다.

소년은 감탄한 얼굴로 칼날을 보고 있었다.

"대단하네. 이가 하나도 안 빠졌어. 마음에 들었어."

고아즈는 양손을 잃어버렸다.

어찌해야 할지 몰라 당황하고 있자 팔의 절단면에서 검은 연기

가 뿜어져 나와 그대로 살로 된 촉수가 되었다.

"네, 네가아아아아!"

고아즈는 영문도 모른 채 눈앞의 소년을 공격했다.

하지만 소년은 고아즈를 무시했다.

"이거 진짜 좋네. 다음부터 얘를 메인으로 써야지. 아니, 아까 우려나?"

소년을 향해 내리친 채찍이 잘게 찢겼고, 동시에 고아즈의 한쪽 다리가 함께 잘렸다.

무릎을 꿇은 고아즈의 몸에서는 검은 연기가 새어 나오고 있었다.

"으, 으아──!"

아까의 위세는 어디로 갔는지 고아즈는 벌벌 떨고 있었다.

절단면에서 검은 피가 흘러나왔다.

적이 모여 기사를 지키려고 했다.

"리암 님!"

그 이름을 듣고 고아즈가 고개를 들더니 미간을 찌푸리고 귀신 같은 얼굴로 눈앞의 소년을 바라봤다.

"네가── 네가 리암이냐!"

리암은 새로 얻은 칼에 정신이 팔려 고아즈를 보려고 하지도 않았다.

"그래. 내가 리암이다. 그리고 '님'을 붙여라, 쓰레기. 그보다 이 시커먼 녀석은 뭐지? 개조 인간이나 뭐 그런 건가?"

주위의 부하들이 다소 의문을 품으면서 대답했다.

"피부색은 다르지만, 고아즈가 아닐까 합니다."

"이 녀석이?"

이번에는 고아즈의 왼팔에 뾰족한 뿔 같은 것이 자라났다.

"날 무시하지 마라아아아!"

왼팔을 쑥 내밀어 리암의 심장을 뚫으려고 하자── 이번에는 왼쪽 어깨 아래쪽이 완전히 잘렸다.

리암이 칼을 어깨에 걸치고 무릎을 꿇은 고아즈에게 시선을 보냈다.

"네가 고아즈냐?"

고아즈는 어느샌가 떨고 있었다.

눈앞에 있는 리암이 무서워 죽을 것 같았다.

(뭐냐. 뭐냐고, 이놈은! 어떻게 총탄조차 튕겨내는 내 몸을 벨 수 있는 거지. 이상하잖아. 이런 건 이상하잖아!)

혼란에 빠진 고아즈는 리암에게 목숨을 구걸했다.

"──요, 용서해줘."

"앙, 뭐라고?"

"살려줘. 아니, 살려주세요. 이제 두 번 다시 거역하지 않을게. 마, 만약 봐준다면 엄청난 보물을 넘겨줄게. 그러니까 용서해주세요!"

그런 고아즈의 요청을 듣고 리암은 웃었다.

웃고는──.

"──싫은데."

"싫은데."

나는 고아즈를 내려다보면서 입꼬리를 올리고 웃음을 지었다.

고아즈는 아연실색했다.

"어? 저, 저기——."

"싫다고."

우락부락한 얼굴에 몸집도 큰 남자가 나를 앞에 두고 두려움에 떨기 시작했다.

그 모습이 정말 웃겼다. 쓸데없이 단련한 근육과 패션이나 주위에 위압감을 주기 위해 새긴 타투가 전생의 빚쟁이들을 떠올리게 한다.

보기만 해도 짜증 난다. 하지만 이렇게 나에게 생살여탈권을 잡혀 알랑거렸는데 바로 거부당한 이 녀석의 얼굴을 보는 건 즐거웠다.

——나는 분명 최악의 인간일 것이다.

뭐, 지금 와서 착한 사람으로 돌아갈 생각도 없지만.

고아즈는 계속해서 목숨을 구걸했다.

"부탁이야! 뭐든지 할 테니까 용서해줘!"

주위의 병사들이 총을 겨누고 고아즈를 둘러쌌다.

다른 병사들은 부상자와 동료의 시체를 밖으로 옮겼다.

병사들이 고아즈를 보는 시선은 아주 냉담했다.

지금 와서 목숨을 구걸하는 건가? 그런 감정이 보였다.

거대해적단의 단장이 아이의 모습을 한 나에게 울면서 매달렸다.

역시 폭력은 위대하구나.

하지만 난 이 녀석을 살려줄 생각이 조금도 없다.

전생을 살 때부터 싫어하는 타입인 것도 이유 중 하나지만, 이녀석은 중요한 걸 착각하고 있다.

"너 뭔가 착각하고 있지 않나? 뭐든지 하겠다든가, 엄청난 보물을 준다든가 떠드는데── 이미 네 보물은 내 것이야. 그리고 네가 할 수 있는 일은 얌전히 내 실적이 되는 것과 내가 현상금을 타기 위해 제국에 넘겨지는 거지."

고아즈가 눈을 크게 뜨고 놀랐지만, 이건 당연한 이야기다.

제국에 넘겨주고 나는 현상금을 받을 거다.

이놈을 살려서 얻을 수 있는 이익보다 그쪽이 더 매력적이니까.

"기다려줘! 날 살려주면 반드시 도움이 될 거다. 너, 너한테는 졌지만, 내 힘을 봤잖아? 그쪽 군대가 손도 못 썼다고. 그런 내가 잠자코 네 아래에 들어갈게. 그러니까 봐줘! 현상금 이상의 보물을 가지고 있어. 그러니까 부탁이다! 여기에 없는 보물도 줄 테니까!"

전부 거짓말은 아니겠지만 이 상황을 모면하기 위한 거짓말도 있을 거다.

이 녀석을 살려주면 후에 반드시 배신할 것이다.

난 전생에서 그런 인간을 많이 봐왔다.

그래서 더는 아무도 안 믿는다.

"뭐야. 아직 숨기고 있는 건가. 그럼 제국의 심문관에게 전해두지. 네 보물을 갖고 싶어서 제국의 심문관들이 온갖 수단을 써서 캐내려고 할 거야."

분명 깜짝 놀랄만한 취조를 할 것이다.

그 뒤에 처형당하는 것이 고아즈의 운명이다.

이놈에겐 정상참작의 여지 따위 없다.

고아즈는 무슨 짓을 해도 살 수 없다는 걸 깨달았는지 내 비위를 맞추는 걸 멈췄다.

"우, 웃기지 마라, 이 썩을 꼬맹이가아아아!"

"뭐야, 벌써 본심을 드러내는 건가? 좀 더 얌전하게 굴라고."

고아즈가 몸에서 검은 연기를 뿜으며 한쪽 다리로 일어섰다.

난 그런 고아즈에게 칼끝을 겨누고——.

"계속 떠들지 마라."

——죽지 않을 정도로 잘게 토막 내고 마지막 다리도 잘라냈다.

바닥에 미끄러지듯이 쓰러진 고아즈는 무슨 일이 일어났는지 이해하지 못한 표정을 짓고 있었다.

잠시 뒤에 상황이 파악됐는지 또 울면서 목숨을 구걸했다.

"사, 살려주세요! 부탁드립니다! 살려줘! 난 아직 죽고 싶지 않아!"

이미 질리도록 들은 말이었다.

내 관심은 이미 고아즈보다 새로 얻은 칼의 예리함에 향해있었다.

이제 고아즈에게 흥미 같은 건 없지만, 부하들이 나에게 어떻게 처우할지 물었다.

"리암 님, 정말로 생포합니까?"

"뭐 문제라도 있나?"

"아, 아뇨, 제 부하가 이놈에게 많이 죽어서."

그렇군, 용서할 수 없을 것이다.

주위의 병사들도 고아즈가 미워죽겠다는 눈치였다.

동료가 살해당했으니 어쩔 수 없다.

내 방식에 불평하는 건 용서할 수 없지만, 합법적 무력 집단인 이 녀석들이 나에게 불만을 가지는 것도 문제다.

이 일로 내 발목이 잡힐지도 모르니 신중하게 대처해두자.

──그래도 내 결정을 바꿀 생각은 없지만.

"생포하여 제국에 넘기면 더 많은 현상금을 받는다고 들었다. 이 상태로 넘긴다."

분명 어디선가 그런 말을 들은 것 같다.

"아뇨, 고아즈 정도의 흉악범죄자는 생사를 따지지 않습니다. 고아즈라면 아무리 못해도 숨통을 끊은 기록만 있으면 현상금이 나옵니다."

병사가 공중에 현상금 관련 정보를 표시하니 확실히 그런 내용이 적혀있었다.

아무래도 내 착각인 모양이다.

아 부끄럽게.

"뭐야, 그런가."

고아즈를 보니 아직도 울고 있었다.

이 녀석이 별들을 멸망시키며 돌아다닌 대해적단의 단장이라니, 한심하네.

난 이 녀석을 살릴 생각은 눈곱만큼도 없다.

떠오르는 것은 전생의 기억── 누구냐, 빚쟁이에게도 인정이 있다는 망언을 지껄인 놈은?

전생에 난 그놈들한테 골수까지 빨아 먹혔다고.

자비라고는 조금도 없었다.

나한테 생명보험에 들라고 해서 싫어했다.

아무리 울고불고해도 용서받지 못했다.

인생에 절망했다.

왜 내가 이런 꼴을 당하는 거냐면서.

그런데 지금은 어떻지?

지금의 난 빼앗는 입장이다.

빼앗기는 자는 흉악범죄자인 고아즈── 최고잖아!

난 이 녀석들보다 강하다.

그러니 빼앗아도 된다.

"살려주세요. 전부 이야기할게요. 그러니까 살려──."

고아즈의 목숨 구걸이 상당히 시끄러워지기 시작했다.

"시끄럽게 굴지 마라, 짜증 난다."

내가 고아즈의 목을 베어 입 다물게 하자, 덩그러니 남겨진 고아즈의 몸에 변화가 생겼다.

검은 피부가 햇볕에 탄 듯한 갈색 피부로 변한 것이다.

"피부색이 돌아왔다. 이 녀석, 개조 인간이 아닌 건가?"

몸을 봐도 기계를 이식한 흔적은 없었다.

그럼 그 검은 피부는 대체──? 이 세계는 신기한 일뿐이다.

난 고아즈의 머리를 잡아 병사에게 넘겼다.

"이걸로 증거가 되겠지?"

"아, 네!"

병사들이 서둘러 경례했다.

그러자 선내를 제압했다는 보고가 통신으로 전달되었다.

"벌써 끝인가."

끝나고 보니 싱거웠다.

그냥 숫자가 많을 뿐이지 별것 없었다.

이게 첫 출전이라고 생각하니 김빠진다.

부하가 나에게 추가로 보고했다.

"리암 님, 선내에 잡혀있는 자들이 있다고 합니다."

"잡혀있는 자들?"

"──예. 아무래도 해적들에게 잡혀있었던 것 같습니다."

해적 한 명의 안내를 받아 간 곳은 고아즈의 방 근처였다.

해적선 주제에 상당히 튼튼하게 만들었다고 생각했는데, 어떤 나라의 전함을 빼앗아 개조한 듯하다.

멋대로 구는 해적 놈들도 어이가 없지만, 선박을 빼앗긴 놈들도 기가 막힌다.

난 길을 안내하는 해적을 뒤에서 발로 찼다.

"아직 도착 안 했나?"

"아, 네!"

다른 해적들로부터 '사육 담당'이라 불리던 이 남자는 고아즈와 가까운 존재였다.

키는 작고 배는 나와 있는데 팔다리가 가늘다.

꺼림칙한 남자다.

이 자는 해적단에서 특별한 일을 맡고 있으며 전문적인 지식을 가지고 있다고 한다.

고아즈의 방 근처로 안내를 받고 문이 열리자 내 부하들이 먼저 들어갔다.

사육 담당이 불안해했다.

"저, 저기, 장치는 너무 건들지 마세요. 제 소중한 장사 도구니까요."

"장사 도구?"

선내에 뭔가 특별한 장치를 두고 대체 어떤 동물을 기르고 있는 것인가?

애초에 그런 동물을 팔아서 돈을 벌 수 있나?

나는 궁금한 점을 한 가지 질문해봤다.

"이봐, 너."

"네?"

"이 배에서 개를 키우고 있나?"

사육 담당이 보기만 해도 불쾌해지는 웃음을 짓더니 나에게 자신을 어필하기 시작했다.

"귀족님도 참 좋아하시네요. 어떤 개로든 개조할 수 있어요. 순종적인 게 좋나요? 아니면 진짜로 개처럼 만들까요?"

왜 그런 대답이 돌아오는 거지? 난 개가 있느냐고 물었는데.

이 녀석 괜찮은가? 그런 생각을 하고 있으니 방에서 부하들 몇 명이 뛰쳐나왔다.

헬멧의 바이저 부분을 열더니 토했다.

그 한심한 모습을 보고 나를 호위하는 병사가 호통쳤다.

"너희들 리암 님 앞에서 무슨 꼴을 보이는 거냐!"

잘 단련한 병사들이 파랗게 질린 얼굴을 하고 있어서 대체 무엇이 있는지 신경 쓰였다.

한 병사가 방에서 나오더니 나에게 보고했다.

"리암 님은 들어가시지 않는 편이 좋을 것 같습니다."

목소리에 힘이 없다.

그리고 안에 무엇이 있는지 말하려고 하지 않아 보고가 되지 않았다.

"뭐지? 궁금하니까 말해."

망설이는 부하를 대신해 기분 나쁜 사육 담당이 설명했다.

"여긴 제 연구실이기도 해요. 평소엔 단장님── 고아즈의 취미를 도와주고 있는데요. 분명 백작님의 마음에도 드실 거예요."

방에서 나온 병사들이 사육 담당을 노려봤다.

"이 악독한 놈이!"

병사의 말을 듣고 사육 담당은 히죽히죽 웃었다.

"어이쿠, 마음에 안 드셨나요?"

이 녀석의 태도가 마음에 들지 않았다.

"──설명해라."

내가 설명을 요구하자 사육 담당은 희희낙락해서 자기 일에 관해 이야기했다.

난 기분이 나빠져서 병사에게서 권총을 빌려 사육 담당의 머리에 구멍을 뚫었다.

역시 해적은 해악이다.

어두운 방에는 꺼림칙한 도구가 벽에 걸려있었다.

수술대가 있었고, 그 외에도 여러 장치가 늘어서 있었다.

이 방은 해적들 사이에서 사육방이라 불리고 있었다.

사육 담당이라 불리는 기분 나쁜 남자의 실험과 일반인은 이해할 수 없는 고아즈의 취미가 융합된 저속하기 짝이 없는 방이다.

이 방에 있는 것은—— 전부 미남미녀'였던' 자들.

고아즈의 취미는 미남미녀가 추해져 가는 모습을 즐기는 것이다.

사육 담당의 취미는 인체 개조였고, 그런 두 사람이 어울려 예전에 미남미녀였던 자들이 비참한 모습으로 바뀌어 있었다.

고아즈는 약탈한 행성에서 미남미녀를 데려왔다.

그리고 잡힌 자들을 이 방에 처넣었다.

그런 가운데 특히 가혹한 취급을 받은 여성이 있었다.

이름은【크리스티아나 레타 로즈블레이어】—— 그녀는 이전에는 아름다운 여기사였다.

성간 국가 중에서는 소국이긴 하지만 왕족 태생이고 백성에게도 사랑받았다.

애칭은【티아】.

강하고 아름다운 그 모습에 사람들은 그녀를 '공주 기사'라 부르며 칭송했다.

하지만 고아즈에게 고향 행성을 인질로 잡혀 투항했고, 고아즈가 가장 마음에 들어 하는—— 장난감이 되었다.

이 방에 끌려온 사람들은 그런 특수한 신분을 가진 사람들도 드물지 않다.

그들 모두 고아즈 일행의 일그러진 욕망 탓에 추한 모습으로 바뀌어 있었다.

크리스티아나—— 티아 또한 그 방에서 끔찍한 살덩어리로 전락해 있었다.

지금은 멸망해버린 고향을 한탄하며 죽기만을 바라는 나날을 보내고 있었다.

예전에는 고결했던 티아의 마음도 꺾이려 하고 있었다.

그런 그녀는 배의 이변을 알아차렸고, 방에 낯선 집단이 들어와서 모든 것을 깨달았다.

해적들의 장비와는 다른 데다가 통제가 되고 있었다.

어딘가의 군대일 것이다.

방에 들어온 병사들이 끔찍한 광경—— 우리를 보고 토했다.

티아는 떨고 있는 병사에게 말을 걸었다.

"······고아즈는 어떻게 됐나요?"

과거의 아름다운 목소리는 전혀 남아있지 않았다.

목소리가 불쾌하게 변해 병사를 놀라게만 할 뿐이었다.

병사가 어깨를 떨며 놀라서 총구를 들이댔다.

"힉!"

그 병사의 태도를 보고 자신이 지금 얼마나 추한 모습으로 전락했는지를 재확인한 티아는 슬퍼졌다.

동시에 드디어 해방된다며 안도도 했다.

"놀라지 마세요. 이런 모습으로 전락했지만 전 적이 아닙니다. 한 번 더 묻겠습니다. 고아즈는 어떻게 됐나요?"

하지만 병사는 겁을 먹었는지 대답해주지 않았다.

잘못하면 이대로 방아쇠를 당겨 자신을 쏘아서 죽일 것 같았다.

하지만 그 병사의 모습을 보고 방에 있는 티아와 마찬가지로 추한 모습으로 변한 동료들도 안도하고 있었다.

드디어 죽을 수 있다고.

마지막으로 고아즈와 사육 담당이 어떻게 됐는지 듣고 싶었지만, 티아는 이제 아무래도 좋았다.

빨리 모든 것을 끝내고 싶었다.

그렇게 생각하고 있으니 방 바깥에서 한 발의 총성이 들렸다.

무슨 일이 일어났나? 그런 생각을 하고 있으니 병사들이 서둘러서 정렬했다.

그리고 한 기사가 방에 들어왔다.

몸집이 작고 아직 어리다.

성인이 되었는지도 의심스러운 소년은 칼을 한 자루 들고 있었다.

병사들의 대응을 보고 이 소년이 상당히 높은 지위에 있다고 헤아린 티아는 말을 걸었다.

"고아즈를 잡았나요?"

소년은 약간 놀란 눈치였지만 바로 대답해줬다.

겁먹은 기색이 없는 걸 보니 담력이 센 듯했다.

"죽였다. 사육 담당이라는 남자도 내가 쏘아 죽였다."

간결하게 대답해준 소년의 말을 들은 티아는 여기에 와서 처음으로 행복을 느꼈다.

"그런가요……."

방 안에 있는 동료들이 신음을 냈다.

자기들을 이런 모습으로 만든 고아즈와 사육 담당이 죽었다.

그 사실이 기뻤다.

환희, 감사, 기쁨의 눈물—— 병사들은 무서워했지만, 소년은 티아를 보고 있었다.

방을 수색하던 병사 중 한 명이 단말기를 가져와서 소년에게 건넸다.

티아는 정말로 진심으로 감사했다.

소년이 마치 이 지옥 같은 나날 속에서 계속 바라오던 신의 사자로 보였기 때문이다.

"드디어 끝나는군요. 어디의 누군지는 모르겠지만 자비심이 있다면 부디—— 부디 저희를 구원해주세요."

티아가 말하는 구원이란 소년 일행의 손에 죽는 것이다.

현재의 몸으로는 스스로 죽는 것도 불가능하다.

티아는 드디어 모든 것이 끝난다고 생각했다.

"구원이라고?"

"네. 저희의 모습을 보시면 이해할 수 있을 겁니다. 이제 두 번 다시 인간으로서 사는 것은 불가능합니다. 차라리 여러분의 손으로……."

추한 모습으로 전락해 원래 모습으로 돌아가는 것도 불가능하다.

더는 살아있어도 의미가 없다.

다만 소년의 대답은 티아와 모두의 예상과 달랐다.

"좋아, 구원해주지. 은혜는 반드시 갚아라. 누가 의사를 불러서 이 녀석들을 옮겨라."

티아는 눈앞에 있는 소년이 구원한다는 의미를 착각했다고 생각했다.

"자, 잠깐만……!"

소년은 그대로 병사들을 데리고 방에서 나갔다.

남은 병사들에게 부탁했다.

"부탁이야! 죽여줘! 죽여주세요!"

병사들이 얼굴을 돌렸다.

"……리암 님의 명령이다. 우리는 거역할 수 없어. 미안해."

방 안, 티아와 모두에게 한순간에 절망이 덮쳐왔다.

겨우 해방되는 줄 알았는데 배신당하고 말았다.

"부탁이에요. 부디, 부디 죽여주세요! 저희에게 더는 살아갈 의미가……!"

리암이 떠난 방에 울부짖는 사람들의 목소리가 울렸다.

저속한 방에서 나온 나는 태블릿 단말기로 전락한 놈들의 원래 모습을 보고 있었다.

뭔가 재밌는 건지 미남미녀를 추한 모습으로 만드는 실험 기록까지 남아있었다.

변해가는 과정을 관찰하고 있었고, 사육일기 같은 것도 있었다.

해적의 취미는 이해할 수 없다.

"저놈들 취미가 안 좋네."

부하가 나에게 질문했다.

"리암 님, 정말로 구할 생각이십니까?"

의료지식이 있는 부하인 모양이다.

"그들의 모습을 보는 한, 치료 방법은 육체를 통째로 재생하는 것밖에 없습니다."

"치료되잖아?"

"……네. 다만, 엘릭서가 필요합니다. 희석해서 쓰겠지만, 어느 정도의 가치가 있는지는 알고 계실 겁니다."

판타지 세계에서 엘릭서라고 하면 만병통치약 같은 이미지가 있다.

이 세계에도 당연히 있지만 거대한 제국에서도 보기 힘든 물건이다.

어쩌다 시장에 나오면 그야말로 엄청난 가격으로 거래된다.

똑똑히 말해서 너무 비싼 탓에 가난한 귀족은 손에 넣는 것도 불가능하다.

"사면 되잖아. 나도 갖고 싶었으니 말이야."

고아즈한테서 빼앗은 보물을 팔면 상당한 금액이 될 것 같다.

오히려 고아즈가 엘릭서를 몰래 간직하고 있을지도 모른다.

난 손에 넣은 엘릭서는 쓰는 타입이란 말이지.

"아, 아니, 그러니까…… 그 외에도 전문 의사가 필요합니다. 필요 설비도 비싸다고 들었습니다. 그리고 저 상태라면 마음의 치료도 필요합니다. 원래 모습을 되찾는 데는 몇 년이나 걸릴 테고…… 치료비가 엄청나게 들 겁니다."

이번에는 돈을 크게 벌 수 있을 것 같으니 문제없다.

"도와달라는 요청을 받았으니 도와줄 뿐이다."

"하지만 그들이 바라는 건……."

"알고 있어."

부하가 입을 다물어버렸다.

더는 평범한 생활은 기대할 수 없다.

그것은 이해하고 있지만―― 단말기에 적힌 지금까지의 경위를 보고 있으니 불합리하다고밖에 표현할 방법이 없었다.

전생의 나를―― 나 이상의 고통을 겪고 있는 것 같아 조금 동정했다.

잡힌 사람들 대부분의 고향은 고아즈에 의해 멸망했다.

돌아갈 곳도 없는 사람들이 대부분이다.

"지금 난 기분이 좋으니까. 가끔은 선행도 나쁘지 않지. 그렇게 생각하지 않나?"

부하들은 대답하기 난처했다.

뭐, 악인인 내가 선행이라는 말을 꺼냈으니 다들 어이가 없을지도 모른다.

아니, 웃음을 참고 있는 건가?

그건 그렇고 이번에는 수확이 크다.

이것도 다 안내인 덕분이다.

번필드령.

뉴스에서는 대대적으로 고아즈 해적단에 승리한 일이 보도되고 있었다.

그 알림을 듣고 행성 전체가 축제가 벌어진 것처럼 떠들썩거렸다.

술집의 마스터가 오늘은 축하 기념이라며 술을 계속해서 손님에게 대접했다.

카운터에 앉은 단골손님이 마스터에게 건배를 청했다.

"오늘은 꽤나 인심이 좋잖아."

건배한 마스터는 유리잔에 든 술을 단숨에 들이켰다.

"이번만큼은 가망이 없다고 생각했으니까."

고아즈 해적단의 표적이 되었다는 걸 알았을 때는 살아있다는 기분이 들지 않았다.

정청의 자세한 발표는 없었지만, 백성들에게 해적에 의해 영지가 멸망했다는 이야기는 그리 드물지 않은 소식이었다.

그만큼 해적이라는 건 무서운 존재였다.

단골손님도 맛있게 술을 들이켰다.

"맞는 말이야! 난 자포자기해서 소중히 간직해둔 술을 열어버렸다고."

마스터는 큰소리로 웃었다.

"좀 참았으면 맛있는 술이 됐을 텐데 아깝군."

죽을지도 모르는 상황에 마시는 것보다 승리를 축하하며 마시는 편이 좋았을 텐데.

그 말을 듣고 단골손님도 수긍했다.

"그래, 정말 아까웠다고. 그건 그렇고 영주님이 첫 출전을 하셨다는 이야기가 정말인가?"

"보도로는 그렇다고 하더군."

제국의 귀족은 가끔 관록을 더하고 싶어서 직접 전쟁에 나설 때가 있다. 물론 출전만 할 뿐, 안전한 곳에 물러나 있다.

그런데 리암은 기동기사를 타고 적의 기함에 돌격, 해적선에 진입해 고아즈까지 죽였다고 한다. 거짓말이라 의심이 들 수밖에 없었다. 백성들도 전부 사실로 믿지는 않았다.

"마치 옛날이야기에 나오는 영웅 같군. ……그런 영웅이 진짜로 있다면 말이지만."

단골손님이 그렇게 말하자 마스터도 "그러게" 하고 고개를 끄덕였다.

하지만 어딘지 기뻐 보였다.

"뭐, 거짓이면 어떤가. 영주님이 전장에서 죽는 것보다야 낫지. 지금 그 사람이 쓰러지면 이 광경이 어떻게 될지 알 수 없어."

마스터와 단골손님이 술집에서 즐겁게 마시는 손님들을 바라봤다.

리암이 태어나기 전에는 이런 광경을 보는 상상조차 하지 못했다.

단골손님도 기뻐했다.

"그래, 무사하면 됐지. 영주님의 첫 출전이 무사히 끝난 것을 축하하자고."

두 사람은 새 술을 준비해서 건배했다.

영지에 돌아와 환대를 받았다.

백성들은 환희했고 저택에서 날 맞이해준 브라이언은 눈물을 흘리고 있었다.

브라이언은 이쪽이 질릴 정도로 울었다.

"리암 님! 이 브라이언, 무사히 돌아오실 것이라 믿고 있었습니다!"

"어, 어어, 그런가."

아마기가 나에게 살짝 귓속말했다.

"걱정하신 건 사실이지만 이길 것이라고는 생각하지 않았어요."

"그래?"

브라이언에게 의심스러운 시선을 보내니 눈을 피했다.

하지만 뭐, 날 걱정해서 울었으니 괜찮은 편일 것이다.

"그보다 이쪽은 아무런 문제 없었나?"

브라이언은 울면서 이런저런 보고를 했지만 듣기 어려워 이해할 수 없었기에 결국 아마기에게 이야기를 들었다.

그러자——.

"수도성에서 날 호출했다고?"

"네. 고아즈 해적단을 토벌한 주인님께 훈장을 수여한다는 이야기가 나왔습니다. 사실상 내정이고, 정식 발표는 가까운 시일 내에 한다고 합니다."

그러고 보니 안내인이 말했었지.

내 무공인가 공적이 된다고.

아주 극진하다.

고작 해적단을 하나 없앤 것만으로 엄청난 액수의 보물과 명예가 내 손에 들어온다.

해적 사냥은 이익이 된다.

앞으로는 적극적으로 처리할까?

"그리고 햄프리 상회와 제7병기공장에서 연락이 있었습니다. 토마스 님은 전리품 매입에 대한 상담이네요."

"병기공장은 또 무슨 일인데?"

나는 안쓰러운 미인인 니아스가 있는 공장이 왜 나에게 연락했는지 이해할 수 없었다.

이유는 아마기가 바로 가르쳐줬다.

"해적이 가진 병기 중에는 다른 국가에서 만들어진 것도 많다고 합니다. 그들은 이를 연구용으로 사들이고 싶은 모양입니다."

"연구에 열심이라고 생각하면 되려나?"

"그리고 번필드가가 희소금속을 발견했다고 들어서 재료로 확보해두고 싶은 건 아닐까요?"

고아즈 해적단이 가지고 있던 귀금속의 양은 상당했다.

——황금은 적어서 별로 기쁘지 않았지만.

"그건 먼저 토마스와 이야기해야 할 거 같네."

"바로 준비하겠습니다."

우수한 부하가 있으면 정말 편해서 좋구나.

싸움이 끝나고 한 달이 지나자 영지도 상당히 안정되기 시작했다.

아니, 부하들은 사후처리로 바쁘지만.

그래도 난 안정을 찾기 시작했다.

어쩔 수 없는 일 아닌가. 난 신분이 높으니까.

저택의 응접실에는 나 이외에도 에치고야──가 아니라 토마스가 앉아있었다.

"토마스── 자네도 참 나쁘구먼!"

"네?! 아니, 적정가격이라고 생각합니다만?"

강매한 귀금속에 골동품, 그 외 이런저런 물건의 매입을 토마스에게 의뢰했는데, 그 금액이 어찌나 대단한지 웃음이 절로 나왔다. 자릿수가 너무 크다. 도무지 상상이 안 된다.

고아즈 해적단이 모은 보물은 그만큼 막대했다.

"그냥 말해보고 싶었을 뿐이야."

"그, 그렇습니까. 하지만 정말로 전부 내놓아도 괜찮습니까?"

난 손에 넣은 귀금속이나 보물을 대부분 팔아 버렸다.

이유? 바로 빚 변제다.

이걸로 빚을 크게 줄일 수 있다.

즉 이만큼을 갚아도 아직 모자라다. 이 세계의 내 가족은 대체 얼마나 돈을 쓴 거지?

고아즈가 모아둔 보물보다 빚이 더 많다니, 기가 막히도록 신기했다.

"갖고 있어서 어쩌자는 거야. 그리고 몇 개는 내 손에 남겨뒀어. 이 칼이라던가."

마음에 드는 칼을 보여주니 토마스가 감탄한 것처럼 봤다.

"이거 대단한 칼을 얻으셨군요."

"어, 그래?"

날이 잘 드는 칼 정도로만 생각했는데, 가치 있는 물건인 모양이다.

"저도 전문가가 아니라 자세히는 모르겠습니다만, 제가 봐도 대단하다는 것은 알 수 있습니다. 잘 아는 사람에게 감정을 의뢰할까요?"

"음~, 아냐, 됐어. 어차피 쓸 생각이니까."

"네?"

이만한 칼을 그냥 쓰는 건가? 그런 표정을 지은 토마스를 보고 나는 씩 웃었다. 오늘은 기분이 좋다.

"마음에 들었으니까."

"그, 그런가요."

토마스는 여전히 이해할 수 없다는 눈치였지만 난 사용감이 마음에 들었으니 의견을 바꿀 생각은 없다.

"다른 이야기입니다만, 말씀하신 물품은 곧장 보내드리겠습니다."

토마스에게 부탁한 의료기기 이야기다.

나는 이번 기회에 이것저것 갖추기로 했다.

그 녀석들의 치료도 해야 하니까.

"의사 모집도 부탁한다."

"맡겨주십시오."

어용상인은 정말 편리하다. 이렇게 사람까지 찾아주니 말이다.

다만 이 녀석도 분명 날 이용해서 돈을 크게 벌고 있을 것이다.

그렇게 생각하니 화가 나네.

토마스가 나에게 앞으로의 예정을 물었다.

"그래서 수도성에는 언제쯤 가십니까?"

"내년? 성인이 되기 전에는 갈 생각이다. 이쪽에서도 의식이네 뭐네 해서 예정이 쌓여있으니까."

이 세계에서는 50세에 성인이 되는데—— 귀족이 성인이 되면 이것저것 귀찮은 일이 늘어난다.

훌륭한 귀족이 되기 위해 수행의 나날이 시작되는 것이다.

굉장히 귀찮다.

이제부터 영지에서 악덕 영주로서 이것저것 할 생각이었는데, 한동안 영지에 돌아올 수 없다.

"서훈식에는 반드시 출석하겠습니다. 그리고 이번 황금 과자입니다."

"에치고야, 자네도 참 나쁘구먼!"

"아뇨, 그…… 햄프리 상회입니다."

뇌물—— 난 팁을 거르지 않는 너의 그런 면이 아주 좋다.

◇ ◆ ◇ ◆ ◇

제7병기공장은 자원위성을 이용한 우주에 있는 공장이다.

채굴을 끝낸 자원위성을 재활용하고 있으며, 이런 공장은 상당히 많다.

병기를 생산하고 있지만, 그 외에도 이런저런 일을 하고 있다.

다른 성간 국가의 병기 연구도 그중 하나다.

번필드가에서 보낸 해적선들을 앞에 두고 기술 대위로 승진한 니아스는 감격하고 있었다.

"굉장해. 해적선 따위는 기대 안 했는데 전부 군함이잖아. 개조한 장갑은 취향이 나쁘다고 할 수밖에 없지만."

반입된 함정을 같이 보던 부하도 해적들의 취미가 이해되지 않는 듯했다.

"그 녀석들은 왜 화려하게 개조하는 걸까요. 그건 그렇고 이번에는 월척이네요. 자재도 대량으로 얻었고."

니아스가 한숨을 쉬었다.

"무리해서 확보했으니까 내년의 예산이 무서워. 어디서 대량수주 안 들어오려나."

리암이 함정을 사주길 바라는 니아스는 또 미인계를 생각했다.

부하가 웃었다.

"또 미인계인가요?"

"잠깐, 왜 웃는 거야. 무슨 의미로 웃고 있는 거야!"

"글쎄요~? 그래도 진짜 단골손님이 있으면 좋겠네요."

제국군의 채용 트라이얼에 계속 져서 제7병기공장은 예산이 어려운 상황에 있었다.

그런데 무리해서 리암에게서 병기와 자재를 사 모은 데는 이유가 있다.

"다음에야말로 안 질 거야. 차세대 함선을 개발하면 우리도 기회가 있어."

"그렇게 쉽게 나오는 게 아니지만요."

"알고 있어!"

니아스는 달관한 부하에게 화내면서 일에 착수했다.

제국의 중추인 제국 본성은 수도성이라 불리고 있다.

내가 서훈식 때문에 수도성에 간 것은 고아즈와 싸운 이듬해의 일이었다.

수도성은 대단하다고 들었는데, 확실히 대단했다.

뭐가 대단하냐 하면—— 행성을 통째로 감싼다는 발상이 굉장하다.

제국의 수도성은 행성 전체가 액체 금속에 감싸여있었다.

행성을 통째로 관리하는 것이다.

기상을 필요한 대로 조종하고 방위 기능도 충실하다.

처음 봤을 때는 이걸 생각한 놈은 바보가 아닌가 하고 생각했다.

수도성은 우주항에서 궤도 엘리베이터로 행성에 내려갈 수 있고, 지상은 콘크리트 정글—— 정확히는 콘크리트가 아닌 모양이지만, 아무튼 회색 건물 숲이었다.

흡사 기계 행성이다.

고층 빌딩은 엄청나게 높고, 총인구는 몇백억에 달한다.

정말이지 제국은 대단하다는 감상밖에 나오지 않았다.

하지만 이 모습이 부러운가 물어본다면, 미묘했다.

너무 대단해서 질투조차 할 수 없었다.

식전 당일.

궁전의 한 방에 있던 나에게 두 쌍의 부부가 찾아왔다.

어느 쪽이나 20대 부부로밖에 안 보였다.

대기실에서 의상 체크를 하고 있었는데, 그 두 쌍의 부부를 앞에 두고 난 고개를 갸웃했다.

남자가 친한 듯이 인사를 해왔기 때문이다.

"오랜만이구나, 리암."

"엥? 누구?"

대기실이 굉장히 거북한 분위기에 휩싸였다.

남자도 굳은 웃음을 띠고 있었다.

"그, 그렇네. 오랜만이라 모르는 건가. 나도 늙었나?"

"아니, 누구야?"

난 틀림없이 유명해진 날 등쳐먹으려고 온 자칭 친척 같은 놈들인 줄 알았다.

유명인이 되면 친척이 늘어난다는 이야기를 전생에서 들은 적이 있다.

전생에서는 반대로 나한테서 멀어지는 친척뿐이었지만.

상황이 안 좋으면 멀어지고 좋아지면 접근한다.

이 녀석들은 그런 부류의 인간일 것이다.

어디선가 본 적 있는 듯한 느낌도 들지만 분명 기분 탓일 것이다.

네 명 다 미묘한 표정을 짓고 있었는데, 끝이 나지 않으니 난 아마기에게 시선을 돌렸다.

"아마기, 이놈들은 누구지?"

번필드령을 떠날 때 아마기를 남겨둘까 고민했지만, 모처럼 내가 주인공인 무대였기에 아마기에게 특등석을 주기로 했다.

브라이언은…… 그거다. 집 지키는 사람이다.

그 녀석은 하도 금방 울어대기에 그냥 두고 왔다.

"주인님, 눈앞에 계신 분들은 부모님입니다. 그 뒤에 계신 분들은 주인님의 조부모님입니다."

——부모? 그러고 보니 있었지, 그런 녀석들이.

나에게 지위도 영지도 빼앗긴 불쌍한—— 아니, 잠깐.

이 녀석들 나한테 빚을 떠넘겼지?

거기에 생각이 미치자 나는 화가 나기 시작했다.

아버지—— 클리프가 티 나게 헛기침을 했다.

"기억해낸 것 같구나. 역시 40년이나 떨어져 지내면 얼굴을 잊을만한가. 하지만 아버지로서 조금 충격받았다고."

아니, 아버지다운 행동을 한 기억이 없는데.

어머니인 달시가 웃으며 얼버무렸다.

"리암도 참, 농담을 잘하네. 그건 그렇고 사준 인형은 지금도 소중히 쓰고 있구나. 하지만 바람직하지 않아. 궁전에 이런 인형을 가지고 오다니."

"뭐?"

——발끈했다.

뒤에 있던 내 조부모라 자칭하는 남녀도 똑같이 날 화나게 했다.

"처음 만나지만 손자가 궁전에 인형을 데려오니 슬프구나. 곧 성인이 된다. 버리려무나."

"그래. 번필드가의 당주로서 한심해."

조부모를 만나는 건 처음인데 외모가 20대로밖에 보이지 않아 나는 무슨 장난을 하는 줄 알았다.

하지만 이 세계에서는 보통이다.

안티에이징 기술이 굉장히 발달해 있어서 외모만 보면 젊은 사람이 많다.

아마기가 머리를 숙이고 방에서 나가려고 했다.

"다른 방에서 대기하고 있겠습니다."

난 그런 아마기를 만류했다.

"괜찮아. 넌 옆에 있어. 그보다 나한테 무슨 볼일이지?"

짜증이 차오르는 내게 부모와 조부모가 자신들의 희망을 말했다.

"막대한 보수가 나온다고 들었어. 우리에게 조금 나누어줬으면 한다. 빚이 조금 늘어서 큰일이었거든."

"제도에서 생활하는 건 돈이 들어. 여유가 있으면 생활비를 늘려주면 좋겠어."

수도성에 있는 수도—— 제도에서 생활하기가 힘드니 생활비를 늘려라.

마치 아이가 부모에게 생활비를 늘려달라고 하는 것 같다.

입장은 반대지만.

"이미 상인에게서 이것저것 샀다. 지불은 맡겨두마."

"훌륭한 손자가 있어서 할머니도 기쁘구나."

당연하다는 듯 멋대로 말하고 있는 조부모.

이 녀석들이 영지를 엉망진창으로 만들었다고 생각하면 화가 치밀어 올랐다.

내 돈이다.

내 영지다.

너희한테는 아무것도 안 줘!

"아마기, 손님이 돌아가신다."

내가 냉담하게 쫓아내려고 하자 클리프가 심히 당황했다.

아무래도 나에게 쫓겨날 줄은 생각지도 못했던 모양이다.

"리암, 너 부모에게 무슨 짓을!"

"몰~라."

애초에 내 부모는 전생의 아버지와 어머니뿐이다.

너희 같은 사람, 난 몰라.

나에게 가족의 정을 바라는 게 잘못됐다.

——난 악당이다.

난 궁전의 시녀들이 보는 앞에서 부모와 조부모를 쫓아냈다.

실내 분위기가 거북해진 가운데, 나는 아마기에게 현 상황을 물어보았다.

"저 녀석들의 빚까지 내가 변제해야 하나?"

"의무는 없지만, 상인과 빚쟁이는 리암 님에게 징수하려 할 겁니다."

"——방해되네."

내 말에 주위에 있는 사람이 숨을 죽인 듯했다.

아마기가 나에게 제안했다.

"생활비를 재검토하는 게 좋을 듯합니다. 증액하는 조건은 앞으로 서로 엮이지 않도록 하는 것. 이게 제일입니다. 대응이 섣부르면 주인님의 명예에 흠집이 납니다."

마음 같아서는 당장 제거하고 싶지만, 그쪽도 성가실 것 같다.

"바로 서류를 준비해라. 푼돈 정도는 내주지."

"바로 실행하겠습니다."

◇ ◆ ◇ ◆ ◇

식전회장 바깥.

지친 얼굴로 벽에 손을 짚고 걷고 있는 남자가 있었다.

안내인이다.

"이 자식—— 이 자식, 리암."

그의 입에서 원망의 목소리가 새어 나왔다.

고아즈 건 이후로 안내인은 힘을 너무 많이 써서 다른 세계로 도망치는 것이 불가능했다.

그 탓에 안내인은 나날이 강해지는 리암의 감사하는 마음에 고통받고 있었다.

심지어 더 안 좋게도 고아즈 토벌 이후부터 리암의 힘이 커지고 있었다.

영지 백성들의 지지를 더 모으고 있기 때문이다.

지금의 리암은 백성들의 감사하는 마음도 등에 업고 있는 성가신 존재였다.

"어째서냐. 어째서 그 고아즈를 쓰러뜨릴 수 있었지. 벨 수 있을 리가 없어. 어째서 그 타이밍에 그런 칼을 얻은 거지."

원래 리암은 거기서 졌어야 했다.

방심하고 있던 안내인은 힘을 너무 사용했을 뿐만 아니라 리암의 감사하는 마음이 몸을 좀먹어 힘을 잃어가고 있었다.

"용서 안 해. 절대로 용서 안 해."

이를 악물고 간 곳은 리암의 부모와 조부모가 있는 방이었다.

그는 궁전의 복도를 걷고 있지만, 아무도 안내인의 존재를 알아차리지 못했다.

그렇게 방에 들어가니, 거기서는 네 사람이 전자서류를 앞에 두고 싸우고 있었다.

"너희가 제대로 교육하지 않아서 이렇게 된 거다!"

"웃기지 마! 너도 나한테 아무것도 안 해줬잖아!"

리암이 아마기에게 준비시킨 서류에는 생활비를 늘리는 대신 두 번 다시 상관하지 말라는 내용이 적혀있었다.

리암의 부모도 조부모도 유명해진 리암에게서 돈을 쥐어짤 생각밖에 하지 않았다.

확실하게 말해서 쓰레기다.

하지만 안내인은 그런 쓰레기를 정말 좋아한다. 이용해도 좋고 파멸시켜도 좋다. 하지만 지금은 그들을 불행하게 만들 여유가 없다.

네 사람을 앞에 두고 안내인은 괴로워하면서도 웃음을 띠었다.

"——너희가 일을 해줘야겠어. 옛날부터 궁전 안에서는 인간들이 권력투쟁에 몰두하지. 리암, 넌 가족에게 모든 것을 빼앗기는 거다. 가족이야말로 네 적이다."

검은 연기가 안내인의 몸에서 생겨나더니 네 사람을 감쌌다.

리암의 상황을 확인할 여유도 없는 안내인은 이제 선택할 수 있는 수단이 거의 없었다.

그만큼 쇠약해져 있었다.

리암의 할아버지가 뭔가를 떠올렸는지 퍼뜩 정신을 차린 표정을 지었다.

"그렇지. 당주 변경 절차를 진행하자. 그렇게 하면 리암의 재산은 전부 우리 것이다."

할머니가 손뼉을 치며 기뻐했다.

"그거 명안이네. 궁전에 있는 지인에게 부탁해서 당장 절차를 진행해요."

클리프도 그 이야기를 듣고 달시와 자기들이 할 수 있는 일을 이야기했다.

"그럼 새 상속자를 준비하자. 리암은 틀렸다."

달시도 어쩔 수 없다는 얼굴을 하고 있었다.

"그렇네. 큰돈이 들어오는 영지를 얻을 수 있다면 그 정도는 협력할 수 있어. 그래서 리암은 어떡할 거야?"

클리프가 뒤가 구린 수단을 쓸 결의를 했다.

"돈을 쓰면 암살자 같은 건 얼마든지 고용할 수 있다. 식전 후는 눈에 띄니까, 당주 교대 후에 시간이 지나면 리암을 제거하지."

네 사람의 대화를 들은 안내인은 만족하고 방에서 사라졌다.

"──리암, 이번에야말로 작별이다."

그리고 그를 따르듯 방구석에서 작은 빛이 문을 나섰다.

◇ ◆ ◇ ◆ ◇

리암이 식전에 참가해서 아마기는 다른 방으로 가고 있었다.

제국은 인형에게 차가운 나라다.

아마기도 식전 참가는 무리라는 걸 이해하고 있어서 준비된 방으로 가고 있었다.

리암은 마지막까지 참가시키고 싶어 했지만── 리암의 오점이 되기 때문에 아마기는 참가를 강하게 거부했다.

그래서 별실에서 영상을 보려고 걷고 있었다.

그때 뭔가 이상한 광경을 목격했다.

"저건?"

문 앞에서 둥실둥실 날아다니는 빛을 발견했다.

빛은 문 안으로 들어갔고, 아마기는 문 앞에 섰다.

신경 쓰여서 안의 상황을 확인하니 생체반응이 넷.

리암의 부모와 조부모였다.

문에 손을 대고 대화를 도청했다.

「당주 교대 이유는 어떡하지?」

「뭐든 좋아. 제국의 귀족으로서 인형을 곁에 두는 건 적합하지 않다던가, 그 정도로 상관없어. 뇌물을 주면 이유 같은 건 궁전 쪽에서 생각해줄 거다.」

「그럼 암살자 준비는──.」

「그거라면 아는 사람에게──.」

네 사람의 대화를 엿들은 아마기는 바로 그 자리를 떠났다.

아마기는 생각했다.

(슬슬 주인님과 이별이군요.)

아마기는 자기가 옆에 있어서 리암의 평판이 떨어지는 걸 싫다고 느꼈다.

식전회장은 바깥!

관리된 하늘은 파랗고 태양 빛은 따뜻하며 과하게 눈부시지 않았다.

이게 전부 인공물이라고 하니 믿기지 않는다.

기온도 알맞은 좋은 날씨 속에서 난 황제 폐하 앞에 무릎을 꿇고 있었다.

멀리 보이는 폐하――솔직히 무슨 말을 하고 있는지 안 들렸다.

하늘에 비친 거대한 입체영상으로 폐하의 음성이 들려왔다.

긴 인사말과 이런저런 절차가 있고, 나도 대답을 하고―― 그리고 훈장을 받았다.

주위에는 참석한 귀족들.

그 많은 인원이란!

귀족이 엄청 많구나, 라고 생각했다.

식전은 엄숙한 분위기 속에서 진행되었고, 그대로 감사의 말을 듣고 끝났다.

뭐, 훈장을 받으면 끝이다.

황제 폐하와 이야기할 기회 같은 건 없었다.

현실은 이런 거겠지.

◇ ◆ ◇ ◆ ◇

식전이 끝나고 수도성에 잠시 체재하게 된 나를 기다리고 있던 것은 파티 초대였다.

그것도 거의 연일 이어지는 파티였다.

수도성에서는 매일 어디선가 대규모 축제나 파티가 열린다고 한다.

악덕 귀족이라고 하면 파티, 라는 고정관념이 있는 난 당연히 참가하고 왔다.

애초에 초대받았으니 참가비 같은 건 안 든다.

주위 사람이 치켜세워주니까 기분도 좋고.

제도에서 그렇게 분주한 나날을 보내고 있었는데, 아마기는 바쁜지 일을 하고 있었다.

나에게는 무엇을 하는지 가르쳐주지 않았지만 "괜찮습니다. 처리됐습니다"라고만 보고했다.

처리됐다면 문제없다고 생각하고, 나는 오늘도 파티에 참석하기 위해 준비했다.

"어울려?"

아마기 앞에서 새 옷을 입고 보여줬다.

파티용 의상이라 한 번 착용하면 이후에는 사용하지 않는다.

정말이지 낭비의 극치다.

"잘 어울립니다, 주인님."

날 칭찬해주는 아마기에게서 위화감이 느껴졌다.

"아마기, 나한테 뭐 숨기는 거 없어?"

"――그런 일 없습니다. 자, 파티에 늦으니까 이제 출발해야죠."

재촉하듯이 배웅을 받은 나는 그대로 파티 회장으로 향했다.

제도에 있는 궁전.

너무 넓어서 궁전이 어디부터 어디까지를 가리키는지 알 수 없다.

그야말로 대도시라고 할 수 있는 것이 제국의 궁전이다.

그런 곳에 있는 재상의 일터는—— 훌륭한 건물이었다.

고층 빌딩 전체가 재상의 업무를 위해 필요한 일터이며 여기서 일하는 모든 직원이 재상의 부하다.

고층 빌딩 최상층에 있는 집무실에서는 백발의 노인이 일을 하면서 눈앞에 바싹 다가오는 남자를 상대하고 있었다.

남자는 리암의 아버지인 클리프였다.

"재상 각하, 무슨 소립니까! 어째서 당주 교대를 인정해주시지 않는 겁니까!"

귀족의 외모가 20대의 외모에서 별로 변하지 않는 가운데, 늙은이의 모습을 한 재상은 그만큼 오래 살았다는 것을 의미한다.

몇 대에 걸쳐서 황제를 섬겼으며 제국의 모든 것을 알고 있다는 말을 듣는 남자다.

"——당주 교대 절차는 이미 끝났어. 그걸 번복할만한 이유가 없어."

담담한 재상에 비해 클리프는 열변을 토하고 있었다.

"그 아이는 궁전에 인형을 데리고 왔습니다. 제국의 귀족으로서 너무 자각이 없습니다. 번필드가가 이대로 창피를 당하라는 말씀이십니까?"

전자서류를 잇따라서 처리해나가는 재상은 작게 숨을 내쉬었다. 그리고 일손을 멈췄다.

"영지를 잘 다스리고 솔선하여 해적 놈들을 해치웠는데, 훌륭하지 않은가? 제국에서는 인형을 곁에 두는 행위 자체를 처벌하지 않아. 그런 풍조가 있을 뿐이다."

"그 풍조가 문제라는 겁니다. 재상 각하, 한 번 더 재고를!"

재상은 눈앞에 있는 클리프에게 웃음을 보였다.

클리프는 그걸 보고 자신의 열의가 통했다고 생각했는지 호의적으로 받아들였다.

하지만 그 표정은 바로 파랗게 질리고 말았다.

"리암 공은 지금까지 번필드가가 이행하지 않은 납세의 의무를 다하고 있네. 제국을 위해 공헌하는 훌륭한 당주란 거지. 제국은 그에게 기대하고 있네. 무슨 뜻인지 알겠나?"

"그, 그건── 그렇다면 당주가 교대되면 저희도 반드시 납세하겠습니다. 그렇게 하면 문제없을 겁니다."

그러자 재상이 소리 내어 웃었다. 정말 유쾌하게 웃었다.

"지금까지 안 했는데 믿으라고? 애초에 그 아이와 당신들은 그릇이 달라. 제국에 있어서 어느 쪽이 이득이 되는지 모르니까 뻔뻔스럽게 나에게 직소하는 거겠지."

클리프가 입을 뻐끔거리며 어떻게든 반론하려고 했지만, 재상은 그렇게 하게 두지 않았다.

"섣부른 짓은 하지 마라. 제국에서 조용히 살고 싶다면, 말이야."

이건 사실상 리암에게 손을 대면 너희를 제거하겠다는 뜻이라는 걸 알아차린 클리프는 불안한 걸음걸이로 집무실에서 나왔다.

재상은 그 등을 보고 기막히다는 듯 중얼거렸다.

"수준 낮은 귀족이 많아졌어. 저것들 사이에서 걸물이 태어났다는 게 아직도 놀랍군."

피폐한 영지를 발전시켰다.

게다가 수적으로 우세한 해적을 꺾었다.

상황에 따라서, 내정 수완과 무용 모두 뛰어난 변경의 영주는 재상에게 고민거리가 된다.

언젠가 제국에 이빨을 드러낼지도 모르는 일이니까.

물론, 제국이 일개 영주에게 패배하는 일은 없겠지만, 성가시다는 것은 변함없다.

하지만 영주가 순종적이라면 이야기는 달라진다.

재상은 착실하게 납세하고 지시에 따르는 영주를 아주 좋아했다.

"이용할 가치도 없는 자가 대신하는 일 따위는 있어서는 안 되니 말이다. 리암 꼬맹이는―― 열심히 제국을 위해 일하게 하도록 해야지."

한 전자서류를 확인했다.

그것은 해적단 토벌 보수에 관한 서류였다.

리암이 보수를 사양했다.

정확하게는 보수를 체납된 세금 지불로 돌렸다.

리암은 그 대신 제국이 관리하는 공장에서 기함급 전함의 구매 허가를 신청했다.

전부 제국에는 별 손해가 없다.

오히려 이익밖에 없다.

보수를 지급할 것도 없고, 제국의 공장은 장사를 할 수 있다.

재정 문제로 골치를 썩이는 재상에게는 실로 기쁜 제안이었다.

반대로 리암은 실컷 노력했는데 현상금은 받지 못하고 실질적으로 기함급 구매 신청만 얻은 모양새가 됐지만.

"그건 그렇고 인형이 주인을 지킨다, 이건가."

또 하나의 전자서류.

거기에는 아마기가 쓴 클리프 일행의 동향에 대한 보고가 적혀 있었다.

재상은 아마기와 뒷거래를 해서 리암의 당주 교대를 인정하지 않는 대신 현상금 등을 사양하게 시켰다.

"인형이라도 주인을 위해 이만큼 헌신하는데, 친부모는 아이를 내쫓고 자기 생각만 하는 꼴이라니, 정말 슬픈 세상이야."

재상은 푸념하고는 잠시 휴식하고 일을 다시 시작했다.

제도에 있는 고급 호텔의 스위트룸.

아무튼 돈이 드는 방에 숙박한 나는 침대 위에서 아마기의 무릎을 베고 있었다.

"──아마기, 난 이해할 수 없어. 파티는 뭐지?"

연일 밤낮으로 파티에 나간 나는 파티란 대체 무엇인지 진지하게 생각하게 되었다.

다양하고 공을 들인 파티들.

본 적도 없는 생물을 먹고 본 적도 없는 상연물에 당황했다.

가장 놀란 것은 양동이 파티다.

내 상상을 뛰어넘었다.

양동이 파티라는 말을 듣고 바보 취급했는데── 그건 대단했다.

아니, 진짜 뭘 어떻게 하면 그런 발상이 나오는지 믿을 수가 없었다.

양동이에서 무한한 가능성을 느꼈다.

──이세계는 굉장하구나.

"양동이── 양동이가 그렇게 되다니. 지금도 믿기지 않아."

아마기가 내 머리를 부드럽게 쓰다듬었다.

"즐기지 못하셨나요?"

"아니, 재밌었어. 하지만 놀라서──."

흥분이 아직 덜 가신 느낌이다.

그건 그렇고 아마기의 무릎베개는 정말 기분 좋다.

아마기가 행복한 시간을 보내고 있는 나에게 찬물을 끼얹었다.

"주인님도 슬슬 성인이 되는 나이네요. 모신지 40년 이상이 지났어요."

"그렇네. 긴 듯하면서 짧은 듯한——."

전생과 비교하면 아주 길다.

그런데 시간의 흐름이 빠르다는 느낌도 들었다.

"주인님, 이제 저를 곁에 두지 않는 편이 좋을 겁니다."

"——갑자기 왜 그래?"

아마기는 상반신을 일으킨 나에게 담담하게 설명했다.

"제국은 인형을 꺼리니까요. 주인님의 평판에 흠이 생깁니다. 곁에 둔다면 인간 여성이 좋지 않을까 합니다."

갑자기 이런 말을 들으니 아닌 밤중에 홍두깨였다.

"무, 무슨 농담이냐?"

"농담이 아닙니다."

"어?"

떠오른 것은 전생의 아내였다.

"그러는 것이 주인님에게 도움이 됩니다."

그렇게 좋다고 했으면서 간단히 날 버린 여자를 떠올렸다.

다른 남자와 하나 되어 나를 비웃은 그 여자를—— 죽이고 싶을 정도로 미워한 여자를 떠올렸다.

"——버리는 거냐. 너까지 날 버리는 거냐! 어차피 내 옆에 있는 게 싫어진 거겠지! 그런가, 난 인형에게도 버림받는 건가!"

일어서서 다그치자 아마기는 고개를 저었다.

"아뇨. 주인님과 지금까지 지낸 시간은 저에게 있어서 근사한 시간이었습니다. 그러니 떨어져야만 합니다. 그리고 지금은 제 후계기가 탄생했습니다. 능력적으로도 앞으로는——."

그게 어쨌다고?

그걸 이유로 삼아서 나에게서 떨어지는 건가?

"웃기지 마! 넌 내 명령을 따르면 돼! 그래, 명령이다. 계속 곁에 있어라. 내 명령은 절대적이지? 그렇지? 아마기!"

내 말에 아마기가 고개를 숙였다.

"——그게 명령이라면 따르겠습니다."

그렇다. 처음부터 말을 들으면 된다.

"처음부터 그렇게 말하면 돼. 넌—— 너까지 날 버리지 마."

울면서 매달리니 아마기가 머리를 쓰다듬었다.

"어쩔 도리가 없는 주인님이네요."

생각해보면 반세기 가까이 함께 있었다.

전생의 아내 이상의 존재가 되어 있었다.

"둘이서 계속 함께였잖아."

눈물을 흘리면서 말하니 아마기는 잠시 시간을 두고 대답했다.

"——브라이언 님도 계속 같이 있었잖아요? 주인님이 태어났을 때부터 같이 지냈으니 시간상으로는 브라이언 님이 더 오래 함께 있었어요."

아니…… 확실히 그렇지만 여기서 브라이언의 이름을 꺼내지

말라고.

브라이언은 별도다.

할아버지나 집사 범주라고.

"브라이언의 이름을 꺼내지 마. 그런 뜻이 아니잖아."

그렇게 말하니 아마기는 미소 지었다.

도저히 인형이라 생각할 수 없는—— 진심이 담긴 미소로 보였다.

그런데 어딘지 슬프게도 보였다.

"그럼 가능한 한 곁에서 모시도록 하겠습니다."

"그래. 그걸로 됐어."

정말이지, 놀라게 하지 말라고.

나는 안도했지만 묘하게 진정되지 않았다.

아까 기쁜 듯했던 아마기의 웃음이 조금 슬프게 보인 건 왜일까?

눈을 뜨니 신기한 느낌이 들었다.

어딘가 그리운 몸의 감각이 있었다.

주변 풍경도 꺼림칙하고 익숙한 사육방의 천장이 아니었다.

"대체…… 이게?"

주변을 둘러보니 아무래도 병원인 듯했다.

몸을 움직이는 감각이 상당히 그리웠다.

그리고 눈에 보이는 것이 평소와 달랐다.

손발의 감각이 되살아나 마치 꿈이라도 꾸는 듯했다.

잠시 뒤에 문이 열리는 소리가 들렸고, 백의를 입은 남자 의사가 들어왔다.

──무심코 경계했지만, 그는 사육 담당이 아니었다.

"정신이 드셨나요?"

남자 의사는 자신을 바라보는데도 전혀 불쾌감을 보이지 않았다.

"저기, 여긴 어딘가요? 전──."

목소리가 평소와 다르게 들렸다.

아니, 잃어버렸던 자신의 목소리가 돌아온 것만 같은 느낌이 들었다.

자신의 목소리에 약간 어리다는 인상을 받았다.

남자 의사 뒤에 있던 간호사가 티아의 모습을 볼 수 있도록 했다.

천장이 거울이 되어 자신의 모습이 보였다.

보고 싶지 않아 눈을 돌리려 했지만, 거기에 비친 것은 그리운 자신의 모습이었다. 연령적으로는 성인이 되고 시간이 약간 지난 무렵으로 보였다.

찰랑찰랑하고 긴 황갈색 머리카락.

하얀 피부에 핑크색 입술은 생기가 돌았다.

녹색 눈동자── 그리운 자신의 얼굴이다.

"어? 저기…… 이건?"

혼란스러운 머리로 자신의 모습을 보고 있으니 눈물이 나왔다.

——인간의 모습을 하고 있었다.

다만 표정이 잘 움직이지 않았다.

손발도 생각대로 능숙하게 움직여지지 않았다.

의사가 안도한 표정을 보였다.

"재생 치료로 육체를 처음부터 다시 만들었습니다. 상당한 시간이 걸렸지요."

티아는 의사의 이야기가 믿기지 않았다.

"내 몸이—— 돌아온 거야?"

의사는 조금 난처한 듯한 표정을 지었다.

"예. 상태가 심각했던 탓에 엘릭서를 써야 했지만요. 다만, 이전처럼 몸을 움직이기 위해서는 힘든 재활이 필요합니다."

만능의 영약 엘릭서.

티아는 왕족 출신이라 그 가치를 잘 알고 있었다.

"엘릭서? 그렇게 귀중한 걸 날 위해서?"

"물론 희석해서 썼지만요. 다만 아까도 말했다시피 재활은 힘들 겁니다. 온몸을 다시 만든 것과 마찬가지니까요."

이건 꿈인가? 티아는 그렇게 생각했지만 꿈이라도 좋다고 생각했다.

마지막에 이런 꿈을 꿀 수 있어서 티아는 행복하다고 생각했다.

"할게요. 뭐든 할게요! 정말 꿈만 같아."

티아가 그렇게 말하자 의사도 미소 지었다.

"꿈이 아닙니다. 현실이에요."

의사의 말에 자연스럽게 눈물이 끊임없이 흘러나왔다.

하지만 신경 쓰이는 것이 있었다.

재생 치료가 있다는 건 티아도 알고 있었지만, 쉽게 받을 수 있는 치료가 아니다.

일부를 재생하는 것과는 달리 온몸을 재생하려면 그에 상응하는 설비와 우수한 전문의가 필요하다. 즉, 할 수는 있지만, 비용이나 수고의 수지가 맞지 않는다.

무엇보다 엘릭서를 사용할 수 있는 사람은 실질적으로 귀족이나 대부호 정도다.

그만큼 엘릭서는 귀중한 물품이다.

분명 티아는 원래 왕족이지만 조국은 멸망해버렸다.

지금의 티아에게는 엘릭서를 써서까지 구할 가치가 없었다.

무슨 실수나 착각으로 도움을 받은 게 아닐까? 그렇게 생각하는 것이 자연스러웠다.

"저기, 대체 누가 절 치료해주신 건가요? 만약 착각으로 그런 거라면 치료비는 재활한 뒤에 반드시 내겠습니다. 그때까지 부디 시간을 주세요."

의사는 자신이 도움을 받은 게 착각이나 실수라고 믿고 있는 티아에게 태블릿 단말기를 조작하면서 상냥하게 사정을 설명했다.

"진정하십시오. 착각이 아니고 당신이 치료비를 낼 필요도 없어요. 번필드 백작이 치료비를 부담했습니다. 사실 이 병원도 백작이 손수 세우고 스탭을 긁어모은 겁니다. 해적에게 잡혀있던 여러분들 모두 이렇게 치료를 받고 있지요."

"모, 모두를 말인가요?!"

티아는 치료설비가 갖춰진 곳에 처넣지 않고 병원을 준비해버렸다는 이야기가 믿기지 않았다.

무엇보다 모두를 구하는 것은 엄청난 일이다.

자신이 번필드 백작—— 구하는 입장이었다면 포기했을지도 모른다.

그만큼 상식을 벗어난 결단이었다.

(백작—— 대체 어떤 사람일까?)

분명 대단한 사람일 것이라 멍하니 생각했다.

의사가 티아에게 백작의 말을 전했고, 그 말을 듣고 백작이 누구인지를 알게 되었다.

"은혜를 갚아라, 백작님의 전언입니다. 지금은 치료에 전념해주십시오. 심리 치료도 필요하니까요."

은혜는 반드시 갚아라—— 그렇게 말한 소년을 기억해냈다.

"설마, 그때의 기사가?"

"확실히 전달했습니다."

의사가 그렇게 말하고 앞으로의 예정에 관해 이야기했다.

수도성에서 번필드령으로 돌아온 건 1년이 지나서였다.

수도성에서의 생활은 나름대로 재밌었다.

그야말로 매일 놀러 다녔는데, 역시 1년이나 이어지니 질릴 수밖에 없었다.

나는 슬슬 영지가 걱정되는 것을 이유로 삼아 돌아왔다.

겨우 영지에 돌아온 나는 저택의 집무실에서 브라이언으로부터 여러 보고를 받고 있었다.

브라이언은 웃고 있었다.

"리암 님, 병원에서 치료가 순조롭다는 보고가 있었습니다."

"──병원?"

처음에는 무슨 말을 하는지 이해가 안 됐다.

브라이언이 조금 난처해했다.

"잊으셨습니까? 그러니까, 고아즈 해적단에서 구출한 자들 이야기입니다."

"아~, 그 녀석들인가."

그러고 보니 도와주기 위해서 병원을 준비했었지.

나로서는 역시 영지 안에 믿을 수 있는 큰 병원이 있으면 해서 세웠을 뿐이다.

언젠가 세울 생각이었고, 타이밍도 좋았다.

흠, 그런가. 그 녀석들의 치료가 순조롭단 말이지?

"예. 앞으로 몇 년 있으면 치료가 끝난다고 합니다. 치료할 필요가 없는 사람들에게는 영지 안에서 생활하기 위한 지원을 하고 있습니다."

고향을 잃은 사람이 많아서 내 영지에 이주시켰다.

미남미녀가 많았고, 그중에는 예술가나 특수한 기술을 가진 사람도 많았다.

장래 그들의 아이 중에서 미녀가 태어나면 내 하렘에 추가해도 된다.

선행 투자를 하는 셈이다.

"훌륭하군."

악덕 영주로서 군더더기 없는 지시다.

자기 자신을 칭찬하고 싶어졌다.

"예. 많은 사람이 리암 님에게 감사하고 있습니다."

도움을 받은 녀석들은 나에게 은혜를 입었다고 느끼는 듯했다.

좋은 결과가 나왔다.

기분이 좋아지니 고아즈 해적단 화제로 한 가지 더 기억해냈다.

난 서랍에서 황금 상자를 꺼내서 손에 들고 바라봤다.

"그러고 보니 고아즈한테서 빼앗은 물건이 있었지."

지금까지 책상 서랍에 넣어놓고 잊고 있었기에 꺼내서 바라봤다.

브라이언은 그런 나를 보고 어이없어했다.

"리암 님은 황금을 정말 좋아하시는군요."

"완전 좋아."

"으음? 상자의 디자인이 어디선가 본 듯한──."

브라이언이 손뼉을 쳤다.

"기억났습니다!"

"뭐야? 엄청난 보물인가?"

"아뇨, 아닐 겁니다."

"기대하게 만들지 마. 그래서 이게 뭔데?"

이 녀석, 날 기대하게 만들어놓고 배신하거나 하면, 오랫동안 봐온 인연이 없었으면 참수감이라고.

"이 브라이언, 옛날엔 모험가를 목표로 삼고 있었습니다."

모험가는 광대한 우주를 모험하는 자들이다.

때로는 유적을 발견하고 고대 문명을 조사하는 등 낭만이 넘치는 녀석들이다.

──난 관심 없지만.

보물은 갖고 싶지만, 낭만 같은 건 필요 없다.

"브라이언이 모험가라."

"예. 그때 데이터로 본 적이 있습니다. 복제품일 테지만, 그 상자는 분명 고대에 멸망한 마법 대국의 '연금 상자'입니다."

"연금 상자?"

"꿈같은 이야기지만, 어떤 쓰레기도 황금으로 바꾸는 도구라고 들었습니다. 살아있는 생물 외에는 어떤 물질로도 변환할 수 있다고 적혀있었습니다. 그야말로 주위에 굴러다니는 돌멩이가 미스릴이나 오리할콘, 아다만타이트가 되는 것입니다."

"그걸로 황금도 얻을 수 있다는 건가!"

"네? 아, 네."

이 세계에는 어쩜 이렇게 훌륭한 도구가 있는 걸까.

"이게 진짜라면 좋았을 텐데."

그렇다면 분명 난 황금을 양산해서—— 뭘 하지? 아무튼 진짜라면 빚 걱정에서 해방되잖아.

브라이언도 의견이 같은 모양이다.

"꿈이 있는 이야기입니다. 만약 손에 넣는다면 가문의 재정 상황은 한 번에 개선될 겁니다."

"흠, 진짜를 찾아볼까?"

그러자 브라이언이 진지하게 대답했다.

"리암 님은 번필드가의 당주. 백작이십니다. 모험가 흉내는 삼가십시오."

——브라이언에게 혼나고 말았다.

밤.

내 방에서 황금 상자를 바라보고 있었다.

"이게 진짜였다면."

브라이언이 데이터를 보여줬는데 사용법도 적혀있었다.

과거에 멸망해버린 마법 대국이 만들고, 제조기술이 이미 실전되어 두 번 다시 만들어낼 수 없는 귀중한 도구.

손에 넣으면 빛 같은 걸로 곤란할 일이 없다.

"그러니까~, 뚜껑을 열고 마음속으로 빌면 쓸 수 있다, 이건가."

시험 삼아 뚜껑을 열고 손에 쥔 목검에 의식을 집중했다.

"역시 안 되나."

어차피 복제품이 다 그렇지 뭐, 하고 생각하고 있으니 상자가 반응해서 내 주위에 화면이 차례차례 투영되었다.

"엉?"

나는 화면에 적힌 고대 문자가 적힌 문장을 읽었다.

지금은 사라진 문자이지만 교육 캡슐로 배워서 어떻게든 읽는 게 가능했다.

"변환? 그러니까── 이건가?"

어느 물질로 변환할지 선택하니 목검이 황금 입자에 감싸여 색이 변했다.

손으로 들어보니 목검의 무게가 아니었다.

금속의── 황금의 무게였다.

"말도 안 돼! 이거 진짜였냐?!"

생각해보니 고아즈는 해적이라는 신분에 어울리지 않게 부자였고 희소 금속을 풍부하게 소지하고 있었다.

그 녀석의 재력의 근원이 이것이었던 거다.

"안내인이 말했었지. 보물을 가지고 있다던가 뭐라던가. 이걸 말하는 거였나!"

난 방의 창문을 열고 크게 웃었다.

"굉장하잖아! 이런 서비스까지 해주다니, 그 녀석은 정말 좋은 녀석이야. 정말 아무리 감사해도 모자라. 이제 난 마음껏—— 악덕 영주를 할 수 있어!"

진심으로 '고맙다'라고 말할 수 있었다.

지금 내 가슴은 그 녀석에 대한 감사의 마음으로 가득하다!

"안내인, 수상한 놈이라 생각해서 미안하다. 네 덕분에 난 행복하다. 정말 무슨 말을 하면 좋을지 모르겠고 아무리 감사해도 부족해. 하지만 이 말은 하게 해줬으면 한다—— 진짜 고맙다!"

안내인에게 전해져라, 나의 마음!

한편——.

리암에게서 전해져오는 뜨거운 감사의 마음으로 안내인의 가슴은 타들어 갔다.

정말로 뜨겁다.

빨갛게 달궈진 쇠로 가슴을 누르는 듯한 고통에 절규했다.

"그만해애애애애애!!"

안내인은 늘 들고 다니는 여행 가방을 내팽개치고 가슴을 양손으로 잡고 울부짖으며 발버둥 쳤다.

리암이 보내는 감사의 마음으로 머리가 깨질 듯이 아팠다.

"빼앗긴다—— 내 힘이 상실된다!"

안내인 안에 약간 남아있던 힘도 이제는 회복하기는커녕 빼앗기고 말았다.

앞뒤 가리지 않고 리암을 죽이는 것도 불가능해졌다.

잠시 후, 안내인은 쭈그리고 앉아 가슴을 잡더니 이를 악물었다.

"용서 안 해—— 절대로 용서 안 해, 리암. 너만은 무슨 수를 써서라도 지옥에 떨어뜨려서 한탄하고 괴로워하는 모습을 영원히 봐주지. 끝나지 않는 지옥에서 날 증오하고 두려워하고 저주하는 널 비웃어주겠다."

안내인은 천천히 일어섰다.

달빛이 비치는 초원에서 안내인은 리암에 대한 복수를 맹세했다.

"반드시! 난 너를 반드시——!"

초원에 숨어서 안내인을 엿보는 개가 있었다.

전생 45년 차.

드디어 이 세계에서 성인이 되었는데, 거울 앞에 선 나는 불만 스럽게 자신의 모습을 보고 있었다.

"──아니, 50년을 살았는데 고작 이거냐."

어떻게 봐도 13세 전후로밖에 안 보인다.

중학교 1학년 수준이다.

키는 앞으로 더 자라겠지만, 아직 작았다.

하지만 주위의 고용인들이 눈물을 흘리느라 바빴다.

특히 브라이언은 어이없을 정도로 울고 있었다.

"이 브라이언, 리암 님이 성인이 되신 모습을 볼 수 있어서 감 개무량합니다!"

"넌 그만 좀 울어. 아마기, 오늘의 예정은 어떻게 되지?"

아마기는 평소대로 담담하게 대답해줬다.

"1시간 후에 성인식이 개최됩니다. 점심부터 파티가 예정되어 있습니다만, 이 파티는 식사보다는 인사나 회합의 장입니다. 그 뒤에는 밤의 파티도 예정되어──."

브라이언이 울음을 그치고 눈물을 닦으면서 덧붙였다.

"참고로 내일 이후에도 예정이 아침부터 밤까지 가득합니다."

나는 한 달 가까이 영지에서 바쁘게 일하게 되는 모양이다.

"전부 기각!"

"무리입니다."

브라이언이 진지한 얼굴로 대답해서 위축되어 있으니 아마기가 나를 재촉했다.

"주인님, 슬슬 방에서 나서지 않으면 시간을 맞출 수 없습니다."

"알았으니까 재촉하지 마."

꿍얼꿍얼 불평하면서 방에서 나와 회장으로 향했다.

──실은 수도성에서 돌아오자마자 새 저택을 마련했다.

그런데 쓸데없이 돈을 들여 세운 저택은 너무나도 넓었다. 나는 이해할 수 없는 규모였다.

전생으로 치면 지방 도시라던가, 그 정도의 넓이였다.

유명한 예술가와 건축가들까지 불러가며 막대한 예산으로 지었는데──.

복도를 이동할 때도 탈것이 필요할 정도다. 얼마나 쓸데없이 큰지 이해할 수 있을 것이다.

방을 나오니 흰색과 파란색의 눈에 띄는 기사용 의상을 입은 크리스티아나가 날 기다리고 있었다.

원래 모습을 되찾은 티아는 한눈에 봐도 미인이었다.

등에는 새하얀 망토를 둘렀고, 허리에는 레이피어를 차고 있었다.

"리암 님, 잘 어울리십니다."

나의 정신없는 성인식용 의상을 보고 입에 발린 말을 했다.

난 입에 발린 말을 하는 녀석이 정말 좋다.

나를 신경 쓰고 있다는 증거니까.

나는 농담을 해서 놀려주기로 했다.

"너무 잘 어울려서 곤란하던 참이었다."

"네! 리암 님이라면 어떤 복장도 잘 어울립니다!"

……뭐지? 이 녀석의 눈, 진심으로 그렇게 생각하고 있다는 느낌이 들어.

분명 기분 탓일 것이다.

"그런가. 그보다 벌써 일해도 괜찮은가?"

그녀는 어른도 울면서 싫어하는 재활을 1년 만에 끝내고 내 기사가 되겠다고 지원했다.

검술 실력도 상당히 우수하다고 들었다.

"문제없습니다. 하지만 제국의 기사 자격을 얻기 위해 바로 영지를 떠나야만 합니다. 곁에서 모실 수 없어서 아쉽습니다."

크리스티아나── 티아는 외국 사람이다.

그래서 제국의 기사 자격이 없다.

얻기 위해서는 최소 두 개의 학교를 졸업해야 한다.

그 뒤의 연수나 실무까지 생각하면 한 30년은 돌아올 수 없을 거다.

"어차피 나도 성인이 된 후에 예정이 가득하니 말이야. 영지에 돌아올 수 있는 날은 대체 언제가 될지……."

탈 것에 모두 타서 앉으니 이동을 시작했다.

마차를 본뜬 탈 것이 넓은 복도를 이동하는 광경은 정말이지 이상했다.

자택 내부 이동에 탈 것이 필요하다니── 이거 어떻게 생각해?

호화로운 소파에 앉는 나에게 티아가 말을 걸어왔다.

"리암 님을 위해 반드시 성과를 내보이겠습니다."

"그냥 편하게 하는 게 어때?"

상당히 기합이 들어가 있는 것 같으니 다행이지만, 널 채용한 이유는 외모라고.

원래는 외국에서 유명한 기사였다고 들었는데, 미인이라서 내 기사로 임명했다.

중요한 것은 외모다.

미녀를 거느리는 것은 악덕 영주의 자격이니까. ……아마도.

실력이 있는 놈들은 다른 기회에 고용하면 될 것이다.

그런 내 야망을 모르는 브라이언은 나에게 기사가 생겼다는 사실에 감동하고 있었다.

"드디어 리암 님에게도 기사가 생겼군요. 이제 본 가문도 평안할 것입니다."

대대로 섬겨오던 가신은 도망치고 관직 생활을 하는 곳으로도 인기가 없었던 번필드가.

내가 활약함으로써 임관을 희망하는 기사도 늘어나고 있다.

별로 관심이 없어서 임관 문제는 아마기나 티아에게 맡기고 있다.

미녀가 있으면 참견하는 정도다.

목적지가 보이기 시작했지만 도착하려면 아직 시간이 걸릴 것 같다.

"――너무 넓게 만들었네."

지금 와서 하는 소리지만, 난 저택을 너무 넓게 만들어서 후회하고 있다.

아무튼 돈을 들여서 만들어보긴 했지만, 상상 이상으로 너무 커서 기가 막혔다.

아니, 호화롭고 나에게 걸맞지만.

전에 살던 저택으로도 충분했다.

그 저택도 엄청 컸는데.

성간 국가라고 해야 할까, 우주 시대의 세계를 너무 얕보고 있었다.

부자 어필을 하고 싶어서 조금 욕심을 부린 건데―― 좀 작아도 괜찮았겠다.

하지만 악덕 영주로서 이 정도는 되어야지 하는 마음도 있었다.

나쁜 녀석은 크고 화려한 저택에 사는 법이다.

그렇게 생각해보니 악덕 영주가 되는 여정도 꽤 힘들구나.

식전회장.

새로 마련된 저택을 본 상인 토마스는 놀라움을 감출 수 없었다.

"뭐라고 해야 할까요—— 백작님의 취미는 의외로 차분하군요."

토마스의 의견에 찬성하는 사람은 니아스였다.

"기능적으로 좋다고 생각하는데요. 달걀 형태의 저택에 초대받은 적도 있는데, 너무 특이하면 진정이 안 돼요."

인연이 있는 사람들을 불러서 치르는 성대한 성인식.

저택이 완성되었으니 저택을 선보이는 의미도 있다.

그들이 보기에 리암의 저택은—— 검소했다.

크기나 구조가 아닌 외관이 검소한 것이다.

훌륭하긴 하고 유명한 예술가가 전력으로 설계한 저택이다.

다만 기발한 저택을 짓는 귀족도 많은 가운데, 리암의 저택은 기능을 중시한 것으로 보였다.

확실히 넓고 크지만, 그것만 본다면 이 저택 외에도 더 넓고 큰 저택도 있다.

구조는 차분하고 굉장히 안정되게 보였다.

"백작이라는 지위에 걸맞은 저택에 생활의 편리성을 추구한 결과일까요. 리암 님답다고 해야 할까요, 뭐랄까—— 막대한 보상을 얻었는데 여전하네요. 틀림없이 황금 저택을 지으실 줄 알았어요."

토마스는 리암이 '저택을 황금으로 지을 거니까 금괴를 긁어모아라!'라고 할 줄 알았지만, 아무리 리암이라도 그렇게까지는 하지 않았다.

"돈은 들였지만요. 하지만 백작의 기능미를 추구한 구상은 저도 정말 좋아해요."

토마스와 니아스에게는 좋은 인상을 줬다.

주위의 면면들을 보고 니아스가 어깨를 으쓱였다.

"그건 그렇고 참가자가 굉장하네요. 대상인이 눈독을 들이고 있는 것 같고. 다른 병기공장에서도 사람이 와있어요."

참가자 대부분은 이 지역 사람이다.

지위가 있는 관리와 군인들.

그 외에는 상인이 많았고 제국병기공장 관계자들도 많았다.

거래를 하고 싶다, 상품을 사줬으면 한다── 그런 사람들이 많았다.

토마스가 어깨를 축 늘어뜨렸다.

"오히려 귀족이 적어서 불안하긴 하네요."

번필드가의 영지와 비교적 가까운 영주들에게 초대장을 돌리긴 했지만, 불참하는 귀족들도 많았다.

니아스는 어쩔 수 없다며 체념하고 있었다.

"주변 귀족들이 보기에는 갑자기 힘을 가진 백작가가 나타난 꼴이니까요. 아니, 부활일까요? 차분하게 있을 수 없을 거예요."

제국에서는 귀족끼리 전쟁을 벌이고 있다.

주변 영주들은 번필드가가 힘을 키우기 시작한 것을 솔직하게 기뻐할 수 없었다.

반대로 환영하는 귀족도 있다.

자력으로는 발전도 할 수 없는 약소귀족들이다.

그들은 리암의 보살핌을 받기 위해 접근했다.

토마스는 그런 귀족들의 면면들을 봤다.

"가난한 귀족 분들은 다가오네요."

가난해진 이유가 자업자득인 귀족도 있는가 하면 동정할 수 있는 귀족도 있었다.

그중에는 이전에 번필드가의 부하—— 보살핌을 받던 가문의 당주들도 얼굴을 내밀고 있었다.

리암이 당주가 되어 힘을 되찾아가고 있는 번필드가의 보살핌을 다시 받기 위해 산하에 들어갈 생각일 것이다.

그렇게 생각하면 리암의 힘을 올바르게 평가하고 있다고 볼 수도 있다.

하지만 리암에게 들러붙는다는 사실에 변함은 없었다.

니아스는 무관심했다.

"제국이라도 변경 구석구석까지 봐주는 건 불가능하니까요. 변경의 작은 영주들은 힘 있는 귀족에게 의지하는 수밖에 없죠."

두 사람이 이야기하는 사이, 식전이 시작되려 하고 있었다.

리암이 도착했는지 주위의 참가자들은 긴장한 표정을 지었다.

토마스가 곤란한 듯이 웃었다.

"의외로 싹싹한 분인데, 역시 소문도 있어서인지 다들 긴장하고 있군요."

"그런가요? 평소에도 다정해요. 얼마 전에도 전함을 구매해주셨다고요."

"니아스 씨는 배짱이 있군요. 다른 사람이 똑같은 짓을 하면 리암 님은 용서하지 않을 겁니다."

(뭐, 두려움을 사는 게 당연하죠. 저렇게 젊은 나이에 힘이 있는 영주니까.)

부모에게 영지와 작위를 떠맡은 뒤부터 영지 개혁에 나선 명군.

악덕 관료를 용서하지 않고, 해적이 오면 진두에 서서 싸우는 백성의 수호자.

가혹하고 엄격하기도 하지만 백성에게는 믿음직한 영주다.

게다가 세금 대부분을 영지 개발에 투자하는 올바른 통치자이기도 했다.

그리고 제국이 보기에는 세금을 내주는 우량 영주다.

거기에 더해 성실한 건지 빚도 꾸준히 변제하고 있다.

번필드가에는 신용이 없어도 리암 개인에게는 나름의 신용이 생기고 있었다.

영지 안의 관리와 군인 중에는 리암을 위해서라면 목숨을 건다는 자도 적지 않았다.

여기 부족한 건 이제 기사 정도다.

리암이 등장했고, 그 옆에는 새로 들인 기사의 모습이 있었다.

토마스가 그 기사를 보고 턱을 쓰다듬었다.

"크리스티아나 님이군요. 리암 님이 처음 임관시킨 기사라고 들었는데, 실력도 있다더군요."

"어머, 겉모습을 중시해서 채용한 게 아닌가요?"

"그것도 고려했겠지만, 많은 기사를 봐왔는데 그녀는 격이 다릅니다. 감도는 분위기가 달라요. 상당한 실력자라고 생각합니다."

그 리암이 특별대우로 부하로 들어서 티아도 주목을 받았다.

토마스가 소문에 관해 이야기했다.

"듣자 하니, 저 사람은 공주 기사가 아닌가 하는 소문이 있어요. 그 왜, 고아즈에 의해 멸망한 나라에 있었다는 공주 기사 말입니다."

니아스도 공주 기사에 대한 소문을 떠올렸다.

하지만 공주 기사라 불린 유명한 기사가 있었다는 것 정도만 알고 있었다.

"그 유명한? 하지만 나이가 다르지 않나요? 본인이라면 좀 더 나이가 있을 거예요. 외모를 보면── 100세도 안 됐는데, 잘못 본 게 아닌가요?"

니아스는 공주 기사가 더 연상으로 보일 것이라고 말했다.

토마스도 그 점은 납득하고 있다.

"아니, 어디까지나 소문이에요. 하지만 그런 분이 따르고 있다면 백작── 리암 님은 희대의 명군의 그릇이겠지요."

본인이 들으면 분명 고개를 갸웃거릴 것이다.

영지 개발에 힘을 쓴 것도 영지가 너무 형편없어 백성들로부터 세금을 착취할 수 없었기 때문이다.

악덕 관료를 죽인 것도 화가 나서 그랬을 뿐.

해적과 맞선 것도 본인이 이길 수 있다고 생각했기 때문이다.

그리고 빚과 세금을 내는 것은 원래의 성실한 성격의 발로이다.

티아를 고용한 것도 용모가 뛰어나고 충성심이 높았기 때문.

깊은 뜻은 없고 다른 사람들로부터 티아의 실력도 대단하다고 들었을 뿐이다.

본인은 이래 봬도 악덕 영주로서 마음대로 살고 있다고 생각하고 있었다.

식전이 엄숙하게 진행되었다.

토마스는 리암의 훌륭한 모습을 보고 눈물이 흘렀다.

"저분을 따라가길 잘했어. 역시 내 안목은 틀리지 않았어."

니아스는 토마스를 보고 약간 어이없어했지만 동의했다.

"우리 공장도 단골손님이 생겨서 평안해요. 리암 님이 앞으로도 열심히 해줬으면 해요. 그리고 저희 상품을 더 사주면 불만은 없어요."

토마스가 눈을 가늘게 뜨며 니아스에게 충고했다.

"당신네 공장은 외관과 내장에 좀 더 신경 쓰지 않으면 어려울 거예요. 성능만 추구하고 그 외의 편리성이 나쁘면 마이너스입니다."

니아스는 안 들리는 척을 하고 토마스의 말을 흘려들었다.

——식전으로부터 한 달.

난 어려운 문제에 골치를 썩이고 있었다.

"──있잖아, 난 사치스럽게 살고 있지?"

내 물음에 브라이언이 대답했다.

"네? 아니, 그러니까, 다른 가문에 대해서는 자세히 모르지만, 역대 당주님들과 비교하면 상당히 그…… 검소한 편이 아닐까 합니다."

집무실 책상에 푹 엎드린 나는 어렴풋이 알아차리고 있었다.

어라? 이건 사치일까? 사치겠지? 하지만 이상하네.

통장의 금액이 전혀 줄지 않아.

아무리 써도 자릿수에 변화가 없다.

"검소……한가?"

"예. 검소한 편입니다. 지위를 생각하면 좀 더 사치를 부리셔도 될 듯합니다."

애초에 난 백작이었다.

백작의 사치가 어느 정도인지 몰랐다.

일단 돈을 써보려고 식사할 때 악단의 라이브 연주를 희망했다.

전생에서 본 부자의 식사 풍경을 흉내 낸 거다.

큰 저택도 세웠다.

24시간, 언제든지 들어갈 수 있는 수영장 같은 것도 만들었다고. 아니, 레저 시설이지.

파도가 나오는 풀이라던가, 물이 흐르는 풀이라던가.

만든 첫날에 물이 흐르는 풀에서 흐름의 반대 방향으로 헤엄치며 놀았다.

그리고 목욕탕에는 온천도 끌어오고 있다!

그런데── 이게 검소하단다.

난 이 세계의 가치관을 얕보고 있었다.

"브라이언, 사치가 뭐였지?"

"이 브라이언에게 물어봐도 곤란합니다."

브라이언은 아마기에게 도움을 구하는 시선을 보냈다.

아마기가 대신 대답해줬다.

"제 기억에 어느 백작가의 당주는 행성을 통째로 자신의 행성
──프라이빗 플래닛으로 만들었다는 기록이 있습니다. 자기만
을 위해 관광 행성을 마련했다고 해요."

"그런 짓에 대체 무슨 의미가 있지?!"

자기만을 위해 관광지를 마련하다니, 안 가는 날에는 거기에
뭐가 있는 거지?

애초에 손님을 들이란 말이다.

의미가 없잖아!

아마기가 내 착각을 바로잡았다.

"그런 반응을 하는 주인님에겐 이 정도의 사치는 어울리지 않
는 게 아닐까요? 애초에 의미를 추구하는 것이 잘못입니다. 사치
에 의미 따위를 추구해서는 안 됩니다. 자기만족이니까요. 주인
님의 성격을 생각하면 무리하게 사치를 부리지 않아도 괜찮지 않
을까요?"

"그, 그렇지 않아! 난 사치를 부려 보이겠어. 돈이라면 있어. 뭐든지 할 수 있다고!"

브라이언이 흐뭇하다는 듯이 날 봤다.

"그거 잘 됐군요. 그래서 무엇을 하실 겁니까?"

브라이언에게 질문을 받은 내 시선은 이리저리 흔들렸다.

질문을 받아도 대답할 수가 없다.

애초에 생각나는 것은 전부 해왔다.

이 이상은 아무것도 생각나지 않았다.

내가 곤란해하고 있으니 아마기가 도움을 줬다.

"그럼 사치스럽게 유학 같은 건 어떨까요?"

"유학? 나 얼마 뒤면 수행을 떠나는데? 유학이랑 비슷하잖아?"

"아뇨, 리암 님이 아니라 백성을 유학 보내는 겁니다. 백성이 수도성이나 다른 가문의 영지를 아는 것으로 식견을 넓어지는 자가 늘어나니까요. 영주에게 있어서는 불필요하며 사치라고 할 수 있습니다."

해외 유학으로 놀러 가는 느낌인가?

내 돈으로 다른 사람이 놀도록 하는 것이 사치가 될까?

하지만 확실히 영주의 입장에서 보면 백성에게 지혜 따위는 필요 없다.

백성은 조용히 내 말을 들으면 되니 유학 따위는 불필요하다.

어설픈 지식도 필요 없다.

그런데 브라이언도 찬성했다.

"좋지 않을까 싶습니다. 이전에 리암 님도 말씀하셨습니다만, 번필드가의 영지는 이제야 겨우 발전하기 시작했습니다. 예술이나 패션도 그렇지만, 아직 배울 것이 많은 영지니까요. 그런 필요 없는 분야를 배우도록 유학시키는 것은 사치라 할 수 있겠죠."

브라이언의 이야기를 듣고 떠올렸다.

"그런가, 그것을 위한 유학인가!"

아직 내 영지에서 헌팅── 여자를 찾지 못한 것은 패션에 문제가 있기 때문이다.

마음에 안 와닿는 것이다.

세상을── 다른 영지를 알면 조금은 나아질지도 모른다.

다이빙 슈트 같은 차림으로 해수욕을 즐기는 건 틀렸다는 걸 깨달아야 한다.

머리에 작은 우산을 꽂는 패션이 유행하고 있다는 말을 듣고 눈물을 흘린 날을 나는 잊지 않는다.

예술과 패션은 살기 위해 꼭 배워야만 하는 분야는 아니다.

먹고 살기 급급할 때는 거들떠보지도 않는 분야다.

그런 분야에 손을 대는 것은 확실히 사치다.

"바로 준비해라. 팍팍 보내! 돈이라면 있다!"

아마기가 재빠르게 준비했다.

"그럼 리암 님의 예산으로 계획을 세우겠습니다. 빠르면 내년도부터 희망자를 모아 유학시킬 수 있겠네요."

"좋군. 최고의 사치다!"

브라이언이 눈가를 닦고 있었지만 무시했다.

"자신의 돈을 써서 백성들을 공부시키기 위해 유학을 보내다니
──역시 대단합니다, 리암 님."

무슨 말을 했지만 울먹이는 목소리라 잘 안 들렸다.

아무튼 돈을 쓰자, 돈을 써라!

사치다.

악덕 영주는 사치를 부린다!

그런 기분으로 난 돈을 쓰고 싶었다.

목표는 모두가 두려워하는 악덕 영주다!

악덕 영주에게 필요한 것은 무엇인가?

돈, 폭력—— 그리고 여자다.

연금 상자라는 사기 아이템을 얻어 빚의 괴로움에서 벗어난 나에게 이제 돈 문제는 없다.

즉, 첫 번째는 클리어했다.

폭력에 관해서도 일섬류라는 훌륭한 검술을 터득했다.

아니, 지금은 완벽으로 가는 도중이지만 기사로서의 힘을 길렀을 것이다.

그렇게 되면 두 번째도 클리어했다.

"남은 문제는 여자뿐이군!"

그리하여 나는 나의 새로운 저택에 한 방을 준비했다.

넓은 방은 얼핏 보면 RPG에 나오는 왕을 알현하기 위한 방 같았다.

안쪽에 나를 위한 호화로운 의자를 준비했고, 쓸데없이 훌륭한 기둥이 높은 천장을 받치고 있다.

그리고 쓸데없이 넓은 방에는 수영장이 준비되어 있었다.

세로로 긴 방에 풀이 있다고 생각해줬으면 한다.

악덕 영주가 가진 주지육림의 이미지를 살려 준비한 방으로 나를 왕처럼 대하는 수영복 미녀들이 노는 곳이다.

쓸데없이 호화롭게 만들었다.

그러나 첫선을 보일 겸해서 아마기와 브라이언을 초대했을 때, 둘의 반응은 나빴다.

"주인님, 또 쓸데없는 걸 만드셨군요."

"리암 님, 이 방은 무엇을 하는 방입니까? 이 브라이언, 이런 방은 들은 적 없습니다."

뭐, 주인이 하렘방을 만들고 싶다고 하면 당황하는 게 당연하겠지.

하지만!—— 나는 자중 따위는 하지 않는다.

어쨌든 난 악덕 영주니까.

"이 방 말인가? 이 방은—— 내 꿈을 이루기 위한 방이다."

아마기가 귀엽게 고개를 살짝 갸웃거리는 모습에 나는 몸부림칠 뻔했다.

"꿈, 말인가요?"

"그래. 내가 그리던 꿈을 실현하기 위한 방이다. 주지육림이라는 말을 알고 있나?"

브라이언이 턱에 손을 댔다.

"들은 적이 있군요."

"그걸 실현할 거야! 풀을 술로 채우고 기둥에 고기를 메달아 주지육림을 재현한다! 그리고 미녀를 늘어놓고 내 하렘을 만드는 거다!"

양팔을 벌리고 바보처럼 크게 웃어주니, 아마기도 브라이언도 나에게 싸늘한 시선을 보냈다.

훗, 이 녀석들은 이해 못 하는 게 당연한가.

아마기가 나를 본 뒤에 물이 없는 풀에 시선을 돌렸다.

"주인님, 풀을 술로 채우면 알코올이 휘발되어 위험해요."

"어?"

"애초에 풀을 술로 채우는 게 의미가 있을까요? 혹시 마시는 건가요? 더럽습니다."

아마기의 당연한 의문에 나는 허둥대면서 대답했다.

당연히 나도 이것저것 생각하고 있다.

"괘, 괜찮다. 정수기가 달려있으니까. 그리고 아마 별로 안 마실 거야."

잘 생각해보니 사람이 들어간 술을 마시는 건—— 영 아니군.

그리고 풀을 채운 술에 컵을 넣어서 뜨는 것보다 그냥 마시는 게 좋다.

"이 시설에 설치한 장치를 거치면 알코올 성분도 제거되어 물이 되어버립니다만?"

"——어?"

아마기가 놀라고 있는 나에게 정론을 늘어놓았다.

"애초에 풀로 만드는 의미가 있습니까? 들어갈 것이라면 물로 채우는 편이 안전하고, 술을 채워도 바로 물이 됩니다. 설령 장치를 끄고 술인 채로 두면 건강에 문제가 생깁니다만?"

그 말을 들은 브라이언은 주먹을 쥐었다.

"그런 건 이 브라이언이 용납 못 합니다! 대체 고기를 매단다는 건 무슨 처사입니까, 리암 님!"

이번에는 브라이언이 날 설득하기 시작했다.

"괘, 괜찮잖아. 고기 정도는 매달게 해줘!"

"안 됩니다! 그런 비위생적인 고기를 대체 어떻게 하실 생각이십니까? 드시는 것입니까? 드신다면 적어도 제대로 관리한 것을 드십시오!"

화, 확실히 근처에 매달아둔 고기를 먹는 건 좀 이상하네.

"──듣고 보니 주지육림이란 거, 몹시 미묘하네."

"그렇고 말고요. 그런 일은 삼가십시오."

하지만 악덕 영주는 쓸데없는 짓을 하는 법이다.

쓸데없어도, 더러워도, 난 여기서 내 꿈을 이루겠다!

아마기와 브라이언이 말려도, 난 하렘을 구축해 보일 것이다!

"하지만 난 하렘의 꿈을 포기할 생각은 없어. 이곳에서 여자들을 거느리고 노는 거야!"

넓은 방에 내 목소리가 반사되어 잘 울렸다.

분명 이 녀석들은 이해하지 못할 것이다.

그래도 난 하렘을 포기하지 않을 것이다.

나의 마음에서 우러나온 외침을 들은 아마기는 예상 밖의 반응을 보였다.

"뭐, 괜찮지 않을까요."

"엥?! 괜찮은가!"

하렘 같은 건 안 된다고 할 줄 알았는데, 순순히 인정해서 김빠졌다.

술이나 고기는 절대로 인정 안 했는데. 대체 무슨 생각이지?

난 아마기의 안색을 살폈지만, 평소와 변함이 없었다.

"진짜 괜찮아? 진짜 만든다? 이래도 괜찮은가 싶을 정도로 하렘 세운다?"

다시 확인해도 아마기의 반응은 변함없었다.

오히려 브라이언이 감정적으로 반응했다.

"애초에 리암 님은 본 가문의 주인이자 이 행성의 지배자. 그리고 백작입니다. 하렘 정도는 당연합니다."

"어, 어어……."

나에 대한 불만이 쌓여있었는지 브라이언이 주먹을 휘두르며 열변을 토하기 시작했다.

"이 브라이언, 리암 님이 너무 성실해서 걱정했습니다. 아직 어려서 이성을 의식하지 않는가 싶었는데, 어설픈 미인계에 걸리길 여러 번……."

잠깐! 내가 언제 미인계에 걸렸지?

"이봐, 난 딱히 미인계 같은 건——."

"니아스 기술 대위를 잊으셨습니까! 그 대위 한 사람을 위해 제7병기공장에서 함정을 구매하신 분은 리암 님입니다!"

드, 듣고 보니 확실히 그렇다.

니아스한테서 이것저것 꽤 많이 샀다.

얼마 전에도 전함을 샀구나.

"미, 미안해. 그보다 하렘을 만드는 건 괜찮지? 만들어버린다?"

브라이언은 '새삼스럽게 무슨 소리를 하냐'는 표정을 짓고 있었다.

오히려 허리를 곧게 펴고 날 설득했다.

"원래라면 이미 리암 님을 상대하는 여성이 있어도 이상하지 않습니다. 리암 님께 만일의 사태가 생기면 본 가문은 끝장입니다. 그러니 조금 이를지도 모르지만, 후사가 필요합니다."

갑자기 아이를 만들라는 말을 들었는데, 난 이제 막 성인이 되었다고.

이 세계에서는 아직 아이 취급을 받는 나이다.

아이를 만드는 건 너무 이르고, 무엇보다 수행이 끝나지 않아 귀족으로서 한 사람 구실을 한다는 인정을 못 받았다.

"이야기가 너무 멀리 나갔잖아."

"아니요! 당장이라도 후계자 후보가 필요합니다! 만약 정식으로 부인을 맞이하시면 후보분들이 본 가문의 분가로서 가문을 부흥시키면 됩니다. 지금 번필드 가문에는 제대로 된 분가가 하나도 없습니다!"

하고 싶은 말은 많이 있지만 분가도 없다니, 번필드 가문은 끝장나 있다.

게임으로 치면 남은 목숨이 0인 상태로 한 번이라도 실패하면 게임 오버 되는 상황일 것이다.

정말 손 쓸 도리가 없는 집안이네.

내가 태어나기 전까지 잘도 살아남았다는 감탄이 나왔다.

"그건 내 탓이 아니잖아."

"그러니까! 리암 님은 당장이라도 후사를 준비해주셨으면 합니다."

최근에는 인공수정을 해서 아이는 그대로 시험관 속에서 키우는 일도 많다.

하지만 기본적으로 아기는 어머니의 배 속에서 기르는 것이 좋다고 여겨지고 있다.

자세히는 모른다.

흥분한 브라이언 대신 아마기가 이야기했다.

"간단히 말하자면 문제없으니 하렘을 거리낌 없이 만드시라는 뜻입니다."

"문제없었나."

"예. 단, 주지육림은 안 됩니다. 비위생적이니까요."

"그건 안 되나."

반대할 줄 알았는데, 아무래도 두 사람 모두 찬성인 것 같다.

이건 나도 예상하지 못했다.

분명 '여색에 빠져서는 안 됩니다!'라는 말을 들을 줄 알았다.

뭐, 괜찮다면 문제없다.

난 악덕 영주로서 여기서 미녀를 늘어놓고 즐겁게 놀 것이다!

"좋아, 그렇게 정해졌으면 바로 미녀를 모아야겠군. 역시 처음에는 내가 신중하게 한 사람 한 사람 골라서——."

그런 망상을 하고 있으니 브라이언이 제지했다.

"기다려 주십시오, 리암 님."

"뭐야? 지금까지 찬성해놓고 갑자기 불만을 말할 생각이야?"

"아뇨, 그런 게 아닙니다. 하렘이라고 해도, 어느 정도의 규모를 생각하시는지 여쭙고 싶습니다."

흥! 이 녀석들은 분명 현실적인 숫자를 생각하고 있겠지.

열 명이나 있으면 많은 편이니까.

하지만 난 악덕 영주다.

꿈은 크게! 아니다—— 백성들을 쓸데없이 괴롭히기 위해서는 백 명은 있어도 괜찮을 것이다.

"백 명이다."

"백 명이라뇨!"

브라이언이 눈을 크게 뜨고 놀라고 있다.

분명 그렇게나 많으면 힘들 것이라며 날 설득할 것이다.

하지만 난 타협할 생각이 전혀——.

"겨우 백 명입니까?"

"——어?"

브라이언이 놀란 이유는 내가 상상한 이유와는 다른 모양이다.

"겨우 백 명으로 괜찮습니까?"

"아니, 백 명도 많잖아? 많은 거지? 아마기?!"

아마기에게 도움을 구하니, 주위에 영상을 몇 개나 띄워서 나의 현재 상황을 설명하기 시작했다.

영상에 비치는 것은 수많은 여자의 프로필이었다.

"제가 멋대로 만 명 정도 후보를 준비했습니다만, 적어도 천 명은 저택에 부를 생각이었습니다."

"천 명?!"

그야말로 차원이 다르다.

그보다 나 혼자서 그만한 수의 사람을 상대하는 건 무리다.

"너희들 바보냐? 그렇게나 있어도 쓸데없잖아."

브라이언이 진지한 얼굴로 날 설득했다.

애초에 대화 내용은 내 하렘이다.

그것에 대해 진지하게 이야기해도── 그러니까, 부끄러워서 곤란하다.

"많고 적은 게 문제가 아닙니다. 어쨌든 리암 님의 마음에 드는 여성을 준비하는 게 중요합니다. 아시겠습니까, 리암 님? 중요한 것은 상자가 아니라 내용물입니다."

상자── 이 경우에는 내가 준비한 방을 의미하는 것일 것이다.

하렘을 수용하기 위한 방을 준비하는 것보다 먼저 내용물── 여자를 준비하라고 말하고 있다.

"그래도 천 명은 많잖아!"

"아무리 시간이 지나도 여자를 저택에 들이지 않는 리암 님이 잘못한 겁니다! 하렘 소리를 하면서 아직 여자가 한 명도 없지 않습니까!"

"웃기지 마! 아마기가 있잖아!"

내 대답에 브라이언이 난처한 표정을 짓고 아마기에게 도움을 구했다.

아마기가 약간 기막혀했다.

"주인님, 저는 아이를 낳을 수 없습니다."

"그런 건 상관없잖아."

내가 솔직하게 대답하자 브라이언이 양손으로 얼굴을 가리고 울었다.

"그래서는 곤란합니다. 적어도── 적어도 몇 명이라도 마음에 드는 여성을 곁에 두시면 이 브라이언도 안심할 수 있는데."

"시끄러워! 난 양보다 질을 중시한다. 타협 같은 건 안 할 거라고!"

"그래서는 아무리 시간이 지나도 하렘 같은 건 만들 수 없지 않습니까! 이참에 희망자와 면회만이라도 해주십시오."

내가 측실이나 첩을 원한다고 하면 기꺼이 입후보하는 별난 여자들이 있는 모양이다.

하지만 그래서는 안 된다.

난 악덕 영주로서 나를 싫어하는 여자를 곁에 두고 싶다.

동인지에 나오는 나쁜 녀석은 그렇게 한다고 닛타 군이 말했다. NTR이라는 장르였나?

전생에서는 빼앗겼다.

현생에서는 빼앗는 측에 서고 싶다.

그러니까 얼마든지 와라! 이런 자세를 가진 여자는 안 된다.

"내 희망은 용모도 빼어나고 재능도 뛰어난 여자다. 그러면서 나에게 복종하지 않는 녀석이 아니면 절대로 인정 안 해."

브라이언이 절망한 표정을 지었다.

"정말로 하렘을 만들 생각이 있으신 겁니까?! 애초에 이 행성의 지배자는 리암 님입니다. 리암 님이 부르면 대부분은 수긍할 겁니다."

아마기도 브라이언의 의견에 동의했다.

"주인님은 인기가 많으니까요."

──이놈이고 저놈이고 바보밖에 없나?

나 같은 악인을 숭상하다니 이해가 안 된다.

하지만 그렇게 되면 어려운데.

영지에서 하렘 요원을 선발하는 건 무리가 아닐까?

"영지에서 고르기는 글렀나."

내가 그렇게 중얼거리자 브라이언과 아마기가 가늘게 뜬 눈으로 날 봤다.

"리암 님, 진심으로 하렘을 만들 생각이 있는 건지 의심스럽습니다. 이 브라이언, 걱정되기 시작했습니다."

"저택의 고용인들도 건드리지 않으니 말이죠. 적어도 몇 명에게는 손을 댔으면 합니다만."

──싫은 게 당연하잖아.

난 반드시 스스로 하렘을 구축할 것이다.

누군가가 준비한 하렘 따위는 절대 사양이다!

후기

작가인 미시마 요무입니다.

「나는 성간 국가의 악덕 영주!」는 어떠셨나요?

전생에 착한 사람이었던 일반인이 불행의 밑바닥을 맛보고, 거기서 생각을 바꿔서 악인이 되는 길을 선택한다. 이것만 보면 진지할 것 같은 분위기네요.

성간 국가. 미래 세계의 가치관에 농락당하고 악덕 영주를 목표로 하고 있는데 아무리 노력해도 명군 취급을 받는 리암을 보고 즐겨주셨으면 좋겠습니다.

이번에는 서적화가 됨에 따라 대폭 가필해서 페이지 수가 늘었습니다. 신 등도 추가해서 Web판에서 오신 독자분이라도 재밌게 읽을 수 있도록 노력했습니다.

그 덕은 아니지만…… 후기를 쓸 페이지가 부족합니다.

뭐, 독자분도 작가의 후기보다 본편이 더 중요할 테니, 오히려 열심히 한 증거로 보고 용서해주세요.

아니면 브라이언의 후기가 좋았으려나? 그쪽은 어떻게 재현할지 고민하다가 결국 포기했습니다. Web판에서 오신 독자분밖에 모르는 내용이라 죄송합니다(땀).

그럼 앞으로도 응원 잘 부탁드립니다!

*1/100 리암 포함

発売 おめでとうございます!!
この世界って プラそとかある人ですかね?

*발매 축하드립니다!!
이 세계에는 프라모델 같은 게 있나요?

高峰ナダレ
타카미네 나다레

I AM THE VILLAINOUS LOAD OF THE INTERSTELLAR NATION Vol.01
©2020 Yomu Mishima
First published in Japan in 2020 by OVERLAP, Inc.
Korean translation rights reserved by Somy Media, Inc.
Under the license from OVERLAP, Inc., Tokyo JAPAN

나는 성간 국가의 악덕 영주 1

2022년 4월 1일 1판 1쇄 발행
2024년 3월 15일 1판 2쇄 발행

저 자	미시마 요무
일 러 스 트	타카미네 나다레
옮 긴 이	박정철
발 행 인	유재옥
이 사	조병권
출판본부장	박광운
편 집 1 팀	박광운 최서영
편 집 2 팀	정영길 조찬희 박치우 정지원
편 집 3 팀	오준영 권진영 이소의
디자인랩팀	김보라 박민솔
디지털사업팀	박상섭 김지연 윤희진
라이츠사업팀	김정미 맹미영 이윤서
영업마케팅팀	최원석 박수진 이다은
물 류 팀	허석용 백철기
경영지원팀	최정연
인쇄제작처	㈜코리아피엔피
발 행 처	㈜소미미디어
등 록	제2015-000008호
주 소	서울시 마포구 토정로222, 403호 (신수동, 한국출판콘텐츠센터)
판매 및 마케팅	(070) 8822-2301

ISBN 979-11-384-0857-8 04830
ISBN 979-11-384-0856-1 (세트)